Mathias Christiansen

Das verbrannte G

MATHIAS CHRISTIANSEN

Das verbrannte GEWISSEN

SCM Hänssler

SCM

Stiftung Christliche Medien

Bestell-Nr. 395.004
ISBN 978-3-7751-5004-0

Internet: www.scm-haenssler.de
E-Mail: info@scm-haenssler.de
Umschlaggestaltung: oha werbeagentur gmbh, Grabs, Schweiz;
www.oha-werbeagentur.ch
Titelbild: istockphoto.com; Archiv oha werbeagentur gmbh
Satz: Satz & Medien Wieser, Stolberg
Druck und Bindung: CPI – Ebner & Spiegel, Ulm
Printed in Germany

Ich strecke meine Hände nach dir aus.
Ich sehne mich nach dir, wie dürres Land nach Regen dürstet.

Psalm 143,6

Prolog

Um dreiundzwanzig Uhr neunzehn verlosch das Licht im Obergeschoss. Es herrschte absolute Dunkelheit. Nicht einmal der Mond vermochte die bröckelige Fassade des alten Hauses zu beleuchten. Dichte Wolken zogen am Himmel entlang und in der Luft lag eine deutliche Ahnung herannahenden Regens.

Regen war nicht das Schlechteste. Regen verwischte die Spuren. Und Regen würde den Einsatzkräften die Arbeit zusätzlich erschweren. Es würde ohnehin nicht leicht sein, ihm etwas Handfestes nachzuweisen. Hinterher, wenn alles erledigt war. Hinterher, wenn man das ganze Ausmaß der Zerstörung erkennen würde. Dann, wenn nichts mehr da war.

Zehn Minuten wartete er noch. Dann schob er sich hinter dem dicken Baum hervor, hinter dem er gestanden und gewartet hatte, und lief zu seinem Wagen. Zu dem Wagen, den er am Nachmittag in der Innenstadt mitgenommen hatte. Im Stillen musste er grinsen: Wie leichtsinnig gingen doch manche Menschen mit ihrem Eigentum um! Der Ford war weder abgeschlossen gewesen noch hatte der Besitzer es für nötig befunden, den Zündschlüssel abzuziehen …

Vorsichtig und geräuschlos öffnete er die Kofferraumklappe. Die Dinge, die er für seine Unternehmung brauchte, hatte er sich in einem Baumarkt besorgt. In einem Baumarkt in Potsdam, wo ihn keiner kannte. Weder wohnte er dort noch war er jemals im Leben in diesem Baumarkt oder in dessen Nähe gewesen. Kein Mensch würde ihn identifizieren können. Aber die Wahrscheinlichkeit, dass man hinterher noch etwas von den benutzten Gegenständen finden würde, war sowieso mehr als gering.

Keuchend schleppte er die beiden Benzinkanister und die Propangasflaschen zum Haus. Anschließend holte er die anderen Sachen: Glasflaschen, Lappen, ein mit Zündstoff gefülltes Stahlrohr. Nachdem er alles postiert und nochmals überprüft hatte, hielt er einen Moment lang inne. Etwas Erhabenes lag in diesem Augenblick. Er fühlte sich unglaublich stark. Stark und mächtig. Er war der Herr über Gedeih und Verderb. Er hatte die Schlüssel zum Schloss des Erfolgs. Er war der Sieger.

Zehn Minuten später detonierte das Stahlrohr in einem gigantischen Feuerregen. Überall loderten zischende Flammen und umschlangen das alte

Haus von allen Seiten. Ihr mächtiger Schein musste kilometerweit zu sehen sein.

Grinsend warf er einen letzten Blick auf eine Salve herabfallender Dachteile. Dann ließ er den Motor an und fuhr davon. Sein Auftrag war erfüllt. Er war der Sieger.

1. Kapitel

Kriminalkommissar Jan Burgner stand gerade vor seinem Spind und war damit beschäftigt, sich für den Feierabend fertig zu machen, als die Meldung kam: ein brennendes Einfamilienhaus in der Waldstraße.

Ein langer und anstrengender Tag lag hinter ihm und Burgner merkte, dass ihn die letzten Stunden mehr mitgenommen hatten, als er es während des Einsatzes geglaubt hätte. Einen Überfall auf ein Geschäft in Berlin-Reinickendorf hatten sie bearbeitet. Einen Überfall, der in seiner Vorgehensweise und in seiner Brutalität eine neue Qualität aufwies: Der Täter war während der Öffnungszeiten am helllichten Tage mit einem gestohlenen VW Touareg rückwärts direkt durch die Schaufensterscheibe des Schreibwarenladens gefahren, in dem sich eine Postagentur befand, die der Geschäftsinhaber nebenher betrieb. Zwei Kundinnen, die sich zur Tatzeit im Laden befunden hatten, wurden von dem splitternden Glas zum Teil erheblich verletzt. Dann war der Täter aus dem Fahrzeug gesprungen, hatte den Mann hinter dem kleinen Holztresen kurzerhand niedergeschlagen und anschließend ein Stahlseil um die fest im Boden verankerte Kasse gelegt. Nachdem der Täter dann auch noch die Geldbörsen der Kundinnen gefordert und auch erhalten hatte, setzte er sich hinters Lenkrad, gab Gas und riss mit dem schweren Geländewagen den gepanzerten Safe aus der Verankerung. Ohne noch einmal anzuhalten, war er dann – den Geldschrank hinter sich herschleifend – davongefahren. Wie ein kleines Kind, das ein Holzspielzeug auf Rollen hinter sich herzieht, hatte eine Zeugin ausgesagt, die das Geschehen aus einem Haus auf der gegenüberliegenden Straßenseite beobachten konnte. Funken hätten gesprüht durch die Reibung des schweren Metalls auf dem Straßenpflaster. Die Schleifspuren, die Burgner und die Leute von der Tatortgruppe später fanden, reichten einen halben Kilometer weit bis hinter einen alten Holzschuppen. Dort stand – verlassen, aber noch mit laufendem Motor – der Touareg. Vom Täter oder dem geraubten Safe keine Spur.

Die Ermittlungen, Befragungen und die Sicherung der Spuren hatten den ganzen Tag gedauert. Dazu kamen das schwüle Wetter und die Hitze. Auch die Presse hatte Burgner auf Trab gehalten. Als leitenden Kommissar in diesem Fall löcherten sie ihn ohne Ende. Den Mund hatte er sich fusselig geredet, obwohl er doch immer wieder nur einen Satz gesagt hatte: Wenden Sie sich bitte an die Pressestelle …

So hatte Burgner sich gefreut, endlich in den wohlverdienten Feierabend aufbrechen zu können. Nach Hause zu fahren nach Dannow, in das kleine, ruhig gelegene Dorf vor den Toren Berlins, in dem er seit einigen Jahren wohnte. In diesem Dorf war sein Vater kurz nach dem Krieg geboren worden und seine Großmutter hatte zeit ihres Lebens dort gewohnt. Burgner war schon immer gern in Dannow gewesen. Als Kind hatte er sich jedes Mal aufs Neue gefreut, wenn seine Eltern sich mit ihm für ein paar Tage zur Oma in die DDR aufmachten und er dort nach Herzenslust im Dorf herumstromern konnte. So etwas war in Berlin nicht möglich. Höchstens in Lübars gab es einen kleinen Flecken Dörflichkeit, im Westberlin der damaligen Tage, aber der war überhaupt nicht zu vergleichen mit dem Leben im idyllischen Dannow.

Später als Jugendlicher und auch nach seiner Ausbildung, als er schließlich nach Wiesbaden zum BKA gegangen war, hatte Burgner seine Großmutter und Dannow nicht mehr besucht. Es war zwar nie so offen ausgesprochen worden, aber jeder wusste, dass man es nicht gerne sah, wenn Beamte des Bundeskriminalamtes in Ostblockländer fuhren. Und irgendwie hatte er zu dieser Zeit auch gar kein Interesse an dörflichem Flair gehabt. Damals hatte er ganz anderes im Kopf: Frauen, schnelle Autos und Erfolg. Es war keine gute Zeit gewesen, das wusste er heute. Aber auch diese Zeit war ein Teil seines Lebens. Und ohne sie wäre er heute nicht dort, wo er war.

Schließlich war seine Großmutter gestorben und er hatte ihr Haus geerbt. Das Haus in Dannow, in dem er heute wohnte. Das Haus, an das Burgner jetzt seufzend dachte: Nach Hause fahren und eine Mütze voll Schlaf bekommen, das war im Augenblick sein größter Wunsch. Doch nun war dieser Wunsch geplatzt wie eine Seifenblase.

Der Kommissar griff nach seiner Jacke, verschloss den Spind und machte sich auf den Weg zu seinem Dienstwagen. Burgner war Ende dreißig und wenn alles gut lief, lagen noch etwas mehr als fünfundzwanzig Dienstjahre vor ihm. Allerdings: Wenn es so weiterging, permanent zu wenig Schlaf und viel zu oft nur ungesundes Essen, dann war es gar nicht so sicher, dass er den Ruhestand noch einigermaßen unbeschadet erlebte.

Andererseits – eigentlich hatte er immer die Kraft bekommen, die er benötigt hatte. Eigentlich hatte er seinen Beruf immer auch als Berufung verstanden. Eigentlich war er gerne Polizist.

*

Als Burgner am Ort des Geschehens eintraf, war es genau null Uhr fünfundvierzig. Der Kalender zeigte seit einer Dreiviertelstunde den 12. August.

Unter den neugierigen Blicken einiger Schaulustiger wetteiferten zwei Löschzüge der Berliner Feuerwehr darum, die letzten Reste des völlig aus- und heruntergebrannten Gebäudes mit ihrem starken Wasserstrahl zum Einsturz zu bringen. Von dem, was wohl einst ein Einfamilienhaus gewesen sein musste, war nicht mehr viel übrig geblieben. Die Flammen hatten ganze Arbeit geleistet.

Burgner zog die Augenbrauen hoch und lief dann zu dem an der Seite parkenden Notarztwagen. Die hinteren Türen waren geöffnet und Burgner sah auf die Rücken zweier Rettungssanitäter, die in dem Fahrzeug standen.

»Entschuldigung«, rief der Kommissar und räusperte sich.

Einer der beiden Männer in dem Rettungswagen drehte den Kopf und sah Burgner über die Schulter hinweg an. »Ja?«

Der Kommissar nannte seinen Namen und Dienstgrad und fragte dann nach Verletzten.

»Treten Sie ruhig näher«, entgegnete der Sanitäter. »Diese Frau hier ist der Beweis, dass es Wunder gibt. Sie ist doch tatsächlich vollkommen unverletzt aus dem Inferno entkommen. Und eigentlich …«, der Mann im Rettungswagen zuckte mit den Schultern, »eigentlich ist das unmöglich.«

Burgner nahm die Hände aus den Taschen seiner dünnen Sommerjacke und stieg in den Rettungswagen. Die beiden Sanitäter traten zur Seite und ließen ihn durch. »Zum Glück war sie allein im Haus«, sagte einer von ihnen.

Auf dem Stuhl im Rettungswagen saß eine ältere, weißhaarige Frau; Burgner schätzte sie auf Mitte siebzig. Vielleicht auch älter.

»Guten Tag«, sagte er zu der Frau und setzte sich vorsichtig auf die Trage neben dem Stuhl. Die Rettungssanitäter nickten dem Kommissar zu und verließen dann den Wagen. »Mein Name ist Jan Burgner. Ich bin Kriminalkommissar beim LKA.«

Die alte Frau nickte. Sie trug einen dunkelblauen Morgenmantel und weinrote Pantoffeln. Außer einer kleinen Schramme, die Burgner an ihrer Wange entdeckte, schien ihr wirklich nichts zu fehlen.

»Else Reißlein«, sagte sie und reichte dem Kommissar die Hand. »Es ist wohl wirklich ein Wunder, dass mir nichts passiert ist.«

Burgner deutete nach draußen. »Was genau ist denn eigentlich passiert? Haben Sie eine Ahnung, was den Brand verursacht haben könnte?«

Die Frau schüttelte langsam den Kopf. »Diese Frage ging mir auch sofort durch den Kopf, als ich das Feuer bemerkt habe. Die Frage, was ich falsch gemacht haben könnte. Oder vergessen. Aber mir ist nichts eingefallen.«

»Hmm.«

»Und dann kam mir ein sonderbarer Gedanke. Ich dachte: als hätte jemand darauf gewartet, dass ich mich schlafen lege. Ich war gerade zu Bett gegangen, als es eine Explosion gab und das Feuer ausbrach. Ich weiß auch nicht, wie ich darauf komme. Vielleicht liegt es daran, dass ich mir absolut nicht vorstellen kann, dass ein Unfall oder ein technischer Fehler an dem Brand schuld war. Ich habe fast keine Elektrogeräte, da bin ich noch sehr altmodisch.« Frau Reißlein lächelte sanft. »Außer dem Kühlschrank habe ich im Grunde nur noch eine Kaffeemaschine. Aber die hatte ich gestern gar nicht angeschaltet. Und der Stecker ist immer rausgezogen. Das habe ich mir von Anfang an so angewöhnt.«

Burgner sah durch das Seitenfenster des Rettungswagens nach draußen. Rauchschwaden und Wassernebel wogten durch die Scheinwerferkegel. »Und offenes Feuer? Vielleicht ein Kohleofen? Wenn Sie sagen, Sie hätten keine Elektrogeräte, dann haben Sie doch sicher einen Herd, der befeuert wird, oder?«

Die Frau wischte sich mit dem Handrücken über die Stirn. Möglicherweise strengte sie das Gespräch mit Burgner nach allem, was passiert war, mehr an, als es zunächst den Anschein gehabt hatte. Aber schließlich hatte diese Frau auch soeben ihr Haus verloren. Und damit höchstwahrscheinlich auch ihren gesamten Besitz.

»Einen Ofen habe ich tatsächlich. Aber den benutze ich im Moment ja nicht. Es ist doch Sommer!«

Der Kommissar nickte. Es war Sommer. Ein etwas verregneter Sommer bisher zwar, aber die Wetterfrösche hatten für die kommenden Tage eine deutliche Besserung in Aussicht gestellt.

»Und mein Kochherd läuft mit Propangas. Aber der war abgedreht. Da achte ich ganz genau drauf.«

»Also gut.« Burgner klopfte sich auf die Oberschenkel und erhob sich dann, wobei er mit dem Kopf leicht an die Decke des Rettungswagens stieß. »Erholen Sie sich erst mal von dem Schock. Wir werden sehen, was die Experten von der Spurensicherung über die Brandursache herausfinden.« Er streckte der alten Dame die Hand hin. »Ich wünsche Ihnen alles Gute und viel Kraft für die nächste Zeit.«

Else Reißlein nickte. »Danke!«

Der Kommissar schob sich an der Liege vorbei und stieg aus dem Fahrzeug. Dann drehte er sich noch einmal um und fragte die Frau, wo sie nun hingehen würde, wenn man sie aus der Klinik entließ, und wo sie zu finden sei.

»Ich werde wohl erst einmal bei einer guten Bekannten unterkommen«, sagte sie. »Die wohnt hier in der Nähe und hat ein großes Haus. Ja, ich denke schon, dass ich fürs Erste bei ihr bleiben kann.«

Burgner zog sein Notizbuch aus der Jackentasche und vermerkte sich die Adresse der Bekannten von Frau Reißlein. Dann sah er dem Rettungswagen hinterher, als dieser kurz darauf den Ort des Geschehens in Richtung Krankenhaus verließ.

Der Sanitäter hatte wirklich recht: Es war ein Wunder, dass der alten Dame nichts passiert war. Dass sie das Feuer bemerkt hatte und sich in Sicherheit bringen konnte. Die Sache hätte auch ganz anders ausgehen können.

Burgner warf einen Blick auf seine Armbanduhr. Es war ein Uhr dreißig. Knurrend vergrub er die Hände in den Taschen seiner Jacke. Irgendwie war es kalt geworden. Und es hatte zu regnen begonnen. Burgner schaute auf den qualmenden und dampfenden Berg, der vor ihm lag und der einmal das Haus von Frau Reißlein gewesen war. Erstaunlich, wie schnell das Gebäude unter der Hitze nachgegeben hatte und in sich zusammengefallen war. Eigentlich, dachte Burgner, eigentlich war das ein Hinweis darauf, dass es an mehreren Stellen gleichzeitig gebrannt haben musste. Und das wies eigentlich nur auf eines hin: gezielte Brandstiftung.

*

Eine halbe Stunde später traf Burgners Kollege Tobias Kühn am Tatort ein. Kühn und er hatten schon dasselbe Gymnasium besucht, waren beide auf unterschiedlichen Wegen zur Polizei gekommen und nun – mehr oder weniger zufällig – im selben Dezernat gelandet. Sie teilten sich ein Büro und bearbeiteten die meisten Fälle gemeinsam.

»Die ganze Sache stinkt doch zum Himmel«, sagte Kühn und rümpfte demonstrativ die Nase. »Wenn du mich fragst, haben wir es hier mit einer astreinen Brandstiftung zu tun.«

Burgner nickte. »Ich habe auch schon daran gedacht«, erwiderte er. »Die Frage ist natürlich: Aus welchem Grunde sollte jemand das alte Haus einer alten Frau anzünden?«

Kühn zuckte mit den Schultern. Dann zog er ein Taschentuch hervor, putzte sich die Nase und deutete auf die verkohlten Hausreste. »Kein guter Ort zum Nachdenken. Es riecht nicht gerade gut hier. Vielleicht sollten wir erst mal verschwinden und den Jungs von der Spurensicherung das Feld überlassen.«

Burgner zog die Augenbrauen hoch. »Wir leiten nun einmal die Ermittlungen hier und …«

Kühn winkte ab und wies dann quer über die Straße in Richtung Altenberger Weg. »Komm schon, Jan, da hinten ist eine Kneipe. Lass uns hingehen, bevor sie schließen.«

»Na, hör mal! Wir sind im Dienst!«

Burgners Kompagnon grinste schelmisch. »Und genau deswegen sollten wir in die Kneipe gehen und feststellen, ob da eventuell Leute sind, die etwas gesehen oder gehört haben, was uns vielleicht weiterhelfen könnte.«

Der Kommissar schüttelte lächelnd den Kopf. Kühns Ideen waren unorthodox wie immer. Aber letzten Endes hatte der Kollege vielleicht gar nicht mal so unrecht. Die Kneipe lag zwar gute zweihundert Meter von hier entfernt, aber möglicherweise hatte ja doch jemand etwas beobachtet, was für die Ermittlungen von Nutzen sein könnte. Und offen gestanden hatte Kühn recht: Hier stank es erbärmlich …

Als sie vor der Kneipentür standen, war der Wirt gerade damit beschäftigt, seine Schänke dichtzumachen. Burgner klopfte an die Glasscheibe, woraufhin sich eine kleine, vergilbte Gardine zur Seite schob und das rote Gesicht eines verschwitzten Mannes sichtbar wurde, bei dem es sich zweifelsfrei um den Wirt dieses Etablissements handelte. Der Mann bedeutete Burgner und Kühn mit einer unmissverständlichen Handbewegung, dass bereits geschlossen sei und sie verschwinden sollten. Er warf ihnen noch einen undefinierbaren Blick zu und schob dann die Gardine wieder vor das Glasfenster der Eingangstür.

»Der spinnt wohl«, zischte Kühn und klopfte erneut mehrmals und heftig gegen die Scheibe.

Wieder erschien das Gesicht des Kneipenwirtes. Diesmal war es noch röter. Der Kneipier hob drohend die Hand und wollte wohl gerade anfangen zu brüllen, als Kühn seinen Dienstausweis vor das Glas hielt und grinste.

Der dicke Gastwirt hielt einen Augenblick lang inne. Dann hörte man ihn unverständliche Worte brabbeln, woraufhin er den Schlüssel ins Schloss steckte, ihn herumdrehte und die Tür öffnete.

»Entschuldigen Sie die späte Störung«, begann Kühn und machte ein bedauerndes Gesicht. »Es tut uns leid, dass wir Ihre Feierabendruhe noch ein wenig hinausschieben müssen, aber wir kommen in einer wichtigen Angelegenheit.«

Der Wirt nickte grimmig und Burgner ertappte sich bei dem Gedanken, dass Kühns Art ihn an das Auftreten der Zeugen Jehovas erinnerte, wenn sie zu ihren Hausbesuchen kamen …

»Herr …«

»Strutzke«, brummte der dicke Wirt. »Hajo Strutzke.«

Kühn knurrte kurz, aber deutlich hörbar.

»Hans-Joachim«, korrigierte der Kneipier.

»Also gut, Herr … Strutzke. Wir sind hier wegen des Infernos dort hinten.« Tobias Kühn wies in die entsprechende Richtung.

Der Wirt machte einen langen Hals, schaute über Kühns Schulter hinweg und brummte erneut.

»Vielleicht können wir kurz hineingehen«, schlug Burgner vor und deutete auf die Kneipentür. »Es muss uns ja nicht jeder hier sehen und hören.«

Strutzke, der Wirt, nickte und bat die beiden Beamten herein.

Als sie die Tür hinter sich geschlossen hatten, band sich Strutzke seine Lederschürze ab und hängte sie über einen der Stühle im Gastraum. »Inferno, sagten Sie …?!«

Kühn nickte. »Ein Hausbrand. Totalschaden. Alles weg. Haben Sie was mitgekriegt?«

Der Wirt zuckte mit den Schultern. »Mitgekriegt hab ich eigentlich nichts …«

»Eigentlich? Was soll das für ein Wort sein?« Kühn hob die Augenbrauen. »Entweder haben Sie etwas davon mitbekommen – oder nicht. Eigentlich nicht mitbekommen geht nicht. …«

»Ja, ja, ja«, brummte Strutzke verärgert und Burgner fürchtete schon, dass sein Kollege auch auf diese Unmutsäußerung eingehen würde, was Kühn aber nicht tat.

»Also?«

»Ich habe die Feuerwehr gesehen. Und einer unserer Gäste war draußen, um nachzuschauen, was passiert ist. Nach ein paar Minuten kam er wieder und hat erzählt, dass das Haus von Ingos Mutter brennt.«

»Ingos Mutter?«

Der Wirt nickte. »Frau Reißlein. Die Mutter von Ingo Reißlein.«

Kühn fuhr sich mit der flachen Hand übers Gesicht. »Und wer bitteschön ist Ingo Reißlein? Ich meine, außer dass er der Sohn von Frau Reißlein ist.«

»Ingo Reißlein ist … war … einer unserer Stammgäste.«

»War?«

Strutzke nickte und zeigte auf einen der Tische. »Wollen wir uns nicht setzen? Möchten die Herren vielleicht ein Bier?«

»Nein, danke, weder noch.« Kühn blickte auf seine Armbanduhr. »Außerdem ist es kurz vor zwei Uhr nachts.«

»Warum sagten Sie *war*?«, griff Burgner die Frage wieder auf und merkte, dass er statt eines Bieres gern einen Kaffee genommen hätte. Die Müdigkeit hatte ihn gepackt und er hätte eine kleine Dosis Koffein gut gebrauchen können.

»Na ja«, brummte der Wirt, »der Ingo kam immer ziemlich regelmäßig. Aber seit ein paar Wochen ist er verschwunden.«

»Verschwunden?«

Strutzke nickte. »Er hat keinem von uns was davon gesagt, dass er wegwill. In den Urlaub oder ins Ausland oder so. Niemand wusste was. Von einem Tag auf den anderen war er weg. Einfach so.«

»Und seine Mutter? Ich meine, Frau Reißlein. Sie haben sie ja schon erwähnt – haben Sie sie gefragt?«

Der Wirt schüttelte den Kopf. »Nein.«

»Warum nicht?«

Strutzke zuckte die Schultern.

»Schöne Freunde sind Sie«, warf Kühn spöttisch ein. »Einer von Ihnen verschwindet und Sie kümmern sich einen feuchten Kehricht darum …«

»Wie lange genau ist Herr Reißlein denn schon nicht mehr in Ihrer Gaststätte gewesen?« Burgner kratzte sich am Hinterkopf und ließ seinen Blick durch den Raum wandern. Der Begriff *Gaststätte* war mächtig übertrieben, aber etwas anderes war ihm augenblicklich nicht eingefallen.

»Das muss jetzt … warten Sie …«, Strutzke schob sich an einem der Tische vorbei zur Wand, an der ein Kalender von Hertha BSC hing. »Ja! Es war der 17. Mai. Da ist er zuletzt hier gewesen.«

»Das wissen Sie so genau?«

Der Wirt nickte und deutete auf einen Fernseher, der an einer Traverse unterhalb der Decke angeschraubt war. »An diesem Tag fand das Spiel gegen Bayern München statt. Es war der letzte Spieltag der Saison. Wir haben es hier zusammen gesehen.«

Burgner zog sein Notizbuch aus der Jackentasche und machte sich ein paar Stichpunkte. »Haben Sie eine Vermutung, wo Ingo Reißlein stecken könnte?«

Hajo Strutzke zuckte die Schultern. »Ich habe darüber nachgedacht, aber mir ist nichts eingefallen. Manchmal überhört man ja was, wenn einer einem was erzählt oder so. Wenn man grade abgelenkt ist, kriegt man nicht immer alles mit. Aber ich habe mich umgehört unter den Jungs – also unter den Stammgästen hier. Niemand hat eine Ahnung, wo Ingo stecken könnte.«

»In welcher Beziehung stand Ingo Reißlein eigentlich zu seiner Mutter?«, schaltete sich Kühn wieder in die Befragung ein.

Der dicke Kneipier wiegte seinen Kopf hin und her. »Soviel ich weiß, wohnte er bis vor einem Jahr noch bei ihr. Dann hat es wohl Streit gegeben und er ist weg.« Strutzke zog die Stirn in Falten. »Keine Ahnung, was da gelaufen ist, aber es ging anscheinend um Geld.«

»Um Geld?«

»Ja. So habe ich es gehört. Aber mehr kann ich Ihnen auch nicht sagen. Und im Grunde geht es mich ja auch nichts an.«

Burgner nickte und steckte sein Notizbuch zurück in die Jacke als Zeichen, dass die Befragung beendet war.

»Und heute Abend ist Ihnen hier also nichts Verdächtiges aufgefallen?«, fragte Kühn noch einmal nach. »Ich meine im Zusammenhang mit dem Brand. Irgendwelche dubiosen Gestalten oder so?«

Strutzke schüttelte den Kopf. »Nein. Nichts. Aber wie schon gesagt: Als

Gastwirt hat man ja alle Hände voll zu tun und ist nicht immer an der Tür oder am Fenster. Da steht man ja auch oft hinter der Theke am Zapfhahn …«

»Klar …«, nickte Kühn und setzte eine Miene auf, als sei er selbst ein Schankwirt und kenne sich aus.

»Wenn Ihnen trotzdem noch etwas einfallen sollte«, Burgner zog umständlich eine seiner dienstlichen Visitenkarten hervor, »rufen Sie uns einfach an.«

Dann drehten er und Kühn sich um und verließen die Kneipe.

2. Kapitel

Als das Telefon klingelte, war sie schweißüberströmt aufgewacht und hochgeschreckt. Was war los? Wer um alles in der Welt rief sie an, mitten in der Nacht? Und was war das für ein furchtbarer Albtraum, den sie eben durchlebt hatte?

Stöhnend schob sie sich aus dem Bett. Das Mobilteil ihres Telefons lag im Flur. Oder in der Küche. Sie hatte keine Ahnung, wo sie es am Abend zuvor liegen gelassen hatte. Das Klingeln, das sie aufgeweckt hatte und das sie noch immer hörte, kam von der Basisstation im Wohnzimmer. Aber wo zum Kuckuck war das Mobilteil?

Zitternd und vollkommen verstört irrte sie durch ihre Wohnung. Das Klingeln hörte nicht auf und sie fragte sich verwirrt, weshalb sich der Anrufbeantworter nicht einschaltete.

Als sie die Küche betrat, stolperte sie über eine Packung Katzenfutter. Offenbar hatte ihr Kater Damian sich an dem Paket zu schaffen gemacht. Wo steckte Damian eigentlich? Warum war er nicht angelaufen gekommen, als sie die Schlafzimmertür geöffnet hatte und in den Flur getreten war? Sonst verpasste der Kater es nie, sie abzufangen und um etwas Beachtung zu betteln. Ja: Wo steckte Damian?

Endlich fand sie das Mobilteil, aber als sie es in ihren zitternden Fingern hielt und die grüne Taste drückte, hatte der unheimliche Anrufer bereits aufgelegt.

Wütend schleuderte sie das Gerät zurück auf die Anrichte, auf der es gelegen hatte. Dann ließ sie sich - mit dem Rücken an den Schrank gelehnt - zu Boden sinken. Dort blieb sie hocken, vergrub ihr Gesicht in den Händen und begann zu weinen.

Was war nur geschehen? Was war passiert? Erst dieser furchtbare Traum, dann dieser Anruf und jetzt ...

Sie verharrte eine Zeit lang in dieser Position und versuchte, tief ein- und auszuatmen und sich zu beruhigen.

Das Ganze ist bestimmt völlig harmlos, redete sie sich ein. Sicher, der Traum war schrecklich gewesen: die Flammen, die Schreie, die Hitze, der Rauch. Alle waren in dieselbe Richtung gerannt. Alle hatten gemeint, ins Freie zu gelangen, aber letztlich war es kein Notausgang gewesen, sondern eine Sackgasse. Der Flur hatte urplötzlich mit einer grauen und undurchdringlichen Wand geendet. Es gab kein Entkommen mehr und auch keine Umkehr. Es war einfach nur schrecklich gewesen. Aber ... es war doch nur ein Traum! Nicht mehr und nicht weniger. Und möglicherweise hatte dieser Traum nicht das Geringste zu bedeuten. Ja, wahrscheinlich bedeutete er gar nichts.

Und der Anruf? Was war mit dem Anruf? Um halb drei Uhr nachts? Einen Moment lang kam die Angst zurück. Dann entschloss sie sich, auch diese Sache nicht ernst zu nehmen. Bestimmt hatte sich jemand verwählt und der Anruf hatte überhaupt nicht ihr gegolten. Allerdings ... sie schob sich am Küchenschrank hoch, bis sie aufrecht stand und das Mobilteil in ihr Blickfeld kam ... allerdings: Warum hatte sie gedacht und gespürt, dass es ein Mann war, der sie angerufen hatte? Und warum hatte sie dieses Gefühl noch immer ...?

3. Kapitel

Um exakt fünf Uhr dreißig betraten Kriminalkommissar Jan Burgner und sein Kollege Tobias Kühn die Rettungsstelle des Pankower Krankenhauses.

Nach der Befragung des Kneipenwirtes Strutzke hatten sie sich noch eine Weile am Tatort herumgetrieben und versucht, den Leuten von der Spurensicherung erste Hinweise auf die Brandursache abzuluchsen. Wie es schien, war es keineswegs ein Unfall oder eine Verkettung unglücklicher Umstände gewesen, wie man es manchmal nannte. Auch deutete nichts auf einen technischen Defekt hin, soweit man das beim gegenwärtigen Stand der Ermittlungen sagen konnte. Vielmehr hatte man in der Nähe der Bruchstücke einer ehemals tragenden Außenwand des Hauses die Reste eines Stahlrohres gefunden. Es war vollkommen zerstört und wies Spuren von Sprengstoff auf, mit welchem es allem Anschein nach gefüllt gewesen war. Aber: Wer verübte einen Sprengstoffanschlag auf das Haus einer alten Frau? Das war mehr als ungewöhnlich. Unter Drogenhändlern oder in anderen dubiosen Kreisen kam so etwas hin und wieder ja vor – aber bei einer über siebzigjährigen Dame?

Else Reißlein hatte man nach dem Brand in die Klinik *Maria Heimsuchung* gebracht und zur Beobachtung stationär aufgenommen.

Burgner und Kühn hatten keine bessere Idee und auch keine anderen Anhaltspunkte für ihre Ermittlungsarbeit, als sich zunächst einmal auf die Befragung der alten Frau zu konzentrieren. Klar: Es war dafür noch sehr früh am Tag, erst halb sechs. Aber was blieb ihnen übrig?

Die Stationsschwester, die sie von der Rettungsstelle abholte und zu dem Zimmer brachte, in das Else Reißlein verlegt worden war, rollte zwar ein wenig mit den Augen, aber letztlich hatte sie doch Verständnis für die Situation der Polizisten. Zudem meinte sie, Frau Reißlein würde ohnehin nicht schlafen und aller Wahrscheinlichkeit nach auch schon im Laufe des Vormittags aus der Klinik entlassen werden. Der alten Dame ginge es gut; sie habe den Vorfall erstaunlich souverän angenommen und schmiede bereits Pläne für die Zukunft. Gesundheitliche Schäden infolge des Brandes hätte man keine festgestellt.

Als Burgner und Kühn das Krankenzimmer betraten, lag Frau Reißlein auch gar nicht im Bett, sondern saß an einem kleinen Tischchen und las die *Morgenpost*.

»Es steht noch gar nichts über den Brand drin«, sagte sie und deutete auf die Zeitung. »Und ich dachte immer, Zeitungmachen sei heutzutage eine schnelle Angelegenheit.«

Burgner und Kühne wechselten einen kurzen Blick und nahmen dann rechts und links von der alten Dame Platz. Es war ein Dreibettzimmer, doch die anderen beiden Betten waren nicht belegt.

»Frau Reißlein«, begann Burgner behutsam. Er überlegte, ob die Eindrücke der letzten Nacht vielleicht doch nicht so spurlos an der Frau vorbeigegangen waren und ob sie vielleicht ein wenig verwirrter war, als die Schwester es eingeschätzt hatte. »Frau Reißlein, mein Name ist …«

»Burgner, ich weiß.« Else Reißlein blickte von ihrer Zeitung auf. Das erste Mal, seit die Beamten das Zimmer betreten hatten. »Jan Burgner. Kriminalkommissar beim LKA, wenn ich mich nicht irre.«

Burgner nickte verblüfft.

»Sie hatten sich mir doch bereits vorhin im Rettungswagen vorgestellt, wissen Sie nicht mehr?«

Der Kommissar warf einen raschen Blick zu Kühn, der ihn angrinste. »Doch, doch, schon. Aber ich dachte …«

»Dass ich unter Schock stand? Oder stehe? Junger Mann, ich habe den Krieg noch miterlebt. Als Kind zwar, aber immerhin. Da kann mich doch so ein Brand nicht schocken. Und außerdem … habe ich Gottvertrauen.« Die alte Dame drehte sich auf ihrem Stuhl herum und wies auf die Wand neben dem Bett. Ein Kreuz hing dort und Burgner erinnerte sich, dass diese Klinik von der Caritas betrieben wurde. Frau Reißlein schien es wirklich zu haben – dieses Gottvertrauen. In einer Situation wie der ihren war das gewiss nicht selbstverständlich. Schwere Schicksalsschläge brauchten ihre Zeit, um verarbeitet zu werden. In solchen Situationen zunächst einmal mit Gott zu hadern, wäre wohl nur allzu verständlich und normal. Und wäre es nicht sogar biblisch? Wenn sich Burgner recht besann, gab es zahlreiche Psalmen, in denen Leid und Klagen vor Gott gebracht wurden. Und dann die Geschichte von Hiob … Nein, die Reaktion von Frau Reißlein war schon bemerkenswert.

»Wir sind gekommen, um uns nach Ihrem Sohn zu erkundigen«, schaltete sich Kühn ein und kam damit zum Anliegen ihres Besuches.

Als er das Wort *Sohn* aussprach, veränderte sich Else Reißleins Gesichtsausdruck. Fast unmerklich zwar, aber Burgner blieb es nicht verborgen.

»Mein ... Sohn«, begann die alte Frau vorsichtig zu entgegnen, »mein Sohn ist auf und davon.«

Kühn nickte neutral. »Wissen Sie wohin?«

»Nein. Er hat gesagt, dass er Luftveränderung bräuchte. Dass es ihm hier zu heiß geworden sei und dass er eine Zeit lang ... nun ja ... untertauchen müsse.«

»Untertauchen?«

»So hat er es gesagt.«

Burgner sah in das Gesicht seines ratlosen Kollegen, deshalb stellte er die nächste Frage: »Weshalb musste Ihr Sohn denn untertauchen, Frau Reißlein?«

Die alte Dame legte die Zeitung zusammen. Dann seufzte sie, schloss kurz die Augen und antwortete kurz und knapp in einem Wort: »Angst.«

Die Kriminalisten wechselten einen kurzen Blick. Kühn nickte und so fuhr Burgner mit der Befragung fort. »Angst? Wovor?«

Frau Reißlein seufzte erneut. »Ich glaube, er hat es sich nur eingebildet, dass sie hinter ihm her sind. Dass sie es auf ihn abgesehen haben, wie er es nannte. Dass sie ihn zum Schweigen bringen wollten.«

»Wen meinen Sie mit *sie*?«

»*Sie* sind diejenigen, denen seine Meinung und seine Aktivitäten nicht passten. So hat er es mir jedenfalls erklärt.«

Kühn fuhr sich mit der flachen Hand über das Gesicht. »Aber was um alles in der Welt denn für Aktivitäten?«

»Nun ja«, Frau Reißlein legte die Stirn in Falten, »mit dem Ingo war es nicht immer ganz leicht. Er ist ein intelligenter Junge, aber manchmal gehen die Pferde ein bisschen mit ihm durch.«

»Inwiefern?«

Die alte Dame tippte auf die Morgenpost. »Er hat ein etwas seltsames Hobby.«

»Und das wäre?«

»Ingo beschäftigt sich seit Jahren intensiv und ausgiebig mit allen möglichen Verschwörungstheorien. Zunächst war es wohl eher ein Spaß und er wollte sich lustig machen oder so. Aber dann geriet er immer tiefer in den Sog dieser Dinge.«

»Verschwörungstheorien?«

Else Reißlein nickte. »Von der inszenierten Mondlandung der Amerikaner, über die Ereignisse rund um den 11. September, bis hin zu dieser Sache mit den Kondensstreifen am Himmel.«

»Welche Kondensstreifen denn?«, fragte Burgner.

»Ich nehme an, dass es sich um die sogenannten Chemtrails handelt«, vermutete Kühn. »Es geht um die abstruse Behauptung, die Regierung oder die Vereinigten Staaten oder irgendwelche Geheimdienste würden seit einigen Jahren mithilfe von Verkehrsflugzeugen Chemikalien am Himmel versprühen. Auch über Deutschland.«

Burgner schüttelte den Kopf. »Ich habe mal irgendwo davon gelesen.«

»Ja«, fuhr Kühn fort, »eine ziemlich haarsträubende Geschichte. Es wird behauptet, diese Chemikalien würden das Wetter beeinflussen. Manche Durchgeknallte gehen sogar so weit, zu behaupten, es seien chemische oder biologische Kampfstoffe …«

Burgner schüttelte den Kopf. Dann wandte er sich wieder an Frau Reißlein. »Und was, meinen Sie, könnte das für eine Verbindung zum Verschwinden Ihres Sohnes haben? Meinen Sie wirklich, jemand sei deswegen hinter ihm her?«

»Ich meine gar nichts, Herr Kommissar«, entgegnete Else Reißlein. »Ingo hat diesen Verdacht geäußert. Und er hat es jedenfalls so ernst genommen, dass er verschwunden ist.«

»Nun denn«, Kühn kratzte sich am Kopf, »das klingt alles ein wenig wirr und aus meiner Sicht auch maßlos übertrieben, aber sei's drum. Wichtig wäre für uns jetzt zu erfahren, wo sich Ihr Sohn im Augenblick aufhält.«

Else Reißlein nahm die Zeitung und warf sie auf den kleinen Nachtschrank, der zu ihrem Bett gehörte und sich direkt neben dem Tisch befand, an dem sie saßen. »Ich habe Ihnen bereits gesagt, dass ich keine Ahnung habe, wo sich Ingo gerade aufhält. Wenn er sich bei mir melden sollte, kann ich ihm aber gerne ausrichten, dass er Sie anrufen soll.«

Burgner nickte. Dann zog er eine seiner Visitenkarten aus der Tasche und legte sie auf das Nachtschränkchen neben die Zeitung. Seine Bewunderung für die Gelassenheit der alten Dame im Hinblick auf den Hausbrand hatte sich etwas gelegt und war der Frage gewichen, weshalb Frau Reißlein auf die Frage nach dem Aufenthalt ihres Sohnes so gereizt reagiert hatte.

*

Als die beiden Beamten das Klinikgelände verließen, schien draußen bereits die Sonne und Burgner kniff die Augen zusammen. Er merkte, wie müde er war. Eigentlich hatte er seit Stunden Feierabend und nur noch einen Wunsch: endlich ins Bett. Wobei – eigentlich hatte er noch einen zweiten Wunsch: etwas zu essen. Sein Magen knurrte unüberhörbar und Kühn grinste, als sich Burgner an den Bauch griff.

»Wie wär's mit einem guten Frühstück?«, fragte er.

Burgner nickte. »Hast du eine Idee, wo?«

Kühn dachte einen Augenblick lang nach und schnippte dann mit den Fingern. »Wie wär's mit … McDonald's?«

Burgner verzog das Gesicht und Kühn lachte laut los. »Hey – war'n Witz, Kumpel. Ich kenne hier in der Nähe eine gute Bäckerei, die bieten auch Frühstück an. Da gibt's sogar Rührei mit Schinken …«

*

Kühn hatte nicht zu viel versprochen: Das Frühstück in der kleinen Bäckerei in der Nähe des S-Bahnhofs Pankow war ausgezeichnet.

Sie setzten sich an einen Tisch am Fenster und verbrannten sich am heißen Kaffee fast den Mund. Draußen fuhr ein Fahrzeug der Stadtreinigung vorbei und kehrte die Straße. Die Regenpfützen waren verschwunden und die Sonne schien. Es würde wohl ein heißer Tag werden.

Burgner hatte sich zwei Croissants und eine Portion Rührei bestellt und ließ sich seine Morgenmahlzeit mit sichtlichem Genuss schmecken. Nach ein paar Minuten kamen sie auf den Besuch bei Else Reißlein zu sprechen.

»Was mir aufgefallen ist«, meinte Burgner kauend, »ist dieses ausweichende Verhalten, als wir sie nach dem Aufenthaltsort ihres Sohnes gefragt haben. Das schien sie mehr zu beschäftigen und zu bewegen, als ihr abgebranntes Haus.«

Kühn nickte. »Sie hat von Gottvertrauen gesprochen …«

»Ja. Das hat sie.«

»Was hältst du davon? Du bist doch in der Kirche.«

Burgner hob die Augenbrauen. Es stimmte schon, was Kühn sagte: Er war nicht nur in der Kirche, er war sogar Mitglied im Gemeindekirchenrat.

Seit er in das Dorf gezogen war, in dem er seit einigen Jahren lebte, war er mehr und mehr mit der Kirchengemeinde verwachsen. Anfangs hatte ihn Peter Wolters, sein neuer Nachbar in Dannow, eingeladen und er war mitgegangen. Burgner war ja getauft und konfirmiert. Was also sprach gegen einen Gottesdienstbesuch? Und dann war ihm aufgefallen, dass es in dieser Gemeinde anders war, als er es von woanders kannte. In den Kirchen, die er während seiner BKA-Zeit in Wiesbaden und dann später in Berlin hin und wieder besucht hatte, zu Weihnachten oder zu Ostern oder zum Erntedankfest, in diesen Kirchengemeinden war er sich immer irgendwie wie ein Fremdkörper vorgekommen. Er hatte sich nicht dazugehörig gefühlt. Hier war es anders. In Dannow hatte er sich vom ersten Augenblick an wohlgefühlt. Er war freundlich und warmherzig aufgenommen worden, obwohl er als Städter bei den Dorfbewohnern eher Zurückhaltung und Reserviertheit erwartet hätte. Und dann Peter Wolters, der Nachbar, der ihm inzwischen zum guten Freund geworden war. Wolters war Ende sechzig, litt an Diabetes und hatte in seinem Leben viel durchgemacht. Trotzdem war er ein Mensch voller Zuversicht. Immer häufiger lud er Burgner zu einem gemeinsamen Abendessen ein. Schnell waren sie auf Glaubensfragen zu sprechen gekommen und Wolters hatte Burgners Zweifel, seine offenen Fragen und seine Kritik geduldig angehört und in beeindruckender Weise auch beantwortet.

Gottvertrauen, dachte Burgner, auch darüber hatten sie schon gesprochen. »Weißt du«, sagte er schließlich zu Kühn, »ich glaube schon, dass man derartige Situationen nur dann einigermaßen gelassen durchstehen kann, wenn man weiß, dass das, was man hier an Hab und Gut hat, letztlich nicht entscheidend ist.«

»Du meinst: Das letzte Hemd hat keine Taschen?« Kühn zupfte an der Brusttasche seines Oberhemdes.

»Eher: Es ist alles nur geliehen«, entgegnete Burgner. »Was wir hier haben, ist uns von Gott anvertraut. Wir dürfen und sollen sorgfältig damit umgehen, aber es ist trotzdem nicht auf ewig unser Eigentum.«

Kühn grinste. »Die Hoffnung auf ein besseres Leben im Jenseits?«

Burgner nahm einen Schluck aus seiner Kaffeetasse. Dann nickte er. »Auf jeden Fall.«

»Aber niemand weiß, ob es dieses Leben im Jenseits überhaupt gibt … schließlich ist noch keiner von den Toten wiedergekommen …«

Burgner stellte die Tasse zurück auf den Unterteller. »Ich glaube fest daran, dass mit dem Tod nicht alles aus ist.«

»Glauben ist aber noch lange nicht Wissen …«

Jan Burgner winkte ab. »Kommen wir lieber zurück auf Frau Reißlein und ihren Sohn. Was hältst du von dieser Sache mit den Verschwörungstheorien und seiner Angst, jemand wäre hinter ihm her?«

Kühn biss in ein Croissant und winkte melodramatisch ab. »Maßlos übertrieben«, sagte er kauend. »Wenn du mich fragst: Der leidet an Verfolgungswahn.«

»Schon möglich. Aber könnte es nicht trotzdem sein …«

»… dass er jemandem auf die Zehen getreten ist? Dass jemand, der eine ganz andere Auffassung vertritt, es auf ihn abgesehen hat? Ein anderer Durchgeknallter?«

Burgner nickte. »So in etwa.«

»Tja … das kann man natürlich nicht ausschließen. Aber wenn man danach geht, kann jeder jeden Tag Opfer eines geistig verwirrten Amokläufers werden.«

Eine ältere Dame, die in der Nähe stand und darauf wartete, dass die Bäckersfrau ihr die bestellten Brötchen einpackte, musterte die beiden Beamten skeptisch. Offenbar hatte sie ein paar Wortfetzen aufgeschnappt und überlegte nun, was sie von dem Ganzen halten sollte.

»Die ganz Verrückten haben es ja auf Bäckereikunden abgesehen«, fuhr Kühn fort und grinste die alte Dame provokativ an. Diese zog beleidigt die Nase hoch, riss der verwunderten Verkäuferin die Brötchentüte aus der Hand und verschwand wie von der Tarantel gestochen aus dem Laden.

»Mal im Ernst«, mahnte Burgner, »meinst du, es gibt einen Zusammenhang zwischen den Aktivitäten von Ingo Reißlein und dem Hausbrand?«

Kühn wollte gerade etwas antworten, als sein Handy zu singen begann: *Ein Stern, der deinen Namen trägt*. Dieser nervtötende Radio-Ohrwurm. Ein schrecklicher Klingelton.

Kühn zog das Telefon maulend mit seinen marmeladenverschmierten Fingern hervor, drückte die Gesprächsannahmetaste und lauschte dann eine Zeit lang schweigend in das Gerät. Schließlich bedankte er sich und legte auf. »Das war Lippert von der Spurensicherung. Sie haben es jetzt amtlich: Der Brand wurde von einem Sprengsatz ausgelöst.«

4. Kapitel

Das Navigationssystem in ihrem Wagen musste kaputt sein. Hier in dieser Einöde konnte nicht das Ziel sein, das sie erreichen wollte. Hier in dieser Einöde konnte nicht der Ort sein, an dem sie die nächste Zeit verbringen sollte. Hier in dieser Einöde ... Nein – es gab keine andere Erklärung: Das Navigationssystem in ihrem Wagen musste kaputt sein.

Seufzend zog Julia Jacob am verchromten Griff, öffnete die Tür ihres Mini Cooper und setzte ihren linken Fuß in die Wildnis. Auf unerklärliche Weise kamen ihr die Worte Neil Armstrongs in den Sinn, als er als erster Mensch den Mond betrat: *Es ist nur ein kleiner Schritt für einen Menschen ...* – für sie, Julia, begann hier auch so etwas wie eine Eroberung. Eine Eroberung, die sie zu leiten und durchzusetzen hatte. Eine Eroberung, die ihr erster eigener Auftrag war und für die sie dennoch alle Vollmachten besaß. Eine Eroberung, die zum Ziel führen musste.

Das Dorf hieß Dannow und lag im Landkreis Barnim, rund 25 Kilometer nördlich von Berlin.

Julia selbst war eine Städterin durch und durch, die vom Landleben nicht den blassesten Schimmer hatte. Nicht einmal im Urlaub war sie jemals wirklich auf dem Land gewesen. Nun würde sie wohl oder übel lernen müssen, wie hier die Uhren tickten. Noch tickten. Denn schon bald würde es hier anders aussehen. Ganz anders. Und Julia schmunzelte bei dem Gedanken, dass hier bald Boutiquen statt Kuhställe anzutreffen sein würden ...

Julia lehnte sich vorsichtig an einen hölzernen Weidezaun und ließ ihren Blick über die Silhouette des Dorfes schweifen. Eigentlich war es ganz hübsch hier. So friedlich sah alles aus: die Häuser, die Kirche, der See. Über den Wiesen schwebten hier und da Nebelfelder; die Morgensonne war dabei, sie aufzulösen. Irgendwo hörte man das brummende Geräusch eines Traktors, das bald lauter, bald leiser wurde, was darauf schließen ließ, dass ein Bauer sein Feld bestellte und offenbar hin- und herfuhr ...

Eigentlich ist es ein Jammer, dachte Julia. Ein Jammer, dass diese Idylle schon bald der Vergangenheit angehören sollte. Aber so war die Zeit. Nichts blieb auf ewig. Und man musste sehen, wo man selbst blieb in dieser Zeit.

Sie strich sich über ihr dunkelblaues Kostüm und fuhr sich durchs Haar. Dann drehte sie sich um, stieg in ihren Wagen und ließ den Motor an.

Dannow lag vor ihr. Und ein Auftrag, der ihre ganze Kraft erfordern würde …

Keine fünf Minuten später war sie am Ziel. Das Bürgermeisterbüro von Dannow befand sich in einem schlossähnlichen Gebäude, das auf den ersten Blick einen recht passablen Eindruck machte. Auf den zweiten Blick hatte der Zahn der Zeit nichts unversucht gelassen, um auch die Bausubstanz dieses Objekts in seine Gewalt zu bekommen. Aber das war im Grunde völlig nebensächlich. Wenn alles verlief wie geplant, würde dieses Gebäude nicht mehr lange hier stehen.

Julia parkte den Wagen unter einer kräftigen Eiche, die sich direkt vor dem Anwesen befand und hoffte, dass die Vögel ihr Auto in Ruhe lassen würden. Dann stieg sie aus, griff nach ihrer Aktenmappe und begab sich schnellen Schrittes zum Eingang des Gebäudes. Es war eine halbe Minute vor acht.

*

»Liebe Frau Jacob!«, rief der Mann hinter dem Schreibtisch freundlich lächelnd. »Seien Sie herzlich willkommen in Dannow!« Er erhob sich, schloss mit flinken Bewegungen die Knöpfe seines Cordsakkos, trat einen Schritt auf Julia zu und reichte ihr die Hand. »Herzlich willkommen!«, wiederholte er. »Mein Name ist Sikorsky. Bürgermeister Sikorsky. Man hat Sie mir schon von Berlin aus angekündigt. Sie scheinen ja wirklich eine Frühaufsteherin zu sein!«

Julia hob leicht die Augenbrauen und erwiderte den Gruß. Sie merkte, dass ihr der feste Händedruck unangenehm war. Genauso unangenehm, wie die Bemerkung über ihr frühes Erscheinen. Es gab eine feste Verabredung für acht Uhr morgens, Punktum. Und dass sie nach dem Albtraum der letzten Nacht ohnehin nicht mehr hatte einschlafen können, kam hinzu. Mit mäßigem Interesse ließ sie einen Blick durch das Dienstzimmer des Bürgermeisters wandern. Dass ihr erster Weg sie hierher führen sollte, hatte man ihr in der Firma nahegelegt. Der Mann stand auf ihrer Seite und ohne ihn würde es wesentlich schwerer sein, hier Fuß zu fassen und möglichst problemlos und zeitnah umzusetzen, was auf dem Programm stand.

»Nehmen Sie doch bitte Platz.« Sikorsky wies auf den abgesessenen Kunstlederstuhl vor seinem Schreibtisch und machte eine leichte Verbeugung. »Darf ich Ihnen etwas anbieten? Einen Kaffee? Mit Milch und Zucker?«

»Danke, nichts.« Julia schob sich trotz ihrer Abscheu auf den Besucherstuhl. Die Sitzfläche war fleckig und Julia verdrängte die Frage, wo die Flecken wohl herkommen mochten. In der Luft lag ein penetranter Geruch von Dieselöl.

Offenbar enttäuscht über die Zurückweisung seines Kaffee-Angebotes zuckte Bürgermeister Sikorsky zweimal schlapp mit den Schultern, lief dann um den monströsen Sprelacart-Schreibtisch herum und setzte sich in seinen Chefsessel.

»Sie glauben ja gar nicht, wie froh ich bin, dass Sie hier sind und die Angelegenheit endlich ins Rollen kommt«, sagte er nach einem Augenblick des gegenseitigen Taxierens. »Auch wenn Sie vielleicht andere Vorstellungen davon haben: Es ist keine sehr dankbare Aufgabe, als Bürgermeister seinen Bürgern einen Wegzug nahezulegen ...«

Julia zuckte mit den Schultern. Dann griff sie nach ihrer Aktenmappe, legte sie vor sich auf die Tischplatte und zog den Hefter mit dem Ablaufplan hervor. »Nun, Herr Sikorsky, wenn Ihnen so viel daran liegt, die Sache schnell über die Bühne zu bekommen, dann sollten wir keine Zeit verlieren und uns gleich an die Arbeit machen. Wir haben uns das Ganze so vorgestellt ...«

5. Kapitel

Als sie endlich im Präsidium eintrafen, war es kurz vor neun Uhr. Die Kollegen von der dritten Schicht waren schon auf den Gängen unterwegs und holten sich Wasser für ihren Morgenkaffee. Die Tür zum Zimmer des Chefs stand offen und Burgner und Kühn warfen einen flüchtigen Morgengruß hinein.

»Ach, Herr Burgner«, drang es laut und deutlich aus dem Chefzimmer, »weil Sie gerade da sind …«

Burgner blieb auf der Stelle stehen, als sei er zur Salzsäule erstarrt, und Kühn klopfte ihm grinsend auf die Schulter und machte dann, dass er davonkam.

»Herr Burgner?«

Jan drehte sich um und betrat das Büro von Kriminaloberrat Dirks.

»Ah, da sind Sie ja«, begrüßte ihn der Chef laut. Zu laut nach dieser Nacht, dachte Burgner. »Nehmen Sie doch bitte mal eben Platz, ich möchte ganz kurz mit Ihnen über eine wichtige Angelegenheit sprechen …«

Burgner hob die Augenbrauen. Das *ganz kurz* seines Chefs kannte er.

»Es geht um Ihre Beförderung«, begann Dirks, nachdem sie sich gesetzt hatten. »Ihre Beförderung zum Oberkommissar, für die Sie sich beworben hatten.«

Burgner nickte und spitzte die Ohren. Beförderung? Hatte er richtig gehört? Hatte Dirks wirklich *Beförderung* gesagt?

»Wie Sie wissen, schätze ich Ihre Arbeit sehr, Herr Burgner. Und ich stehe einer Beförderung auch sehr aufgeschlossen gegenüber und unterstütze sie gern …«

Aber, dachte Burgner, *gleich kam das Aber …*

»… aber es gibt da eine Kleinigkeit, die ich gerne noch mit Ihnen geklärt hätte.«

Der Kommissar nickte. Natürlich. Eine Kleinigkeit.

Dirks legte seinen langgliedrigen Zeigefinger an den Mund und sah Burgner einen Augenblick lang an. Dann griff er nach einer Akte, die auf der linken Seite seines Schreibtisches gelegen hatte. »Ich habe hier«, sagte er in einem undefinierbaren Tonfall und tippte mit dem Zeigefinger auf das Dokument, »einen sehr unschönen Bericht über die Ermittlungsarbeit in dieser Postfilialensache in Reinickendorf. Sie wissen schon, der Überfall auf den Schreibwarenladen gestern.«

Burgner stutzte. Welchen Bericht mochte Dirks meinen? Es gab seines Wissens doch noch überhaupt keinen Bericht über diese Sache. Gestern waren sie den ganzen Tag über in dieser Ermittlungssache im Einsatz gewesen und dann war der Hausbrand passiert und hatte sie in Beschlag genommen. Nein, außer einem dreizeiligen Kurzvermerk über ihre Maßnahmen in der Postraubsache gab es definitiv noch keinen Bericht.

»Sie fragen sich, was ich meine, nicht wahr?« Dirks grinste, aber im nächsten Moment war das Grinsen auch schon wieder aus seinem Gesicht verschwunden. Dann öffnete er den Aktendeckel und zog eine Zeitungsseite hervor. Ein mehrspaltiger Artikel war angestrichen und Dirks deutete darauf. »Diesen Bericht meine ich!«

Ohne weiter fortzufahren, reichte er die Zeitungsseite über den Tisch, und Burgner erblickte sein eigenes Gesicht. Neben ihm stand Kühn. Darunter der Text:

Beamte der Kripo sind ratlos. »Diese Nuss ist nicht zu knacken«, sagt Kriminalkommissar Burgner, der für die Ermittlungen zuständig ist …

»So ein Unsinn!«, empörte sich Burgner. »So etwas habe ich nie gesagt! Das haben die sich aus den Fingern gesogen. Ich habe alle Journalisten stets an die Pressestelle …«

»Ja ja«, unterbrach ihn Dirks, »wie auch immer. So geht es jedenfalls nicht. Wir können doch nicht der Öffentlichkeit den Eindruck vermitteln, wir würden angesichts der Vorwitzigkeit der Täter resignieren. Was für ein Bild da von uns entsteht! Und so ganz aus der Luft gegriffen wird das ja nicht sein, was die da schreiben.«

Burgner schüttelte wütend den Kopf und warf die Zeitungsseite auf den Tisch. »Kein Wort davon ist wahr!«

Dirks lehnte sich zurück und sah Burgner einen Augenblick lang schweigend an. Dann richtete er sich auf und holte tief Luft. »Sie sind raus aus dieser Ermittlung, Herr Burgner. Ab sofort kümmern Sie sich ausschließlich um den Hausbrand und alles, was damit im Zusammenhang steht. Haben wir uns verstanden?«

Burgner nickte zögernd. Genau genommen war es eine Frechheit, ihn für die Dreistigkeit der Journalisten verantwortlich zu machen, aber im Grunde kam ihm das Ganze nicht ungelegen: Die Sache mit dem Haus der alten Frau Reißlein konnte sich als zeitaufwendiger und arbeitsintensiver erweisen, als es auf den ersten Blick vielleicht schien. Zudem hatte er das unerklärliche Gefühl, dass hinter der Hausbrandsache ein großes Ding stecken könnte. Je weniger ihn also andere Aufgaben in Beschlag nahmen, desto besser.

»Also?«

Burgner hob die Augenbrauen. »Ich habe Ihre Weisung verstanden und werde mich danach richten.«

Dirks nickte. Dann erhob er sich, schloss den Knopf seines Jacketts und trat auf Burgner zu. »Ich erwarte Sie dann mit einem ersten Bericht in einer Stunde hier in meinem Büro.«

Burgner machte ein dämliches Gesicht. »Bitte?«

»Bevor Sie Feierabend machen. Die Sache ist wichtig.«

»Wie Sie wünschen, Chef«, seufzte Burgner, erhob sich kopfschüttelnd und machte sich aus dem Staub.

6. Kapitel

Tief durchatmend begab sich Julia gegen halb elf auf eine erste Erkundungstour durch Dannow. Reichlich zwei Stunden hatte sie im Bürgermeisterbüro zugebracht und war froh, endlich wieder an der frischen Luft zu sein.

Ihr erster Eindruck bei der Ankunft heute Morgen hatte sie nicht getäuscht. Das Dorf war in einem ziemlich jämmerlichen Zustand. Hier und da gab es zwar ein modernisiertes Häuschen und auch zwei Neubauten hatte sie entdeckt, ansonsten aber schien der gesamte Ort ziemlich marode zu sein. Höchste Zeit also, dass hier etwas passierte. Höchste Zeit, dass jemand kam und die Dörfler aus ihrem Dornröschenschlaf weckte. Dass jemand sie aus dem Mief von hundert Jahren und vier Staatssystemen holte. Die Leute hier wussten ihre Zeit nicht zu nutzen, da war Julia sich sicher. Die Leute hier lebten am Leben vorbei. Die Leute hier … verpassten alles!

Viel Zeit hatte ihr die Firma für diesen Auftrag nicht gegeben. Alles musste rasch und möglichst problemlos abgewickelt werden. Dazu war es erforderlich, dass Julia die Bewohner der betroffenen Grundstücke besuchte, ihnen die Lage erklärte und – wenn nötig – mit deutlichem Nachdruck zu verstehen gab, dass ihnen keine Wahl blieb: Das Dorf würde sich verändern. Eine Freizeitanlage würde entstehen, und zwar in größerem Ausmaß. Die Ländereien und die Häuser, die dem Vorhaben der Firma noch im Wege standen, würden verschwinden müssen, ganz klar. Wer schlau war, würde Julias Angebot und die Abfindung der Firma annehmen. Damit ließ sich ein schönes kleines Häuschen bauen. Irgendwo anders. Bei derartigen Unternehmungen musste das Gemeinwohl eben vor dem Eigenwohl stehen. Schließlich schaffte die Hotel- und Sportanlage ja auch Arbeitsplätze. Und dass die Beschäftigten längst ausgewählt waren und keiner von ihnen aus Dannow stammte, war letztlich nicht ihr Problem. Das musste man den Dörflern ja nicht unbedingt auf die Nase binden …

Irgendwann stand Julia vor einem Einfamilienhaus, das einen recht ordentlichen Eindruck machte. *Gut,* dachte sie, *dann fange ich hier an.* Sie trat an die Gartentür und suchte nach einem Klingelknopf. Am Briefkasten stand der Name *Burgner* und der Klingelknopf befand sich genau darunter. Julia legte ihren Finger an die Taste, holte einmal tief Luft und war stolz, dass hier und heute ihr erster eigener brisanter Auftrag begann. Quasi mit diesem Knopfdruck läutete sie eine neue Ära in ihrem Leben ein. Sie würde nicht mehr die Julia Jacob sein, die sie bisher gewesen war, sondern sie würde eine erfolgreiche Geschäftsfrau sein. Mit dem Geld, das die Firma ihr als Erfolgshonorar in Aussicht gestellt hatte, würde sich eine Menge anfangen lassen. Und dass sie erfolgreich sein würde, daran hatte Julia eigentlich keinen Zweifel.

Nachdem sie zweimal geklingelt hatte und nichts passierte, spürte sie Enttäuschung. Offenbar war niemand zu Hause. Oder es war jemand da und wollte sie nicht hereinlassen. Oder die Klingel war defekt.

Julia legte ihre Hand auf die Klinke des Gartentores und drückte sie nieder. *Siehe da,* dachte sie, *es ist nicht abgeschlossen! Wer wird mir da einen kleinen Besuch auf dem Grundstück verwehren? Und wer weiß, vielleicht geht die Klingel ja tatsächlich nicht und der Eigentümer erwartet sogar, dass man an die Haustür kommt …*

Einmal schaute Julia sich noch um, dann schob sie das Gartentor auf und betrat das Grundstück. Langsam ging sie auf die Eingangstür zu. Vor der kleinen Glasscheibe, die in das Holz der schweren Tür eingelassen war, hing ein Strohblumenkranz. Julia wollte gerade ihren Finger an die Scheibe legen, als sie ein undefinierbares Geräusch aus dem hinteren Bereich des Grundstücks vernahm. Es kam aus der Richtung eines alten Holzschuppens, an dessen Seitenwand zwei Fahrräder vor sich hin rosteten und ein Stapel Brennholz von der Rückständigkeit der Heizungsanlage des Besitzers zu zeugen schien. Das Geräusch war dumpf und bedrohlich gewesen, aber ebenso kurz. Julia hätte nicht sagen können, was genau es verursacht hatte oder wer. Oder hatte sie sich das Geräusch am Ende nur eingebildet?

Ach was, dachte sie, *ich sollte mich nicht so haben! Was kann hier auf dem Dorf schon für eine Gefahr auf mich lauern?*

Sie scheuchte alle düsteren Gedanken beiseite und ging entschiedenen Schrittes auf den Schuppen zu. Aber schon auf dem Weg dorthin kamen ihr Zweifel. Wer konnte denn wissen, was manche Menschen für seltsame Gewohnheiten hatten? Wer konnte wissen, was manche Menschen für Lebewesen gefangen hielten? Julias Schritte verlangsamten sich. Vielleicht war es doch nicht so klug, einen Blick in diesen morschen Schuppen zu werfen? Vielleicht war es in der Tat besser …

Da war es wieder! Diesmal noch lauter und bedrohlicher. Wie ein Knurren, aber nicht von einem Hund, sondern viel … dröhnender. Wie ein Bass.

Julia drehte sich blitzschnell um und sah zu, dass sie auf dem schnellsten Wege wegkam.

Verwirrt nahm sie zur Kenntnis, dass sie von einem Gefühl überwältigt wurde, von dem sie eigentlich immer überzeugt gewesen war, es im Griff zu haben: Angst.

Während ihrer Flucht stolperte sie über irgendein Gartengerät und einen Blecheimer und wäre um ein Haar gestürzt, wenn sie nicht in diesem Moment das Tor erreicht hätte, an dem sie sich festhalten konnte. Und eine Sekunde später hatte sie das Grundstück verlassen. Das unheimliche Geräusch hatte sie nicht mehr gehört, und während sie sich immer weiter von diesem Anwesen entfernte, wurde sie wieder ruhiger und nüchterner. Aber Julia fürchtete, dass ihr Auftrag hier schwieriger werden könnte als erwartet.

*

Nachdem Julia das unheimliche Grundstück hinter sich gelassen und den Dorfanger erreicht hatte, schüttelte sie den Kopf und fuhr sich mit den Fingern durch das Haar. Was war eigentlich los mit ihr, dass eine so lächerliche Sache sie aus der Fassung brachte?

Julias Blick fiel auf eine sonnige Bank neben der Feldsteinkirche. Ohne lange nachzudenken, ging sie auf die Bank zu, setzte sich und hielt ihr Gesicht in die Sonne. Ein leichter Wind wehte und noch waren die Temperaturen erträglich. In der Wettervorhersage, die sie heute früh bei ihrer Herfahrt im Autoradio gehört hatte, hatten sie von 31 Grad gesprochen, auf die das Quecksilber an diesem Dienstag noch steigen sollte … 31 Grad!

Einen Augenblick lang saß die junge Immobilienmaklerin einfach so da und dachte an gar nichts. Weder an das Geräusch, das sie eben noch in Panik versetzt hatte, noch an ihren Albtraum von letzter Nacht und auch nicht an den Auftrag, den sie hier zu erfüllen hatte. Sie saß einfach nur da und ließ sich die Sonne ins Gesicht scheinen. Und fühlte sich irgendwie wohl und geborgen.

7. Kapitel

Als Burgner mit seinem Škoda Octavia in die Einfahrt seines Grundstücks rollte, sah er sofort, dass etwas geschehen sein musste: Die Harke und der Besen, die immer an der Hauswand lehnten, waren umgefallen, und der Blecheimer, der normalerweise in sicherer Verwahrung unter der kleinen Holzbank direkt neben der Eingangstür stand, lag umgekippt in der Auffahrt. Um ein Haar wäre Burgner mit seinem Wagen darübergerollt.

Schimpfend trat er auf die Bremse und stoppte. Dann löste er den Sicherheitsgurt, stieg aus und räumte den Eimer beiseite. Einen Moment lang ließ er seinen Blick über das Grundstück schweifen, aber es fiel ihm nichts Verdächtiges auf.

Als er wieder in seinen Wagen steigen wollte, um den letzten Meter auf die Stellfläche zu fahren, bemerkte er, dass jemand am Gartentor stand. Es war Peter Wolters, sein Nachbar und Freund. So manchen Abend hatten sie sich bis spät in die Nacht hinein bei Wein und Käse über Gott und die Welt unterhalten und die Zeit vergessen. Peter Wolters war ein pensionierter Biologe und lebte – genau wie Burgner – allein. So ergab es sich manchmal, dass sie auch gemeinsam kochten. Und zu guter Letzt gehörten Peter und er der örtlichen Kirchengemeinde an.

»Vorhin war so eine junge Gazelle hier«, rief Wolters lachend und wies auf den Blecheimer. »Sie ist über dein Grundstück stolziert und hat sich überall umgesehen.«

Burgner stellte den Motor ab und blickte seinen Nachbarn fragend an. »Hat sie gesagt, was sie wollte? Kanntest du die Frau? Und wie ist sie hier überhaupt hereingekommen?«

Wolters lachte. »Das sind ja gleich drei Fragen auf einmal!«

»Und?«

»Nun ja«, Wolters zuckte mit den Schultern. »Als ich sie von meinem Küchenfenster aus entdeckt hatte, musste ich erst mal die kochende Milch vom Herd nehmen. Dann bin ich raus, aber da war sie schon wieder weg. Aus der Entfernung konnte ich sie nicht sehr deutlich erkennen, aber ich glaube, dass ich sie noch nie zuvor gesehen habe. Und in deinen Garten ist sie ganz einfach durch das Tor gekommen. Du hattest mal wieder vergessen abzuschließen …«

Burgner nickte.

»War wohl ein harter Tag, was?« Wolters klopfte Burgner auf die Schulter. »Du siehst ziemlich fertig aus.«

Der Kommissar nickte. »Ein Hausbrand. Letzte Nacht in Pankow. Ziemlich heftige Sache.«

»Sind Menschen zu Schaden gekommen?«

Burgner schüttelte den Kopf. »In dem Haus wohnte nur eine alte Dame. Sie konnte sich rechtzeitig in Sicherheit bringen und ist mit einem Schrecken davongekommen. Wobei: Der Begriff *Schrecken* ist eigentlich zu hoch gegriffen.«

»Wieso?«

»Nun ja – diese alte Dame hat den Verlust ihres gesamten Hab und Guts und ihres Hauses sehr gut verkraftet. Sie hat von Gottvertrauen gesprochen …«

Wolters nickte.

»Es hat mich schon sehr beeindruckt«, gestand Burgner. »Und meinen Kollegen noch mehr, vermute ich. Der lässt sich nicht so sehr in die Karten gucken, was er so denkt und so. Aber immerhin haben wir darüber gesprochen.«

»Über Gottvertrauen?«

»Ja.«

»Das ist gut. Es ist immer gut, wenn man eine Gelegenheit bekommt, von Gott zu sprechen.«

Burgner nickte. Wenn er an das Gespräch mit Kühn dachte, kam er sich dennoch ziemlich dumm vor. Er hatte ausweichend geantwortet, unkonkret. Eine verpasste Chance vielleicht. Aber wie hätte er antworten sollen?

Burgner rieb sich über das Kinn und sah Wolters an. »Ich habe da gleich noch eine Frage an dich in dieser Sache.«

»Dann schieß mal los«, lachte Wolters und ging gespielt in Deckung.

»In diesem Gespräch mit meinem Kollegen heute Morgen, als es um das Gottvertrauen ging und so …«

Wolters nickte.

»Der Kollege meinte, dass niemand wissen könne, ob es ein Leben nach dem Tod überhaupt gibt. Es sei ja noch nie einer zurückgekommen.«

»Und was hast du ihm geantwortet?«

Burgner hob die Augenbrauen. »Ich habe ihm nur gesagt, dass ich eben fest daran glaube.«

Wolters hob den Kopf und blickte einen Moment lang zum Himmel. »Es stimmt nicht, was dein Kollege gesagt hat.«

»Was?«

»Dass noch niemand zurückgekommen ist.«

»Wie bitte?«

Wolters nickte noch immer. »Jesus«, sagte er. »Jesus ist zurückgekommen.«

Der Kommissar sah seinen Nachbarn und Freund verblüfft an. Diese Antwort war einfach, aber treffend. Warum war er selbst nicht darauf gekommen? Ja – so hätte er antworten können ... und sollen.

»Du brauchst dir keine Gedanken zu machen, ob du mehr hättest sagen oder erklären müssen«, fuhr Wolters fort. »Wenn du mehr hättest sagen sollen, wäre es dir schon eingefallen. Vertrau einfach darauf, dass Gott auch durch deine wenigen Worte wirken kann. Er hat einen Plan für unser Leben. Auch für das deines Kollegen ...«

Burgner sah zu Boden. Klar, was Peter Wolters sagte, mochte stimmen. Dennoch blieb in ihm irgendwie das Gefühl, dass er eine Gelegenheit ungenutzt gelassen hatte. Seinen Glauben nicht richtig bekannt hatte. Es war nicht gut, wenn die anderen dachten, es sei nur so etwas Unbestimmtes, rein Gefühlsmäßiges. Schließlich steckte mehr dahinter. Viel mehr.

»Da ist sie wieder«, sagte Wolters mitten in Burgners Gedanken hinein. Und als der Kommissar den Blick hob, sah er seinen Freund grinsen.

»Wer?«

Wolters zeigte zur noch offenen Einfahrt, in der eine junge Frau stand und zu ihnen herübersah. »Die Gazelle«, sagte er. »Von vorhin.«

Burgner brauchte einen Moment, bis er begriff, was Wolters meinte. »Aha«, brummte er schließlich.

Wolters klopfte ihm auf die Schulter. »Dann viel Vergnügen«, sagte er und begab sich zum Tor. Dort nickte er der jungen Frau zu und bedeutete ihr mit einer galanten Geste einzutreten. Er zeigte auf Jan Burgner und verschwand dann selbst in Richtung seines eigenen Hauses.

Burgner betrachtete die Frau, während sie näher kam. Sie mochte vielleicht Anfang dreißig sein, trug ein elegantes Kostüm und hatte eine Aktenmappe unter den Arm geklemmt. Eine Geschäftsfrau, dachte Burgner. Eine Geschäftsfrau mit Stil. Und vermutlich mit Erfolg. Eine Frau der neuen KKK-Generation. Karriere, Konsum, Kommerz. Im nächsten Moment schalt der Kommissar sich für diesen Gedanken, der im Grunde eine Frechheit war. Äußerlichkeiten sollten nicht die Grundlage für eine Einschätzung sein. Und außerdem …

»Julia Jacob«, sagte die junge Dame freundlich lächelnd, als sie vor ihm stand. »DÜRRE Immobilien- und Bauland AG.«

»Burgner«, entgegnete er, »Jan Burgner. Wie kann ich Ihnen helfen?«

Die junge Frau deutete auf Burgners Haus. »Sind Sie der Eigentümer dieses Hauses?«

Burgner nickte. »So ist es.«

»Dann würde ich mich sehr gern einen Augenblick mit Ihnen unterhalten. Meine Firma hat mich beauftragt, Gespräche über einen möglichen … Verkauf Ihres Grundstücks zu führen.«

Burgner horchte auf. »Mein Grundstück?«, fragte er verwundert. »Sie wollen mein Grundstück kaufen?«

Die junge Frau zog eine farbige Broschüre aus der Aktenmappe, die sie bei sich trug, und reichte sie Burgner. Er warf einen flüchtigen Blick darauf und sah, dass es sich offenbar um einen Werbeprospekt für eine Art Hotel- oder Freizeitanlage handelte.

»Meine Firma wird schon sehr bald hier in Dannow einen exquisiten Ferienklub errichten. Nicht in der Art, die Sie vielleicht von Mallorca oder den Kanaren oder so kennen, sondern etwas für gehobene Ansprüche. Mit allem Drum und Dran.«

Der Kommissar schüttelte leicht den Kopf und gab der Maklerin dann den Prospekt zurück. Die Bemerkung hinsichtlich seiner möglichen Erfahrungen mit Ferienanlagen in touristischen Hochburgen fand er etwas unpassend, aber er sah sich nicht veranlasst, darauf einzugehen. »Und was hat mein Grundstück damit zu tun?«

Julia Jacob seufzte. »Wenn wir hier bauen, wird es für Sie sehr unangenehm: der Lärm, der Dreck, die Verkehrsbeeinträchtigungen. Es wird eine harte Zeit. Und dann später, wenn der Klub eröffnet ist, werden Sie sich hier bestimmt nicht mehr so richtig wohl fühlen.«

»Aha. Und wieso sollte das so sein?«

»Was meinen Sie?«

»Na, dass ich mich hier nicht mehr wohlfühlen würde.«

»Nun ja …« Die Immobilienmaklerin schürzte die Lippen. »Die Leute, die hier ihre Ferien verbringen werden, dürften nicht unbedingt …«, sie zögerte. Offenbar suchte sie nach passenden Worten, die Burgner nicht allzu sehr verärgerten. Schließlich wollte sie etwas von ihm. »Also, sagen wir es so: Es werden reiche Leute sein. Sehr reiche Leute. Mit allerlei … besonderen Gewohnheiten und Vorlieben.«

»Gewohnheiten und Vorlieben?«

Sie nickte. »Laute Feiern. Tennis spielen. Möglicherweise auch Tontauben schießen. Oder Fasane.«

Der Kommissar zog die Stirn in Falten. Meinte diese Dame es ernst oder wollte sie ihn verschaukeln?

»Kurzum«, fuhr sie fort, »wäre es wohl das Vernünftigste, Sie würden verkaufen.«

»Oooch«, entgegnete Burgner, der das Vorgehen der Maklerin für ein wenig dreist hielt, »was vernünftig ist oder nicht, entscheide ich schon ganz allein.«

»Ja, ja«, gab sie zurück. »So habe ich es auch gar nicht gemeint.«

Burgner hob die Augenbrauen. »Ich habe kein Interesse an einem Verkauf meines Hauses oder meines Grundstücks«, sagte er und lächelte nachsichtig. »Sie brauchen sich keine Mühe zu geben.«

Die junge Frau schüttelte heftig den Kopf. Offenbar war sie mit Burgners Antwort nicht zufrieden. »Meine Erfahrung sagt mir, dass es zumeist nur eine Frage des Preises ist …«

Burgner lachte auf. »Das mag schon stimmen, dass das zumeist und bei den meisten so ist. Bei mir jedenfalls ist es nicht so.« Er machte eine weit ausholende Geste. »Sie können sich vermutlich nicht vorstellen, wie wohl ich mich hier draußen in Dannow fühle. Ich habe lange genug in der Stadt gewohnt und würde auf keinen Fall wieder tauschen. Nicht für alles Geld der Welt.«

»Niemand hat gesagt, dass Sie in die Stadt zurücksollen. Meine Firma könnte Ihnen ohne Weiteres ein gut gelegenes Grundstück anderswo in idyllischer Umgebung besorgen. Vielleicht sogar hier ganz in der Nähe. Oder Sie beziehen eines unserer Neubauappartements hier. Sie würden es sicher nicht bereuen.«

Burgner schüttelte den Kopf. »Keine Chance.«

»Aber …«

Der Kommissar seufzte, griff nach seinem Besen und begann demonstrativ, die Einfahrt zu fegen. »Und jetzt entschuldigen Sie mich bitte. Ich habe noch viel zu tun und keine Zeit für Gespräche, die im Ergebnis zu nichts führen.«

Mit kräftigem Schwung wirbelte er eine ordentliche Menge Staub in die Luft, den der Wind mit emsiger Gleichmütigkeit in Richtung der jungen Immobilienmaklerin blies. Die drehte sich daraufhin wutschnaubend um und stapfte davon.

Burgner grinste. Nachdem sie außer Sichtweise war, atmete er tief durch, stellte den Besen zurück an die Hauswand und rieb sich die Augen. Er merkte, wie ausgelaugt er sich fühlte. Der lange Tag steckte ihm in den Knochen. Oder sollte er besser sagen, die letzten beiden Tage samt der dazwischenliegenden Nacht? Es waren gut und gerne vierzig Stunden, die er nicht geschlafen hatte. Bei dem Gedanken an diese Zahl zitterten ihm fast die Knie. Es wurde höchste Zeit, dass er ins Bett kam. Dass er endlich einmal genug Schlaf kriegte und wieder zu Kräften kam. Andernfalls würde ihm sein schönes Grundstück, für das er eben noch eine schwärmerische Lanze gebrochen hatte, im Alter nicht mehr viel nützen.

Burgner sah zu seinem Wagen hinüber. Eigentlich sollte er ihn noch bis nach hinten unter das Wellblechdach fahren, damit die Vögel nicht die ganzen Scheiben verdreckten. Das Gartentor stand auch noch offen … Der Kommissar gähnte lang und ausgiebig. Dann schleppte er sich ins Haus und ließ sich aufs Bett fallen. Für heute war es genug.

8. Kapitel

Irgendwann hatte Julia die Nase voll. Mittlerweile war es fast Abend geworden und sie hatte kaum etwas erreicht. Den ganzen Nachmittag über hatte sie weitere Dorfbewohner besucht, die auf ihrer Liste standen. Bei weit mehr als der Hälfte musste sie Ähnliches erleben wie bei diesem Herrn Burgner – die Leute dachten im Traum nicht daran, ihr Anwesen zu veräußern.

Als Julia das Grundstück von Jan Burgner verlassen hatte, war sie wütend und empört gewesen. Was bildete sich dieser Schnösel eigentlich ein, wer er war? Was, glaubte er, würde er mit seiner angeblichen Ich-fühle-mich-hier-so-unglaublich-wohl-Tour erreichen? Glaubte er, damit den Preis in unverschämte Höhen treiben zu können?

Ähnliche Spielchen hatten auch die anderen Leute gespielt, bei denen sie erschienen war. Dabei waren die alten Bauernhäuser in einem jämmerlichen Zustand und Julia fragte sich, wie man überhaupt in einem solchen Loch hausen konnte. Offenbar tickten hier nicht nur die Uhren anders, sondern auch die Menschen. Zwei Vorverträge hatte sie zwar in der Tasche, aber die anderen Leute waren schwierige Fälle. Trotzdem war Julia sich sicher, dass sie es schaffen würde. Es war im Grunde nur eine Frage der Zeit. Wenn die halsstarrigen Bauern nicht auf ihre Geldangebote eingingen – was Julia allein schon für unverschämt hielt – würde sie Dürre um Hilfe bitten. Dann mussten sie eben andere Maßnahmen ergreifen und härtere Bandagen anlegen.

Nachdem Julia stundenlang durch das Dorf gelaufen und x-mal dieselben Erklärungen, Angebote und nachdrücklichen Hinweise abgegeben hatte, war sie gegen siebzehn Uhr mit staubigen Schuhen und einer trockenen Kehle im Dorfgasthof erschienen und hatte ihr Zimmer bezogen. Es war kein Luxushotel, aber für ein Nest wie Dannow eine recht ordentliche Bleibe. Was sie am meisten störte, waren die Fliegen im Zimmer.

Um halb sieben setzte sie sich frisch geduscht in den Gastraum und nahm ein Abendbrot zu sich. Nichts Großes – zwei Scheiben Vollkornbrot mit Käse und einen gemischten Salat. Dazu trank sie einen Schoppen Weißwein. Die Blicke und Bemerkungen der Dorfbewohner am Stammtisch überhörte sie geflissentlich. Die würden sich alle noch wundern. Bald wehte hier ein anderer Wind. Dann war es vorbei mit dem Schlendrian und dem miefigen Leben wie vor hundert Jahren …

Der Preis für das Abendbrot und den Wein war lächerlich gering. Julia ließ den Betrag auf ihre Zimmerrechnung setzen und verließ den Gastraum. Als sie im Flur stand, zögerte sie einen Augenblick. Eigentlich hatte sie vorgehabt, nach oben zu gehen, noch ein, zwei Stunden fernzusehen und dann ins Bett zu verschwinden. Hier gab es ohnehin nichts Aufregendes mehr, in diesem Dorf, in dem abends um sechs die Bürgersteige hochgeklappt wurden. Dennoch zögerte sie. Draußen schien eine prächtige Abendsonne über die Felder. Die Hitze des Tages hatte etwas nachgelassen. Ohne weiter zu überlegen griff sie nach der Klinke an der Außentür und verließ den Dorfgasthof.

Auf der Straße tuckerte ein Traktor an ihr vorbei – der Fahrer taxierte sie. Es war einer der Bauern, die sie vorhin aufgesucht und denen sie ein Verkaufsangebot gemacht hatte. Klaus Leihbach, wenn sie sich nicht irrte.

Eigentlich war es eine dämliche Aufgabe, die sie hier übernommen hatte. Warum nur hatte sie sich dazu hinreißen lassen? Hätte sich nicht ein anderer darum kümmern können? Jemand von den Männern? Jemand mit mehr … Nein! Sie würde es schaffen. Und es würde ihr viel Anerkennung einbringen. Dürre und von Wallerstein hatten angedeutet, dass Julia möglicherweise sogar die Leitung dieser Ferienanlage hier übernehmen könnte. Das waren nicht die schlechtesten Aussichten. Dafür war sie bereit gewesen, hier alles vorzubereiten. Und dafür war sie sogar bereit gewesen, in diesem einfachen Dorfgasthof zu übernachten. Dürre hatte es grinsend eine *Milieustudie* genannt und darauf bestanden, dass sie so lange hierblieb, bis alles unter Dach und Fach gebracht wäre. Der hatte gut reden: Blieb mit seinem fetten Allerwertesten in seiner Villa in Schmargendorf und sie … Nun denn, eines Tages würde sie oben angekommen sein. Dann würde sie all das hier vergessen und nur noch leben. Mit allem Drum und Dran.

Als Julia ihre kurze Runde fast beendet hatte und sich gerade wieder auf den Rückweg zum Gasthof machte, fiel ihr Blick auf einen Mann, der in einem der Gärten stand und seinen Rasen sprengte. Es war das Anwesen direkt neben einem ihrer Kaufobjekte – neben dem Grundstück von Jan Burgner – und sie hatte diesen Rasen sprengenden Mann vorhin schon einmal gesehen: Am Gartentor des Burgner'schen Grundstücks hatte er ihr mit einer überschwänglichen Geste zu verstehen gegeben, dass sie eintreten sollte. Allerdings hatte sie ihn da nur aus dem Augenwinkel heraus wahrgenommen, weil sie viel zu sehr auf ihren Auftrag und auf das Gespräch mit diesem Herrn Burgner fixiert war. Aber dennoch: Irgendwie kam ihr dieser Mann auf eine ganz unerklärliche Weise bekannt vor.

Julia blieb kurz stehen, bevor sie den Rückweg antrat, und schaute einen Moment lang zu dem Mann mit dem Gartenschlauch hinüber. *Merkwürdig,* dachte sie. *Wirklich merkwürdig.*

9. Kapitel

»Jawohl, Frau Jacob ist gestern hier eingetroffen und wir sind auf dem besten Wege. Ich denke, dass alles nach Plan verlaufen wird.« Bürgermeister Sikorsky hatte sich während des Telefonates erhoben, stand nun neben seinem Sprelacart-Schreibtisch und hielt den Blick geradeaus auf das antike Gemälde des Großen Kurfürsten gerichtet, das die gegenüberliegende Wand seines Dienstzimmers schmückte.

Am anderen Ende der Leitung befand sich Hubertus von Wallerstein, der Aufsichtsratsvorsitzende der DÜRRE Immobilien- und Bauland AG. Sikorsky hatte schon zwei-, dreimal mit ihm telefoniert und Vorgespräche geführt.

Ein neuer Tag war angebrochen und der Bürgermeister bedauerte, noch keine genauen Details über den Fortgang der Sache geben zu können. Er versprach von Wallerstein jedoch, umgehend zurückzurufen, sobald Frau Jacob sich bei ihm meldete. Seit ihrer kurzen Begegnung am gestrigen Morgen waren sie einander nicht mehr begegnet. Warum von Wallerstein sie nicht selbst anrief, verstand Sikorsky nicht. Aber es gehörte nicht zu seinen Aufgaben, alles zu verstehen. Es genügte, dass am Ende alles so verlief wie geplant. Schnell, möglichst unbürokratisch und ohne viel Aufsehen. Dafür würde er sich einsetzen. Nicht umsonst war er der Bürgermeister dieses Dorfes.

Nachdem das Gespräch beendet war und Sikorsky den Hörer aufgelegt hatte, trat er zum Fenster und sah hinaus. Ein paar Schritte vom Haus entfernt standen Klaus Leihbach und Bruno Vogel und schienen sich heftig zu streiten. Leihbach machte wild ausholende Armbewegungen und zeigte dann zum Bürgermeisterbüro.

Obwohl Sikorsky von draußen durch die Gardine bestimmt nicht zu erkennen war, trat er reflexartig einen Schritt vom Fenster zurück, als die beiden Männer herübersahen. Vogel nickte heftig und schließlich kamen beide auf das Gebäude zugelaufen. Keine halbe Minute später klopfte es an Sikorskys Zimmertür.

»Ja bitte!«, rief er laut, nachdem er sich rasch hinter seinen Schreibtisch gesetzt hatte.

Vogel und Leihbach traten ein und Sikorsky erhob sich wieder. »Klaus! Bruno!«, sagte er und tat überrascht. »Was führt euch zu mir?«

Leihbach nahm seine Ledermütze vom Kopf und drehte sie in seinen kräftigen Händen. »Wir wollen uns beschweren!«, sagte er laut und Vogel nickte.

»Euch beschweren?« Der Bürgermeister setzte sich wieder und bedeutete den beiden Besuchern, ebenfalls Platz zu nehmen. »Worüber denn?«

»Über diese Frau von der Immobilienfirma, die hier herumläuft und reihenweise versucht, unsere Häuser aufzukaufen.«

»Frau Jacob«, ergänzte Vogel. »So hat sie sich vorgestellt.«

Sikorsky nickte. »Ja, ich weiß. Offenbar ist unsere schöne Lage sehr begehrt bei den Berlinern und die Nachfrage entsprechend groß.«

»Ach, papperlapapp«, rief Leihbach empört. »Sie wollen hier ein Riesenhotel hinstellen. Für die Hautevolee.«

»Eine Freizeitanlage im großen Stil«, fügte Vogel hinzu.

Der Bürgermeister hob die Augenbrauen. Er hatte eigentlich nicht damit gerechnet, dass die junge Dame ihre wahren Absichten den Dorfbewohnern so schnell offenbaren würde. Im Gegenteil, Sikorsky hatte angenommen, sie würde versuchen, jedem Einzelnen das Gefühl zu geben, dass sie nur ein oder vielleicht zwei Häuser in Dannow suchen und dafür einen anständigen Preis bieten würde. Und dass dann jeder versuchen würde, sein Haus als Erster loszuwerden, um in den Genuss des Geldes zu kommen. Aber vielleicht war die junge Maklerin mit dem Fall auch etwas überfordert. Wenn Sikorsky richtig informiert war, handelte es sich um Frau Jacobs ersten eigenständigen Auftrag. Das könnte der Grund sein. Aber möglicherweise war er auch nicht auf der Höhe der Zeit und die Taktik der Berlinerin viel geschickter, als er vermutete.

»Nun ja«, sagte er schließlich zögernd, »diese Freizeitanlage wird sich wohl nicht mehr verhindern lassen. Der größte Teil des dafür benötigten Landes gehört der Immobilienfirma ja bereits. Offenbar wollen sie den geplanten Bau aber noch etwas erweitern und ...«

»... uns deshalb raushaben.« Das war Leihbach. Der kräftige Bauer hob drohend die Faust. »Aber nicht mit mir! Ich gehe hier nicht weg! Um kein Geld der Welt! Und ich werde Mittel und Wege finden, diese Dame in ihrem Tatendrang zu bremsen. Da fällt mir bestimmt was ein. Und wenn ich sie mit meiner Mistgabel aus dem Dorf jagen muss: Ich gehe hier nicht weg!«

Vogel nickte zustimmend. »Ich auch nicht. Ich bin froh, hier leben zu können. Ich wüsste nicht, was mich dazu bewegen könnte, hier wegzugehen.«

Sikorsky seufzte.

»Hör mal, Walter – das ist eine unglaubliche Schweinerei, die hier abläuft.«

Sikorsky machte ein fragendes Gesicht. »Was meint du denn mit Schweinerei, Bruno?«

»Unser Dorf wird nicht mehr unser Dorf sein!«, erklärte Vogel. »Wir werden umgeben sein von irgendwelchen Reichen und Schönen oder solchen, die sich dafür halten, aber wir werden nicht mehr Dannow sein, verstehst du?«

Der Bürgermeister hob beschwichtigend die Hände. »Jetzt übertreibst du aber, Bruno. So schlimm wird es schon nicht werden. Und außerdem bringt die Anlage ja auch Arbeitsplätze.«

»Ja, ja – diese Leier hat die Dame auch draufgehabt, als sie mich bequatschen wollte. Nein, lass mal! Das ist doch Blödsinn!«

Sikorsky verzog das Gesicht. »Ich kann euch nur raten …«

»Zu verkaufen?«, fragte Vogel.

»Vernünftig zu sein!«, entgegnete der Bürgermeister. »Vernünftig zu sein und zu überlegen, was das Beste ist.«

Klaus Leihbach drosch seine Mütze auf den Tisch und tippte sich an die Stirn. »Vernünftig sein!«

Sikorsky nickte. »Genau das.«

Vogel erhob sich und klopfte Leihbach auf die Schulter. »Lass mal, Klaus. Walter hat ja recht. Er ist unser Bürgermeister. Und er wird wissen, was gut ist für Dannow.«

Sikorsky nickte heftig.

»Und niemand kann uns zum Verkauf zwingen«, fügte Vogel hinzu, ging zur Tür, öffnete sie und verschwand.

Leihbach sah ihm verblüfft nach und schüttelte heftig den Kopf. »Ich fürchte, Bruno nimmt die Sache auf die leichte Schulter. Er erkennt offenbar gar nicht den Ernst der Lage! Wenn diese Immobilienhaie ihn unter Druck setzen, wird er einknicken, wirst sehen …«

»Ach was …«

»Doch«, versicherte Leihbach, »wird er. Aber das ist seine Sache. An mir werden sie sich die Zähne ausbeißen, das verspreche ich dir!«

Sikorsky machte eine beschwichtigende Handbewegung. »Mach bloß keinen Quatsch, Klaus! Es wird sich alles finden, glaub mir.«

Leihbach knurrte etwas Unverständliches und schnappte sich dann seine Mütze.

»Schade«, sagte der Bürgermeister schließlich und blickte Leihbach mit einem traurigen Gesicht an.

»Was denn?«

»Dass sie mein Haus nicht brauchen für ihre Ferienanlage. Ich würde nicht lange zögern. Endlich mal Geld in der Tasche haben und was erleben. Die Welt kennenlernen. Mal in den Süden. Oder nach Amerika ...«

Leihbach brummte noch einmal und machte sich dann daran, auch zu verschwinden.

»Ach übrigens, Klaus!« Der Bürgermeister erhob sich nun ebenfalls.

»Ja?«

»Du kümmerst dich doch um die Anpflanzungen im Dorf.«

»So lange ich denken kann.«

»Bei der Finanzrevision haben die vom Kreis festgestellt, dass die Blumenrabatten vor dem Kriegerdenkmal viel zu teuer sind. Daher gibt's jetzt vom Landrat kein Geld mehr dafür. Ich habe deswegen entschieden, nur noch immergrüne Pflanzen anzuschaffen ...«

Leihbach runzelte die Stirn. »Na ja, das hat ja auch sein Gutes.«

»Sein Gutes?«

»Ja - schließlich wird es dann grüner im Dorf ...«

Sikorskys Blick hellte sich auf und er schmunzelte Leihbach hinterher, der abwinkend das Bürgermeisterbüro verließ. An der Tür wäre er um ein Haar mit Julia Jacob zusammengestoßen, die gerade zu Sikorsky wollte. Ohne zu grüßen, schoben sich die beiden aneinander vorbei. Dann betrat Julia das Büro und schloss hinter sich die Tür.

»Auch so ein Kandidat«, sagte sie zu Sikorsky und wies nach hinten. »Auch einer von denen, die nicht im Traum an einen Verkauf denken. Und ich war davon ausgegangen, alles sei im Vorfeld geprüft und im Großen und Ganzen eine leichte Aufgabe. In Wirklichkeit aber ist es eine Katastrophe!«

Der Bürgermeister winkte ab. »Kriegen wir alles hin«, sagte er optimistisch, »glauben Sie mir.«

Julia schloss für einen Moment die Augen, holte tief Luft und atmete dann langsam und gleichmäßig aus. Anschließend setzte sie sich auf einen der Besucherstühle an Sikorskys Schreibtisch, klappte demonstrativ ihre Aktenmappe auf und griff zum Kugelschreiber. »Können wir jetzt zur Sache kommen?«

»Natürlich. Jederzeit.«

»Wir müssen diese Grundstücke haben, Herr Sikorsky. Um jeden Preis. Unser Investor zieht sich aus diesem Geschäft sonst völlig zurück. Das würde für unsere Firma Verluste in mehrstelliger Millionenhöhe bedeuten.«

Sikorsky nickte.

Julia zog eine Karte aus ihrer Aktenmappe und legte sie auf Sikorskys Schreibtisch. Dann deutete sie auf die betroffenen Grundstücke, die auf dem Plan farbig markiert waren. »Es gibt keine andere Möglichkeit. Wir brauchen diese Flächen. Und wir müssen sie bekommen. Unbedingt!«

10. Kapitel

Es war schon fast eins, als Burgner erwachte. Er hatte beinahe vierundzwanzig Stunden am Stück geschlafen. Geschlafen wie ein Bär. Und jetzt hatte er einen Bärenhunger.

Nachdem der Kommissar geduscht und sich angezogen hatte, ging er in die Küche, bereitete sich ein Frühstück zu und setzte Kaffee auf. Anschließend trabte er zum Briefkasten, um sich die Tageszeitung zu holen, die er abonniert hatte. Als er schließlich am Frühstückstisch saß und den Regionalteil aufgeschlagen hatte, stellte er mit gemischten Gefühlen fest, dass sie ausführlich über den Brandanschlag auf das Haus von Else Reißlein berichteten. Offenbar hatten selbst die Journalisten keinen Zweifel daran, dass es sich nicht um einen Unfall oder einen technischen Defekt gehandelt hatte, sondern um einen gezielten Anschlag. Der Verfasser des Artikels stellte sogar die Frage in den Raum, ob es sich um eine Familientragödie oder um einen Racheakt handeln könne und Burgner überlegte, wie er wohl darauf kam. Für eine Familientragödie gab es seiner Kenntnis nach keinerlei Hinweise. Und ein Racheakt? Nun ja, sie mussten in alle Richtungen ermitteln, und die angebliche Bedrohung Ingo Reißleins infolge seiner Aktivitäten wegen irgendwelcher Verschwörungstheorien musste zumindest im Kern abgeklopft werden. Die Frage war, woher die Presse schon davon wusste.

Während Burgner den Artikel zum zweiten Mal las und dabei sein drittes Brötchen kaute, klingelte das Telefon. Bevor er auf die grüne Gesprächsannahmetaste drückte, nahm er noch einen Schluck Kaffee. Dann meldete er sich.

»Mahlzeit, Jan! Ich hoffe, ich habe dich nicht geweckt?« Es war Kühn. Und was er zu sagen hatte, war höchst interessant: »Das Labor der Spurensicherung hat sich bei mir gemeldet. Sie haben jetzt die Ergebnisse im Zusammenhang mit dem Sprengsatz. Lippert meint, die verwendete Technik trägt glasklar die Handschrift von Dabbeljuh.«

»Dabbeljuh? Meinst du wirklich?«

Kühn nickte. »Seit zwei Monaten ist er wieder draußen.«

»Aber …«, Burgner zögerte, »wenn es wirklich Dabbeljuh war, dann begreife ich nicht, warum er es auf ein ganz normales Wohnhaus abgesehen hatte. Warum er das Haus einer alten, einfachen und offensichtlich nicht sehr vermögenden Frau angegriffen hat.«

»Ob sie vermögend war, wissen wir nicht.«

»Stimmt. Aber es spricht nicht viel dafür. Das Haus war kein Luxusbau, ganz im Gegenteil.«

»Vielleicht ist das ja der Grund.«

Burgner erhob sich und trat an das Küchenfenster. »Wie meinst du das?«

»Vielleicht war das Haus so wenig modernisiert, weil sie ihr ganzes Geld gehortet hat, anstatt es in die Bude zu stecken.«

»Also, ich weiß nicht«, Burgner schüttelte leicht den Kopf. »Ich finde, das passt nicht zusammen. Dabbeljuh war immer darauf aus, Leute zu erpressen. Erst hat er ihnen mit einem Anschlag auf ihr Eigentum Angst gemacht und dann mussten sie zahlen, wenn sie Schlimmeres vermeiden wollten. Hier aber ist gleich das ganze Haus zerstört worden. Gezielt. Das widerspricht seiner bisherigen Taktik. Wenn alles zerstört ist, womit könnte er dann noch drohen?«

»Nun ja«, Kühn schnaubte sich die Nase und Burgner hielt das Telefon ein Stück vom Ohr weg, bis der Kollege fertig war. »Das stimmt schon, was du sagst, aber auch dafür gibt es mögliche Erklärungen.«

»Und welche?«

»Frau Reißlein hat so viel Vermögen, dass dieses Haus nur das Geringste davon ist.«

Burgner schüttelte erneut den Kopf. »Das glaube ich nicht.«

»Ich auch nicht. Und deshalb habe ich noch eine andere Erklärung dafür.«

»Und die wäre?«

»Ihr Sohn.«

»Wie – ihr Sohn?«

»Der Gegenstand der Erpressung ist der Sohn von Frau Reißlein. Der Sprengsatz war nur ein Denkzettel mit der Warnung, dass als Nächstes ihr Sohn dran sein wird.«

Der Kommissar drehte sich vom Fenster weg und blickte auf seinen Frühstückstisch. »Was schlägst du also vor?«

»Wir sollten uns Dabbeljuh vornehmen und ihn ausquetschen. Mal sehen, was dabei herauskommt.«

»Zitronensaft«, murmelte Burgner. Dann versprach er Kühn, sich sofort auf den Weg nach Berlin zu machen. Auch wenn er heute eigentlich dienstfrei hatte. Diese Sache duldete keinen Aufschub. Wenn Else Reißleins Sohn tatsächlich in Gefahr sein sollte, war größte Eile geboten.

*

Fünf Minuten vor vierzehn Uhr traf Kriminalkommissar Jan Burgner am vereinbarten Treffpunkt in der Pankstraße in Berlin-Wedding ein. Er parkte seinen Octavia auf dem Kundenparkplatz eines Möbelmarktes und lief dann die paar Schritte bis zum Haus von Björn W. Brendel, jenem Mann, der in Ganovenkreisen wie auch bei der Polizei unter dem Spitznamen *Dabbeljuh* bekannt war. Kühn lehnte bereits unten an der Hauseingangstür und rauchte. »Bin gespannt, ob er da ist«, grinste der Kollege, trat seine Zigarette aus und drückte dann auf den entsprechenden Klingelknopf.

Nichts geschah.

Sie warteten eine Minute, dann klingelte Kühn erneut und anhaltend, was allerdings ebenfalls ohne Reaktion blieb.

»Scheint ausgeflogen zu sein«, mutmaßte Burgner.

Kühn zuckte mit den Schultern. »Werden wir gleich wissen.« Mit diesen Worten zog er eine Scheckkarte aus seiner Hemdtasche hervor, führte sie in den Schlitz zwischen Tür und Schließblech und im nächsten Moment hatte er die Tür geöffnet.

»Voilà!«, sagte Kühn und machte eine einladende Handbewegung. »Mal schauen, wie es oben aussieht.«

*

Dabbeljuhs Wohnung lag in der zweiten Etage und Burgner und Kühn gaben sich Mühe, möglichst leise durch das Treppenhaus zu kommen. Als sie vor der Wohnung des Mannes standen, legte Kühn sein Ohr an das schlecht lackierte Holz der Tür und lauschte. Nach einigen Augenblicken hob er den Zeigefinger seiner linken Hand und flüsterte: »Da ist jemand drin und singt.«

Burgner legte nun seinerseits ein Ohr an die Tür und horchte in die Wohnung hinein. Tatsächlich: Da schien jemand zu singen. Ein Mann. Was er sang, konnte Burgner nicht heraushören, aber es klang nicht besonders melodisch und wurde durch ein anderes Geräusch begleitet.

»Er duscht«, stellte Kühn schließlich fest und Burgner wusste, dass er recht hatte.

»Wahrscheinlich hat er unser Klingeln gar nicht gehört«, vermutete er.

Burgners Kollege trat einen Schritt zurück, öffnete sein Pistolenholster und atmete einmal kräftig und vernehmlich durch. Dann drückte er erneut auf den Klingelknopf. Aber … es war nichts zu hören.

»Er hat die Klingel abgestellt«, meinte Kühn, holte aus und schlug dann mit seinem rechten Arm mehrmals kräftig gegen die Tür.

Burgner legte sein Ohr wieder an das Holz. »Das Singen hat aufgehört«, stellte er fest. »Und das Duschgeräusch auch.«

Kühn schob seinen Kollegen beiseite und schlug abermals laut und kräftig gegen die Tür.

Einen kurzen Moment lang herrschte völlige Stille. Dann näherten sich schnelle Schritte, die vor der Tür haltmachten.

»Kriminalpolizei«, sagte Kühn mit so lauter Stimme, dass Burgner zusammenzuckte. »Herr Brendel, machen Sie auf!«

Eine Kette klapperte und ein Schlüssel wurde herumgedreht. Dann öffnete sich die Tür einen Spalt, durch den ein kleiner Mann erkennbar wurde, der sich in ein knallgelbes Handtuch gewickelt hatte. »Was machen Sie denn für ein Geschrei?«, sagte er krächzend. »Soll denn das ganze Haus erfahren …«

»… dass Sie es mit der Polizei zu tun haben, Herr Brendel?«, fügte Kühn immer noch übermäßig laut hinzu.

Die Tür flog auf und der kleine Mann schob sich an den Beamten vorbei in den Flur. Er ließ einen ängstlichen Blick durch das Treppenhaus wandern, dann drängte er Burgner und Kühn in seine Wohnung.

»Die Nachbarn wissen nichts von meinem Vorleben«, versuchte er zu erklären. »Und mir liegt sehr daran, dass das auch so bleibt.«

»Nun«, entgegnete Kühn, der zusah, wie Dabbeljuh leise die Wohnungstür hinter ihnen schloss, »das liegt ganz bei Ihnen.«

Dabbeljuh zitterte am ganzen Körper und Burgner überlegte, ob es an der plötzlichen Temperaturänderung nach dem Duschen lag oder ob der Mann Angst hatte.

»Was wollen Sie überhaupt von mir?«, fragte er.

Kühn zeigte auf das Handtuch und riet dem Mann, sich zunächst etwas Vernünftiges anzuziehen, bevor er über alles Weitere informiert werden würde.

Nickend und zitternd verschwand Dabbeljuh in einem der Zimmer.

Kühn wies mit dem Kopf auf das Wandregal im Flur. Darauf stand das

Modell eines Kriegsschiffes der Bundesmarine. Es war auf einem Holzsockel befestigt, der die Aufschrift *Zerstörer D 182 Schleswig-Holstein* sowie die Jahreszahlen *1982–1985* trug.

»War der mal bei der Marine?«, fragte Burgner halblaut.

Kühn zuckte die Schultern. Dann legte er die Hand an seine Dienstwaffe und ging ein paar Meter in Richtung des Zimmers, in dem Dabbeljuh verschwunden war. Die Stubentür war angelehnt, aber man konnte nicht erkennen, was darin vor sich ging.

Kühn und Burgner spitzten die Ohren. Von drinnen war nichts zu vernehmen. Dann plötzlich hörte man ein klickendes Geräusch, und eine Viertelsekunde später hatte Kühn die Tür aufgetreten und stand breitbeinig und mit der Waffe im Anschlag vor Dabbeljuh und zielte auf ihn.

Der aber war tatsächlich mit nichts anderem beschäftigt, als sich anzuziehen, und das Klicken, das die Beamten gehört hatten und das Kühn wohl für das Durchladen einer Pistole gehalten hatte, rührte von der Gürtelschnalle her, die Dabbeljuh gerade im Begriff war zu schließen.

Jetzt stand der kleine Mann vollends verschreckt und am ganzen Leib zitternd vor ihnen und starrte mit weit aufgerissenen Augen in die Mündung von Kühns Dienstwaffe.

Der seufzte, zuckte eine Entschuldigung murmelnd die Schultern und steckte seinen Revolver wieder zurück.

*

Zwei Minuten später saßen sie bei Dabbeljuh am Küchentisch. Der Mann hatte sich wieder einigermaßen beruhigt und auf einen entsprechenden Blick hin hatte Kühn ihm nickend zu verstehen gegeben, dass er sich ruhig eine Bierflasche öffnen und auch trinken dürfe. Das half Dabbeljuh offenbar sehr, denn schon nach den ersten Schlucken wurde er selbstbewusster: »Wenn Sie mich schon stören, müssen Sie ja nicht einen solchen Radau an meiner Tür machen, oder?«

»Nun, auf unser Klingeln haben Sie ja nicht reagiert.«

»Ich habe meine Klingel abgestellt«, maulte Dabbeljuh weiter. »Hier kommen alle naselang irgendwelche Rotzlöffel vorbei und klingeln einen aus dem Schlaf.«

»Na ja, wie dem auch sei.« Kühn legte die Hände flach auf den Küchentisch. »Wir würden uns gerne mit Ihnen über Ihr letztes Ding unterhalten.«

»Mein … letztes Ding?«, wiederholte Dabbeljuh langsam und nahm schnell einen neuen Schluck aus seiner Eierflasche, um Zeit zu gewinnen.

»Ihr letztes Ding. Genau.«

»Das … war … vor über zwei Jahren! Und ich habe meine Strafe gekriegt und meine Schuld abgesessen!«

»Von dieser Sache rede ich nicht, Herr Brendel.«

»Nicht?«

»Nein.«

Ein weiterer großer Schluck folgte. Dann war die Flasche leer und Dabbeljuh stellte sie bekümmert auf die Tischplatte. Das Zittern war wieder da.

»Es geht um die Geschichte von vorletzter Nacht.« Kühn stieß zu.

Dabbeljuh sprang auf und begann heftig zu toben: »Damit habe ich nichts zu tun! Überhaupt nichts!«

Kühn reagierte schnell: »Womit?«

»Ooooh nein! Nein, nein, nein!« Dabbeljuh lief zum Küchenfenster und wieder zurück, »Sie wollen mir etwas anhängen, mit dem ich nicht das Geringste zu tun habe. Ich mache keine krummen Dinger mehr, hören Sie? Ich bin raus aus dem Geschäft!«

»Jemand hat Ihre Technik benutzt«, schaltete sich Burgner ein. »Jemand hat eine Brandbombe gebastelt und es auf genau dieselbe Art gemacht wie Sie. Mit der gleichen hohen Zerstörungskraft.«

Dabbeljuhs Augen weiteten sich. Er nickte zweimal, dann setzte er sich langsam an den Tisch zurück. Offenbar hatte Burgners Bemerkung, jemand habe seine Technik benutzt, seine Wirkung nicht verfehlt. »Was genau … ist denn passiert?«

Burgner erklärte in groben Zügen, worum es ging. Mit Details hielt er sich bewusst zurück. Er glaubte zwar nicht, dass Dabbeljuh wirklich hinter dem Anschlag steckte, aber möglicherweise war der Mann doch auf irgendeine Weise in die Sache verstrickt.

»Das ist in der Tat meine Masche«, brummte Dabbeljuh, nachdem der Kommissar geendet hatte. »Aber bitte glauben Sie mir: Ich war es wirklich nicht!«

»Schon gut«, sagte Burgner besänftigend. »Aber wer könnte es dann gewesen sein? Wer kannte Ihre Technik? Wem haben Sie davon erzählt?«

Dabbeljuh zuckte mit den Schultern. »Etlichen Leuten. Kumpels. Typen, deren Namen ich nicht mal kannte … Zuletzt dem, der mit mir zusammen gesessen hat.«

»Und warum?«, fragte Kühn.

»Was warum?«

»Warum haben Sie den Leuten davon erzählt?«

»Oh Mann, warum erzählt man so was? Vielleicht, weil es mir Spaß gemacht hat, mit meinem Können zu prahlen. Vielleicht, weil die anderen mich dafür bewundert haben. Weil sie mich dafür bewundert haben, dass ich etwas konnte, wovon sie nicht mal eine Ahnung hatten.«

Kühn schüttelte heftig den Kopf. »So was Verrücktes!«, zischte er. »Angeben mit Bomben und Brandstiftung! Damit, wie man am geschicktesten Leid über die Menschen bringt! Das ist doch pervers!«

Burgner legte beruhigend eine Hand auf den Arm des Kollegen. Dann wandte er sich wieder an Brendel: »Gibt es jemanden, der für die Sache infrage kommen könnte?«

Dabbeljuh hob kraftlos die Schultern. »Keine Ahnung. Kann ja mal drüber nachdenken.«

Kühn schlug heftig auf die Tischplatte. Dann erhob er sich und fuhr Brendel an: »Das möchte ich Ihnen auch dringend raten – dass Sie darüber nachdenken. Und wenn Sie mit Ihrem Nachdenken fertig sind, dann stellen Sie uns eine Liste der Personen zusammen, die dafür infrage kommen und rufen uns an.« Er zog eine Visitenkarte aus der Tasche und warf sie auf Brendels Küchentisch. »Andernfalls werden wir davon ausgehen müssen, dass Sie der Täter sind.«

Ohne ein weiteres Wort verließ Kühn die Küche und lief in den Flur. Vor dem Schiffsmodell blieb er stehen.

Burgner erhob sich ebenfalls. »Die Sache ist ernst«, sagte er zu Dabbeljuh. »Sehr ernst. Wäre wirklich gut, wenn Sie sich erinnern würden.«

Dann verließen die Beamten die Wohnung.

*

Unten vorm Haus machte Kühn seiner Verärgerung Luft und ließ heftige Schimpftiraden ab. Er hasste es, wenn er den Eindruck hatte, jemand wollte ihn für dumm verkaufen. Aber noch mehr hasste er es, wenn ein Ganove mit seinen Taten prahlte.

»Ich habe aber nicht unbedingt das Gefühl, dass Brendel der Täter ist«, sagte Burgner schließlich.

Kühn schnalzte laut hörbar mit der Zunge. »Sei's drum. Wir werden ihn trotzdem im Auge behalten.« Der Kollege ging zum Straßenrand und Burgner fiel erst jetzt auf, dass Kühn seinen Wagen direkt vor Dabbeljuhs Haus geparkt hatte. Im totalen Halteverbot.

»Wir sehen uns im Präsidium?«, fragte Kühn und öffnete die Tür seines BMW.

Burgner nickte. »Es wäre gut, wenn wir bei den Haftanstalten anfragen, wer dieser ominöse Zellengenosse gewesen ist, mit dem Brendel zuletzt gesessen hat.«

Kühn hob die Hand und winkte Burgner zu. Dann stieg er ein, startete den Motor und fuhr davon.

*

Der Kommissar schlenderte zurück zu seinem Wagen. Unterwegs verdrängte er den Gedanken an Dabbeljuh und dessen kriminelle Machenschaften und dachte dafür an Dannow und an die junge Immobilienmaklerin, die so unbedingt sein Haus haben wollte. Wie klug war seine Entscheidung eigentlich gewesen, das Kaufangebot abzulehnen? Hing er wirklich so sehr an diesem Haus? Vielleicht hätte er eine hübsche Summe heraushandeln können, die für ein kleines, neues, schnuckeliges Häuschen am Dorfrand gereicht hätte. Und – wenn er es geschickt anstellte – darüber hinaus noch für eine großzügige Spende für eine gute Sache. Seit einigen Jahren war er Mitglied bei einem Verein für Lebensrecht und Lebensschutz. Die Leute dort leisteten eine wichtige Arbeit und konnten Spenden gut gebrauchen. Nein, dachte Burgner, vielleicht war es gar nicht so weise, auf das Geld der Immobilienfirma zu verzichten.

Mittlerweile war er an seinem Auto angelangt. Bevor er den Schlüssel aus der Tasche zog, fasste er einen Entschluss: Er würde Wolters fragen. Und er würde Gott fragen. Und dann würde er eine Entscheidung treffen.

11. Kapitel

An einem der Lichtmasten hing ein altes, halb verwittertes Plakat, welches das Konterfei des Bürgermeisters zeigte. Darunter stand in fetten Buchstaben: *Walter Sikorsky – unser Mann für Dannow.* Es folgten die drei Versalien einer großen deutschen Partei.

Julia schüttelte den Kopf und ließ einen missbilligenden Zischlaut erklingen. Sikorsky! Der Mann war schlichtweg eine Katastrophe. Nicht nur für sein Dorf und dessen Bewohner, sondern auch und vor allem für das Vorhaben von Dürre. Wie war der Chef nur auf die Idee gekommen, einen Mann wie Walter Sikorsky in seine Pläne einzuweihen? Wieso hatte er nicht jemand anderen genommen – jemanden, der seinen Job ernst nahm? Jemanden, der hier wirklich Vorarbeit geleistet hätte? So stand Julia allein da und kam sich reichlich blöd vor. Niemand von den Leuten, die sie bisher aufgesucht hatte, war informiert. Niemand hatte je zuvor etwas von der Idee mit der Freizeitanlage gehört. Warum hatte Sikorsky nicht das gemacht, was seine Aufgabe gewesen wäre? Warum, zum Donnerwetter, hat er den Leuten den Verkauf nicht nahegelegt? Ihnen einen Arbeitsplatz in der neuen Anlage in Aussicht gestellt? Für das Wohl des Dorfes geredet? Ja, auf welcher Seite stand der Mann eigentlich? Jetzt hatte Julia den Schwarzen Peter und konnte zusehen, wie sie die Leute dazu brachte, endlich ihre Hütten zu verkaufen. Noch wusste sie nicht, wie das am schnellsten abgewickelt werden konnte, aber eines war ihr klar: Wenn sie versagte, wäre dies ihr erster und letzter Auftrag gewesen. Dann wäre sie ihren Job los. Und Julia hatte keinen Zweifel daran, dass sie dann in der Immobilienbranche nie würde wieder Fuß fassen können. In der Branche kannte man sich – und wenn da jemand wie Dürre oder von Wallerstein einen Mitarbeiter rauswarf, sprach sich das schnell herum. Niemand würde sie haben wollen, da konnte sie Gift drauf nehmen.

Als Julia an der Kirche vorbei bis zur anderen Seite des Dorfes gegangen war, kam ihr Klaus Leihbach entgegen, einer ihrer Klienten. Er trug einen prall gefüllten Rucksack bei sich, und als Leihbach Julia erkannte, wich er rasch ihrem Blick aus und verschwand schließlich in einem alten Holzschuppen, der zu einem leer stehenden Gehöft gehörte. Julia fand Leihbachs Verhalten außerordentlich merkwürdig. War dieser Schuppen wirklich sein Ziel gewesen oder hatte er ihn nur betreten, weil er Julia aus dem

Weg gehen wollte? Julia blieb stehen und sah einen Moment lang zu der Holzbude hinüber, in der der Dannower Bauer eben verschwunden war. Sie fragte sich, ob sie diesem Mann einfach nur unsympathisch war und er deshalb eine Begegnung vermeiden wollte oder ob er etwas vor ihr versteckte. Kopfschüttelnd ging Julia schließlich weiter. Nach einigen Metern drehte sie sich spontan um, aber Leihbach war nicht wieder auf der Straße aufgetaucht. *Nun denn,* dachte sie, *was soll's …*

Kurz darauf erreichte sie das Haus von Bruno Vogel. Es lag etwas abseits und war dem ersten äußeren Anschein nach besser in Schuss als der Rest der Häuser, die angekauft werden sollten. Vielleicht abgesehen von Herrn Burgners Haus. Eigentlich war es sogar ein wenig schade um dieses Objekt, dachte Julia, aber Sentimentalitäten durfte sie sich nicht erlauben. Sie hatte einen Auftrag und der war auszuführen. Mit allen Mitteln, hatte Dürre am Telefon gesagt, als sie ihn heute Morgen angerufen und sich darüber beklagt hatte, dass die Menschen in Dannow hartnäckig und stur und vollkommen uneinsichtig seien.

Lassen Sie Ihren Charme spielen und sehen Sie zu, dass die Sache ins Rollen kommt, und zwar schnell, hatte der Chef ihr nahegelegt. Der amerikanische Investor säße ihm im Nacken und die Bagger stünden schon bereit, um mit der Planierung des Baulandes zu beginnen. Es könne ja nicht so schwer sein, ein paar alte Bauern mit wohlriechendem Zaster aus dem Dorf zu locken. *Nehmen Sie sich ein Beispiel am Rattenfänger von Hameln,* hatte Dürre gesagt und gelacht. Und wenn alles nichts half, dann … nun ja, sie habe ja Fantasie. Die solle sie ruhig und ohne falsche Scheu einsetzen.

Julia stand vor der Gartentür von Bruno Vogels Anwesen und drückte auf den Klingelknopf. Irgendwo im Haus begann ein Hund zu bellen.

Nach einigen Augenblicken flog die Haustür auf und Vogel stand mit einem Messer in der Hand im Eingang. Um seine Hüfte hatte er ein Geschirrtuch gebunden. Julia vermutete, dass er gerade mit Kochen beschäftigt war und ordnete das Messer in Vogels Hand dieser Tätigkeit zu.

»Was wollen Sie?«, fragte der Mann, neben dessen Hosenbein der Kopf eines Schäferhundes erschien.

»Mit Ihnen reden.«

Vogel schob den Hund ins Haus zurück, legte das Messer auf den Sims des kleinen Fensters neben der Haustür und kam dann auf Julia zu. Ohne weitere Worte öffnete er ihr das Gartentor und bedeutete ihr einzutreten. Dann führte er sie zu seiner Terrasse und bat sie, Platz zu nehmen. Da er noch immer nichts sagte, nahm Julia den Faden auf: »Herr Vogel, Sie können sich sicher denken, weshalb ich Sie noch einmal aufsuche, oder?«

Der Mann hob die Augenbrauen. »Sie wollen mein Haus kaufen.«

»Genau.«

»Aber ich will nicht verkaufen. Daran hat sich nichts geändert und daran wird sich auch nichts ändern.«

Julia verzog das Gesicht. Sie kam sich hilflos vor. In ihrer Ausbildung waren derartige Situationen nicht behandelt worden. Makler standen in der Regel nur mit Leuten in Kontakt, die freiwillig kaufen oder verkaufen wollten. Hier aber war es eher eine Art Zwangsverkauf, den sie abzuwickeln hatte. Und das war eine ganz andere Sache. Eine Sache, die sie zu überfordern begann. Julia fragte sich, warum man ausgerechnet sie hierher gesandt hatte, in dieser schwierigen Mission. Warum ausgerechnet sie – eine blutige Anfängerin auf diesem Gebiet? Steckte irgendeine Absicht dahinter? Wollte man sie testen?

»Warum wollen Sie denn nicht verkaufen?«, fragte sie schließlich.

»Weil ich nicht will! Weil ich mich hier wohlfühle. Weil ich kein Interesse habe.«

»Wir könnten Ihnen beim Umzug in ein anderes schönes Haus behilflich sein. Wir werden sicher eine Lösung finden, die Sie zufriedenstellen wird ...«

»Vielen Dank. Kein Interesse!«

Julia schüttelte den Kopf. »Aber Sie haben mich in Ihren Garten gebeten. Wir sitzen zusammen am Tisch. Warum tun Sie das, wenn Sie gar nicht verkaufen wollen?«

Vogel griff nach dem Geschirrtuch, das er noch immer umgebunden hatte, nahm es ab und warf es auf den Gartentisch. »Weil ich Ihnen noch einmal in aller Deutlichkeit zu verstehen geben will, dass ich nicht verkaufen werde. Unter keinen Umständen. Hören Sie: Unter gar keinen Umständen werde ich mein Grundstück, mein Haus oder sonst was an Sie oder Ihre Immobilienhaie veräußern. Und ich will, dass Sie sich das hinter Ihre bezaubernden Öhrchen schreiben und hier nie wieder auftauchen. Haben Sie das verstanden?«

Julia schnappte nach Luft. Was bildete sich dieser Kerl eigentlich ein? Erst ließ er sie hier Platz nehmen, um sie dann mit seinen Unverschämtheiten zu bombardieren. Musste sie sich das gefallen lassen? Musste sie sich dumm kommen lassen? Julia spielte für einen kurzen Moment mit dem Gedanken, dem Mann eine deftige Antwort entgegenzuschleudern. Aber letztlich würde das alles nur noch schlimmer machen. Sie musste dieses Haus haben.

Julia setzte sich aufrecht hin, um die Fassung wiederzufinden. Dann öffnete sie ihre Aktenmappe, zog ihren Terminplaner hervor und riss ein Blatt heraus. Auf den Zettel malte sie eine Zahl: *300 000*. Dann schob sie den Zettel über den Tisch zu Vogel und stand auf. »Überlegen Sie es sich. Ich gebe Ihnen Zeit bis heute Abend. Und ich rate Ihnen dringend, es nicht zum Äußersten kommen zu lassen.« Julia erschrak selbst über den letzten Halbsatz. Hatte sie dem Mann wirklich gedroht?

Vogel ergriff den Zettel und warf einen kurzen Blick darauf. Dann tippte er sich an die Stirn und erhob sich ebenfalls. Julia und er standen dicht voreinander und Vogel schien sehr aufgeregt zu sein.

»Hören Sie«, sagte er bebend, »was bilden Sie sich eigentlich ein? Sie denken wohl, mit Ihrem elenden Geld könnten Sie alles kaufen, was? Ich habe das aber nicht nötig! Ich lebe gut und gerne hier. Und außerdem verbitte ich es mir, dass Sie mich behandeln wie einen dummen Jungen. Ich war lange Jahre Flugkapitän und habe einiges von der Welt gesehen. Aber eine derartige Dreistigkeit ist mir selten begegnet.«

»Sie waren Flugkapitän?«, entgegnete Julia gereizt und musterte Vogel von oben bis unten. »Bei der *Interflug*, oder was?«

Vogel klappte der Unterkiefer herab. Er rang nach Luft und geriet gefährlich ins Wanken.

Julia wusste, dass sie zu weit gegangen war. Viel zu weit. Und was hatte die Nennung der DDR-Fluggesellschaft mit Vogels Einstellung zu tun. Gar nichts. Aber was sollte sie denn machen? Sie fühlte sich vollkommen hilflos und ratlos und allein gelassen.

Vogel war inzwischen puterrot geworden. Er griff nach einer Harke, die an der Terrassenwand gelehnt hatte, und erhob sie drohend. Bevor er aber etwas Unüberlegtes tun oder noch irgendetwas sagen konnte, drehte sich Julia schnell um und sah zu, dass sie vom Grundstück kam.

Brüllend und mit dem gefährlichen Gartengerät herumfuchtelnd rannte Vogel hinter ihr her, aber sie war schneller und hatte das Gartentor rasch erreicht. Draußen wäre sie um ein Haar mit Bürgermeister Sikorsky zusammengestoßen, der hinter der Hecke gestanden und offenbar gelauscht hatte.

Julia zischte ihn an und verschwand dann, so schnell sie konnte.

12. Kapitel

Als Kriminalkommissar Jan Burgner gegen fünfzehn Uhr dreißig das Präsidium des Landeskriminalamtes Berlin in der Tiergartener Keithstraße betrat, zogen sich am Himmel dichte Wolken zusammen und es grummelte aus der Ferne.

»Es wird wohl ein Gewitter geben«, begrüßte ihn der Wachhabende an der Pforte und deutete nach draußen.

Burgner nickte und sah, wie der Beamte sich eine Zigarette anzündete und sich dann zum Rauchen in die Eingangstür des Gebäudes stellte. Seit Inkrafttreten des Nichtraucherschutzgesetzes war im Präsidium das Rauchen verboten, was Burgner nicht sonderlich störte. Der Gestank, den seine Kleider nach mancher Besprechung verbreitet hatten, hatte ihn oft genug geärgert. Hinzu kamen die Brandlöcher auf der Auslegeware in manchen Dienstzimmern, die von heruntergefallener glimmender Asche herrührten.

Während Burgner die Treppe zur zweiten Etage hochstieg und an die heiße Glut der Zigaretten dachte, kam ihm plötzlich ein sonderbarer Gedanke: Was, wenn es sich bei dem Hausbrand in der Waldstraße um einen sogenannten *Warmen Abriss* gehandelt hatte? In der Umgebung des Hauses der alten Frau Reißlein standen ausnahmslos schicke und moderne Einfamilienhäuser. Was, wenn jemand Interesse an dem Grundstück der alten Dame hatte und auf diese Art versuchte, an das Objekt heranzukommen? Was, wenn Frau Reißlein ein offizielles Kaufangebot genauso zurückgewiesen hatte wie er selbst? Und wenn dann …

Burgner nahm die letzten Stufen zu dem Stockwerk, in dem sich sein Büro befand, im Zweierpack. Schnell lief er über den Flur, gerade so, als könnte er wertvolle Zeit verlieren, wenn er seinen Gedanken nicht sofort Kühn erzählte oder sich wenigstens eine Notiz machte.

»Burgner!« Noch ehe der Kommissar seine Zimmertür erreicht hatte, hörte er hinter sich den unverkennbaren Bass seines Chefs, der seinen Namen röhrte. »Burgner, ich habe hier noch jemanden für Sie, der Sie bei Ihrer Ermittlung begleiten wird.«

Der Kommissar, der während der Worte seines Vorgesetzten abrupt stehen geblieben war, drehte sich um und sah, dass eine junge Frau neben Dirks stand. Eine blonde junge Frau mit langen Haaren und – wie Burgner beim Näherkommen feststellte – stahlblauen Augen.

»Das ist Maria Ingvarsson«, fuhr Dirks fort und legte der jungen Dame seine breite Innendienst-Beamtenpranke auf die Schulter. »Fräulein Ingvarsson kommt von der schwedischen Polizei, genauer gesagt, von der Polizeischule in Karlskrona und ist für einen Monat in unserer Direktion zu Gast, um hier ihr Auslandspraktikum zu absolvieren. Im Rahmen der europäischen Zusammenarbeit, Sie wissen schon. Ich dachte mir, dass es ganz gut wäre, wenn Sie sie unter Ihre Fittiche nehmen könnten, Burgner.«

Burgner starrte seinen Chef an. Dann starrte er die Frau an. Oder das *Fräulein,* wie Dirks sie genannt hatte. »Dachten Sie …«, wiederholte er rhetorisch.

Dirks nickte.

»Na dann …« Burgner hob die Augenbrauen. Er wusste nur zu gut, welche zusätzliche Belastung sich hinter der Betreuung eines Praktikanten verbarg. Und hier kamen noch zwei Dinge hinzu, die die Sache nicht unbedingt leichter machen würden: Der Praktikant war eine Frau. Und sie kannte sich mit an Sicherheit grenzender Wahrscheinlichkeit nicht in der Regelwelt der deutschen Polizei aus. Ja, beherrschte sie überhaupt unsere Sprache?

Dirks setzte ein breites Grinsen auf. Dann schob er Fräulein Ingvarsson mit einer väterlichen Geste ein Stück auf Burgner zu und rieb sich anschließend die Hände. »Und nun nichts wie an die Arbeit, würde ich sagen. Sie wissen ja Burgner: Es gibt viel zu tun …«

Mit einem dröhnenden Lachen setzte sich Dirks in Bewegung und verschwand einen Augenblick später hinter seiner Bürotür.

*

Da stand Burgner nun mit der Kollegin. Sie machte ein verlegenes Gesicht und der Kommissar vermutete, dass er selbst auch nicht viel unverkrampfter aussah.

»Also dann«, sagte er schließlich, »ich bin Jan. Jan Burgner. Kriminalkommissar.«

Die junge Frau lächelte. »Hej! Ich bin Maria.«

Burgner legte seine Hand an die Stirn. »Klar«, lachte er. »Hat Dirks ja schon gesagt.«

Jetzt lachte sie auch und zuckte mit den Schultern.

»Sprechen Sie … unsere Sprache?«

»Ja. Ein bisschen. Ich hatte in der Schule schon Deutsch und dann in der Ausbildung auch.«

Burgner nickte. Dann deutete er in Richtung seines Büros. »Ich hab was Wichtiges zu erledigen: Kommen Sie mit?«

Die Schwedin zuckte wieder lächelnd die Schultern und folgte ihm dann.

*

Als sie Burgners Büro betraten, hing Kühn gerade in seinem Drehstuhl vor dem Schreibtisch und nagte an einem Döner. Die Füße hatte er – natürlich ohne die Schuhe auszuziehen – passenderweise auf der Tischplatte abgelegt und verschluckte sich fast, als er sah, dass Burgner eine junge Dame im Schlepptau hatte. Sofort nahm Kühn die Füße vom Tisch, legte den Döner beiseite und sprang auf. Schnell wischte er sich noch die Finger an einem Papiertaschentuch sauber, dann streckte er der Schwedin die Hand hin und grinste. »Kühn«, sagte er und schluckte den letzten Bissen herunter.

»Maria«, sagte Maria.

Kühn strahlte. »Sie müssen die schwedische Praktikantin sein, von der Kriminaloberrat Dirks heute Vormittag gesprochen hat, nicht wahr?«

Maria Ingvarsson bestätigte es und Kühn begann, sie auszufragen. Woher genau in Schweden sie käme, in welcher Abteilung der schwedischen Polizei sie arbeitete und so weiter.

Burgner sah dem Turteln eine Weile zu, schüttelte dann lächelnd den Kopf und ging schließlich zum Fenster, um es zu öffnen. Das ganze Zimmer stank nach dem Knoblauch von Kühns Hammelfleischbrötchen.

Als der Kollege eine Redepause einlegte, nutzte Burgner diese, um ihm von seinem Gedanken mit dem *Warmen Abriss* zu erzählen.

Leicht irritiert über die allzu plötzliche Hinwendung zu dienstlichen Dingen, schaute Kühn zunächst ein wenig bedeppert drein, setzte sich dann aber an seinen Schreibtisch und kratzte sich am Hinterkopf. Draußen zuckte ein Blitz.

»Der Gedanke kommt mir so abwegig nicht vor«, meinte er schließlich. »Ich hatte auch schon in diese Richtung überlegt, fand es dann aber ein wenig zu …« Der Donner, der durch das offene Fenster hereindrang, übertönte Kühns Stimme und sie warteten, bis der Krach vorüber war.

»Ich fand es etwas zu gewagt: Schließlich hätte das Feuer die alte Frau fast das Leben gekostet. Und bei einer sogenannten *Warmen Sanierung* handelt es sich ja zumeist um leer stehende Häuser.«

»Was ist das - eine *Warme Sanierung?*«, schaltete sich die schwedische Kollegin ein, der dieser Begriff offenbar unbekannt war.

Burgner und Kühn erklärten es ihr und machten sie mit dem aktuellen Fall vertraut. Dann vereinbarten sie, dass Burgner ihr morgen ein wenig die Stadt zeigen würde und *die wichtigsten Orte, die ein Polizist in Berlin kennen sollte,* wie er es ausdrückte.

Schließlich verabschiedeten sie sich gegen siebzehn Uhr. Burgner hatte heute ohnehin eigentlich dienstfrei und nicht vor, noch länger im Präsidium zu bleiben. Außerdem hatte er am Abend noch einen wichtigen Termin in Dannow: die Monatssitzung des Gemeindekirchenrates.

*

Als Burgner in seinem Octavia den Präsidiumsparkplatz verließ und sich auf den Weg in Richtung Nordosten machte, herrschte dichter Feierabendverkehr. Es würde eine Weile dauern, bis er die Stadtgrenze erreichte.

Glücklicherweise war das Gewitter so schnell wieder abgezogen, wie es gekommen war. Lediglich ein paar Pfützen am Straßenrand zeugten noch davon.

Auf der Wollankstraße schnitt ihn ein schwarzer BMW und drängelte sich frech zwischen ihn und einen Linienbus. Burgner merkte, wie sein linker Mittelfinger zuckte. Sollte er Lichthupe geben? Nein, dachte er. Es wäre wohl vernünftiger, gelassen zu bleiben. Es hatte ohnehin keinen Sinn. Und die Zeiten, in denen er seine Stoppkelle - die für alle Fälle im Handschuhfach bereitlag - herausgeholt und allzu dreiste Autofahrer angehalten hatte, gehörten der Vergangenheit an. Er würde die Welt nicht ändern können. Und für Verkehrsordnungswidrigkeiten war er nicht zuständig.

*

Viertel vor sechs hatte er die Berliner Stadtgrenze passiert und stoppte an der Tankstelle in Schönerlinde, um den Tank seines Wagens aufzufüllen. Zähneknirschend beobachtete er das Display an der Zapfsäule, das den zu zahlenden Betrag anzeigte. Wenn die Benzinpreise sich weiter so entwickelten, würde sein ganzes Gehalt irgendwann nur noch für seine Fahrten von und zum Dienst draufgehen. Die Pendlerpauschale hatte man abgeschafft und so waren es Unsummen, die er jährlich in Benzin investierte. Die Bahn war keine echte Alternative.

Nachdem Burgner die Benzinstation mit vollem Tank und fast leerer Brieftasche verlassen hatte, fiel ihm ein, dass er ja auch noch etwas zu essen brauchte. Also hielt er kurzerhand am Supermarkt in Basdorf an und holte sich das Nötigste. Während er die Sachen zum Auto schleppte, traf er einen ehemaligen Kollegen und vergaß über dem Gespräch die Zeit. Irgendwann sah er auf die Uhr und bekam einen Schreck: Es war schon weit nach neunzehn Uhr und er musste sich wirklich sputen, wenn er es noch zur Gemeindekirchenratssitzung schaffen wollte …

13. Kapitel

Julia hatte eine Weile gebraucht, bis sie den Ärger mit Bruno Vogel einigermaßen verdaut hatte. Es war eindeutig, dass sie sich im Ton vergriffen hatte und das war dumm gewesen. Außerdem hatte es sie in der Sache nicht einen Millimeter vorangebracht, ganz im Gegenteil. Von einem Verkauf seines Hauses war der Mann nach dieser Begegnung wohl weiter entfernt als je zuvor. Was aber sollte sie nun tun? Der Chef würde ihr Beine machen. Dürre wollte Erfolge sehen. Ganz sicher würden er oder von Wallerstein morgen wieder anrufen und nach dem Stand der Dinge fragen. Und sie würden alles andere als erfreut sein, wenn sie hörten, dass es noch immer nichts Neues gab. Dass noch immer kein einziges Haus in den Besitz ihrer Firma gekommen war.

Nach dem Abendessen, das Julia missmutig im Gasthof in sich hineingestopft hatte, war sie auf die Idee gekommen, es noch einmal bei diesem Herrn Burgner zu versuchen. Der war ja im Grunde ganz nett gewesen. Zwar hatte auch er sehr deutlich gemacht, dass er keineswegs an einem Verkauf interessiert war, aber zumindest war er – von der Nummer mit der Staubwolke einmal abgesehen – nett zu ihr gewesen.

Julia zog sich ein frisches Sommerkleid an und verließ schließlich gegen neunzehn Uhr den Gasthof. Auf ihre Aktenmappe hatte sie verzichtet; schließlich kannte der Mann den Prospekt über die geplante Freizeitanlage bereits – und alle anderen wichtigen Daten hatte sie im Kopf.

Als sie an der Dorfkirche vorbeikam, hörte sie, dass drinnen die Orgel spielte. Es waren eher kurze Tonfolgen als eine richtige Melodie und Julia vermutete, dass jemand übte. Als sie zu den Glasfenstern der Kirche schaute, fiel das Licht der Abendsonne darauf und sie erkannte, dass es irgendwelche Muster oder Bilder waren, die auf den Fenstern abgebildet waren. Sie war in ihrem Leben noch nicht oft in Kirchen gewesen, aber Julia hatte derartige Bleiglasfenster schon mehrfach gesehen.

Ohne recht zu wissen warum, blieb Julia stehen. Aus dem Inneren der Kirche erklang jetzt ein längeres Musikstück und Julia fragte sich, ob sie das Gotteshaus wohl einfach so betreten konnte. Langsam drehte sie sich um und ging ein paar Schritte zurück zur Tür. Es war eine große und schwere Holztür mit einer schwarzen Metallklinke. Julia legte die Hand auf die Klinke und drückte sie herunter. Tatsächlich: Es war nicht abgesperrt.

Vorsichtig öffnete sie die Tür und trat ein. Im Inneren der Kirche war es angenehm kühl. Die Musik von der Orgel erklang noch immer und Julia versuchte zu erkennen, wer daran saß und spielte, doch ihre Augen waren noch nicht auf das Halbdunkel eingestellt und sie erkannte nur die Umrisse einer Person.

Langsam ging sie auf die Bleiglasfenster zu. Sie sahen einfach wunderschön aus und leuchteten in den verschiedensten Farben. Es waren in der Tat Bildergeschichten darauf zu erkennen. Julia wusste nicht, was sie bedeuteten, aber sie dachte auch nicht weiter darüber nach. Sie bewunderte einfach die Leuchtkraft der Farben, die durch die Abendsonne hervorgerufen wurde, und staunte, welch ein Unterschied es doch zu draußen war. Von draußen wirkten die Fenster nur dunkelgrau und matt – aber von hier drinnen erkannte man ihre Schönheit und ihren Glanz.

Irgendwann hörte die Orgelmusik auf. Julia hatte keine Ahnung, wie lange sie hier gestanden und die Fenster angeschaut hatte. Eigentlich hatte sie sich die Bilder darauf gar nicht so angeschaut, wie man sich Bilder normalerweise anschaut, sondern sie hatte sie einfach auf sich wirken und ihre Gedanken schweifen lassen.

Jetzt war es aber wohl an der Zeit zu gehen. Julia drehte sich von den Fenstern weg, wandte sich um und ... schreckte zusammen: Ein Mann stand vor ihr und blickte sie an. Ein Mann, den sie schon einmal gesehen hatte. Es musste der Mann sein, der ihr beim Betreten von Herrn Burgners Grundstück begegnet war. Und ... er war der Mann mit dem Gartenschlauch, den sie bei ihrem gestrigen Abendspaziergang gesehen hatte. Offenbar war er auch der Orgelspieler.

»Sie brauchen sich nicht zu erschrecken«, sagte er lächelnd und reichte ihr die Hand. »Peter Wolters. Ich gehöre zu dieser Gemeinde.«

»Angenehm«, entgegnete sie und schüttelte die hingehaltene Hand. »Ich bin ...«

»Sie sind diese Immobilienmaklerin, nicht wahr?«

Julia nickte und sah, wie sich der Gesichtsausdruck des Mannes mit einem Mal änderte. Das Lächeln war verschwunden, und einem nachdenklichen, fast erschrockenen Blick gewichen. »Ich ... Sie ...«, stotterte er, »irgendwie habe ich den Eindruck, als wenn wir uns ... kennen würden. Irgendwoher. Irgendwie ... von früher.«

Wolters trat einen Schritt zurück. Bis jetzt hatte er die junge Frau nur oberflächlich angeschaut. Sie waren sich ein- oder zweimal im Dorf über den Weg gelaufen. Bisher aber hatte er nie näher hingesehen. Kein Gedanke daran, dass er der eleganten Immobilienmaklerin schon einmal früher begegnet sein könnte. Nein – er hatte sie tatsächlich nur oberflächlich betrachtet. Sehr oberflächlich. Viel zu oberflächlich, als dass ihm aufgefallen wäre, dass sie ... »Sie ... heißen ...?«

Julia nannte ihren Namen. Den Firmenzusatz, den sie sonst bei einer Vorstellung stets hinzugefügt hatte, ließ sie weg.

»Julia«, wiederholte er leise und zögernd und ... vollkommen verwirrt.

»Ja. Wie ich sagte: Julia Jacob.«

»Julia«, wiederholte er noch einmal. Dann vergrub er das Gesicht in den Händen und schüttelte den Kopf. »Ich hatte es nicht bemerkt«, stammelte er. »Ich habe Sie ... dich ... gesehen und ... nichts bemerkt. Obwohl es so offensichtlich ist, wie ähnlich du ihr bist!«

Julia schluckte. »Wem bin ich ähnlich?«

Wolters hob den Blick und griff nach den Händen der jungen Frau, die so verblüfft war, dass sie es einfach geschehen ließ. »Silvia«, sagte er. »Meiner geschiedenen Frau. Deiner Mutter ...«

*

Julia konnte nicht glauben, was sie gehört hatte. Zunächst hatte sie geglaubt, der Mann aus Dannow erlaube sich einen Scherz mit ihr, aber dazu schien seine Aufgewühltheit viel zu echt. Dann dachte sie, er sei vielleicht geisteskrank. Oder es läge eine Verwechslung vor. Aber ihre Mutter hieß tatsächlich Silvia. Und bevor sie Jürgen Jacob geheiratet hatte, den Juwelier aus Idar-Oberstein, der Julia adoptiert hatte, als sie zehn war, hatte ihre Mutter genauso geheißen wie dieser Mann hier: Wolters. Auch Julia selbst hatte diesen Namen einmal getragen, aber sie hatte sich nichts weiter dabei gedacht, als der Mann sich ihr vorgestellt hatte. Nicht wenige hießen Wolters. Dass ihre Mutter allerdings Silvia hieß, konnte er dann doch nicht wissen. Es sei denn ... es sei denn, er war tatsächlich ihr Vater. Ihr richtiger Vater! Aber der war doch gestorben, als Julia klein war! Ihre Mutter hatte es ihr immer wieder so erzählt: Vater war beim Versuch, die DDR zu verlassen, erschossen worden. Er war ein Opfer des Schießbefehls. Verblutet an der Mauer. Weil er in die Freiheit wollte. Frau und Tochter hatte er mit letzter

Kraft über den Zaun gehoben und war dann an den Schussverletzungen verblutet. Er war ein Held. Ihr Held. Wie oft hatte sie an ihn gedacht, wie oft hatte sie ... aber nie wäre Julia auf den Gedanken gekommen, dass er noch leben könnte. Nie hätte sie Nachforschungen angestellt. Nie hätte sie einen Zweifel daran gehabt, dass die Geschichte stimmte, die ihre Mutter ihr erzählt hatte. Und jetzt ...

Peter Wolters, ihr ... Vater hatte sie aus der Kirche mit in sein Haus genommen, sie auf die Couch gesetzt und ihnen beiden ein Glas Cognac eingegossen. Beide hatten das hochprozentige Getränk in einem Zuge heruntergeschluckt, und dann begann Wolters zu erzählen. Und Julia fing allmählich an zu begreifen, dass er tatsächlich die Wahrheit sagte.

»Es war ... schrecklich, damals«, seufzte er und sah in sein leeres Glas. »Du warst gerade dreieinhalb und deine Mutter hatte uns kurz zuvor verlassen. Sie hatte einen anderen Mann kennengelernt, wie ich später erfuhr.«

Julia schüttelte den Kopf, aber sie sagte nichts. Was hätte sie auch sagen sollen. In ihrem Kopf drehte sich alles.

»Jedenfalls war sie eines Tages verschwunden«, fuhr Wolters fort. »Sie war verschwunden und kam nie mehr zurück. Das Vormundschaftsgericht hat mir sofort das Sorgerecht zugesprochen. Ich war vollkommen am Ende, konnte mir absolut keinen Reim auf die ganze Sache machen.«

»Aber«, flüsterte Julia, »ich war doch bei ihr! Wieso sagst du, du hättest das Sorgerecht zugesprochen bekommen?«

Peter Wolters rieb sich über die Augen. »Es passierte an einem warmen Sommertag. An einem warmen Sommertag wie heute. Wir beide kamen gegen vier am Nachmittag nach Hause. Ich habe dich immer aus dem Kindergarten abgeholt und an diesem Tag hatten wir auf dem Heimweg ein großes Eis gegessen. Es gab am S-Bahnhof Pankow damals so einen kleinen Rummelplatz. Ein Kinderkarussell und eine Eisbude, mehr nicht. An dem Eiswagen stand *Kramer Erfurt-Berlin*, das weiß ich noch ganz genau. Als wir an diesem Tag nach Hause kamen, bist du in dein Zimmer und hast gespielt, während ich duschen ging. Es war ja ein heißer Sommertag.«

»Und dann?«

Wolters rieb sich mit der flachen Hand über das Gesicht. »Als ich aus der Dusche kam, warst du weg.«

»Weg?« Julia riss die Augen auf. »Wie weg?«

»Verschwunden. Einfach so. Die Wohnungstür war abgeschlossen wie immer. Ich rannte wie ein Besessener durch die Wohnung und überprüfte die Fenster. Aber die waren alle zu. Wir wohnten im dritten Stock. Hinterhof. Es gab im Grunde keine Möglichkeit, wie du verschwinden konntest.«

»Aber …«

»Aber du warst tatsächlich weg! Ich bin dann runter, habe die ganze Straße abgesucht, das ganze Viertel. Habe Leute gefragt, überall. Nichts. Schließlich bin ich zur Polizei und habe eine Vermisstenmeldung aufgegeben.« Wolters senkte den Blick und schüttelte leicht den Kopf. »Es war das letzte Mal, dass ich dich gesehen habe – bis heute.«

Julia sprang auf und lief völlig verwirrt in Wolters Wohnzimmer auf und ab. Irgendwann blieb sie stehen, straffte sich und sah Wolters ins Gesicht. »Das ist doch eine völlig verrückte Geschichte!«

Wolters nickte.

»Wie … ich meine … wohin bin ich denn … verschwunden?«

Julias Vater seufzte tief. Dann erhob er sich, ging in die Küche und setzte Wasser auf. Julia folgte ihm.

»Ich hatte zunächst überhaupt keine Ahnung, wo du warst und was eigentlich passiert war«, sagte er schließlich, während sie darauf warteten, dass das Wasser kochte. »Die Polizei hat sich mit Informationen sehr bedeckt gehalten, was ich an sich schon recht ungewöhnlich fand.« Wolters hängte Teebeutel in zwei Tassen. »Nach einigen Wochen sprach mich dann eine ältere Frau aus unserer Straße an und erzählte mir hinter vorgehaltener Hand, sie habe Silvia gesehen und du seiest bei ihr gewesen.«

»Wann?«

»An dem Tag, als du verschwunden bist.«

Julia schüttelte den Kopf. »Aber das ist doch …«

Wolters prüfte mit der flachen Hand, ob der Wasserkessel warm wurde. »Es steckte eine große Sache dahinter. Der Mann, den deine Mutter kennengelernt hatte, war ein Offizier beim Ministerium für Staatssicherheit.«

»Was?« Julia zuckte sichtlich zusammen.

»Hast du das nicht gewusst?«

»Gregor hat nie darüber gesprochen. Und jetzt …«

»… ist er tot, ich weiß.«

Julia nickte.

»Jedenfalls hat sich Gregor Franck mit deiner Mutter und dir in den Westen abgesetzt. Durch seine Arbeit beim MfS kam er an die entscheidenden Reisedokumente heran und ist dann getürmt. Ursprünglich wollte er nur Silvia mitnehmen, aber die hat im letzten Moment gekniffen und ihn dazu überredet, dich vorher noch zu holen …«

»Aber …«, Julia schüttelte entschieden den Kopf, »das ist doch absurd! Diese ganze Geschichte kommt mir vor wie ein schlechter Film.«

Wolters nickte. Der Wasserkessel begann zu zischen. »Ich habe alle Hebel in Bewegung gesetzt, um hinter die Wahrheit zu kommen, und das hat mich fast ins Gefängnis gebracht. Die Leute von der Stasi wollten die Fahnenflucht ihres Mitarbeiters unter allen Umständen geheimhalten. Aber auch bei denen gab es Menschen, die ein Gewissen hatten und dafür manchmal Kopf und Kragen riskierten. Einer von ihnen hat mir die Wahrheit gesagt, Fotos gezeigt. Von Silvia, dir und Gregor. In Westberlin …«

Julia setzte sich fassungslos auf den Küchenstuhl. »Und zu mir hat Mama gesagt, du wärst bei unserer Flucht in den Westen erschossen worden …«

Wolters nahm den Kessel vom Feuer und goss das heiße Wasser in die Tassen. »Ich habe mehrfach versucht herauszufinden, wo du lebst. Habe an zig Ämter geschrieben, aber es war erfolglos.«

»Ich wurde adoptiert. Von Mamas neuem Mann. Jürgen Jacob. Ein Juwelier aus Idar-Oberstein. Wir haben ein paar Jahre dort gewohnt, bevor wir nach Berlin zurückgekehrt sind.«

Wolters nickte. »Dein neuer Name«, sagte er. »Ich kannte ihn ja nicht. Ich habe immer nach einer Julia Wolters oder einer Julia Franck gesucht.«

»Mama und Gregor haben sich getrennt, kurz bevor sie Jürgen kennenlernte. Ich hatte noch lange Kontakt zu Gregor; schließlich war er in den ersten Jahren wie ein Vater für mich …«

Wolters nickte. »Ich bin Gott so dankbar, dass er meine Gebete erhört und dich zu mir zurückgebracht hat«, sagte er. »Du glaubst gar nicht, wie oft ich ihn darum gebeten habe!«

»Gott?«

»Ja.«

»Du bist … gläubig?«

Wolters nickte und Julia fragte sich, was sie darauf entgegnen oder wie sie damit umgehen sollte. Die ganze Situation war unglaublich. Es war … verrückt. Oder auch wunderbar. Je nachdem, wie man es betrachtete.

14. Kapitel

Es war kurz vor Mitternacht, als Jan Burgner die Haustür aufschloss und in den Flur trat. Neben dem Eingang standen seit Montag die Mülltüten und warteten mit einem unangenehmen Geruch darauf, endlich in die Tonne gebracht zu werden. Er hatte es einfach nicht geschafft. Heute war sein freier Tag gewesen, aber er war zu nichts gekommen. Seufzend griff Burgner nach den Tüten und schleppte sie zum Gartentor, wo sich der Müllkübel befand.

Während er die Tüten einwarf, fiel sein Blick hinüber zum Haus von Peter Wolters. In der Küche brannte noch Licht und Burgner überlegte, ob er noch auf einen Sprung bei seinem Freund vorbeischauen sollte. Ihn fragen sollte, ob es ihm gut ging oder ob ihm etwas fehlte. Peter hatte heute Abend nicht an der Sitzung des Gemeindekirchenrates teilgenommen. Das kam eigentlich nie vor. Solange Burgner denken konnte und solange er hier in dieser Gemeinde aktiv war, so lange hatte Peter Wolters noch auf keiner Sitzung gefehlt. Vielleicht war er krank? Der Kommissar schloss den Deckel der Mülltonne und zögerte einen Augenblick. Der neue Tag, der soeben angebrochen war, hielt neue Herausforderungen bereit. Schwierige und anstrengende Herausforderungen. Und Burgner war todmüde und musste zusehen, wenigstens ein paar Stunden Schlaf zu bekommen, um wieder einigermaßen fit zu sein. Ein Besuch bei Peter war nie ein kurzer Sprung. Nein, so gern der Kommissar noch hinübergegangen wäre, es ging nicht. Er war viel zu kaputt.

*

Was war das? Hatte da jemand seinen Namen gerufen? Burgner rieb sich über die Augen und sah zum Radiowecker. *Zwei Uhr zwölf,* leuchteten die Zahlen. Merkwürdig, dachte er und lauschte in die Stille. Durch das offene Fenster drang angenehm kühle Luft ins Zimmer. Einen Moment lang lag er wach und wartete. Dann hörte er, dass draußen tatsächlich jemand seinen Namen rief. Laut und offenbar auch bedrohlich scharf.

Der Kommissar rollte sich aus dem Bett und lief zum Fenster. Unten sah er Wolters am Zaun stehen und aufgeregt herüberwinken. Schnell öffnete er das Fenster. »Was ist denn los? Es ist mitten in der Nacht!«

»Das Vogelhaus brennt«, rief Wolters herüber. »Schnell! Wir müssen löschen!«

Vogelhaus? Was meinte Peter bloß? War er vielleicht tatsächlich krank? Burgner hob den Blick und schaute in Richtung Dorfzentrum. Der Himmel leuchtete hellrot und im nächsten Moment wusste Burgner, was Wolters meinte: das Haus von Bruno Vogel! Es musste in Flammen stehen!

»Ich komme!«, rief der Kommissar, stieß sich vom Fenster weg und hastete die Treppe hinunter ins Erdgeschoss. Seine Kleidungsstücke legte Burgner stets so hin, dass er sich in weniger als zwanzig Sekunden vollständig anziehen konnte – eine alte Angewohnheit aus seiner Zeit beim BKA. Keine Minute, nachdem er Wolters Rufen zum ersten Mal gehört hatte, stand er neben seinem Freund auf der Straße.

»Das Feuer tobt wie verrückt«, erklärte Wolters ihm, während sie sich rasch auf den Weg machten. »Klaus Leihbach hat mich angerufen. Sie sind seit einer halben Stunde am Löschen …«

Burgner schüttelte verwirrt den Kopf. »Warum um alles in der Welt brennt Bruno Vogels Haus?«

Wolters warf dem Kommissar einen kurzen Seitenblick zu, sagte aber nichts.

Schließlich erreichten sie den Ort des Geschehens. Die Freiwillige Feuerwehr des Dorfes war mit zwei Fahrzeugen da und pumpte das Wasser aus allen Rohren in das Feuer. Vogels Haus sah für die hohen Flammen, die daraus emporstiegen, noch recht gut erhalten aus. Offenbar war das Feuer in der Garage entstanden und hatte erst später auf das Haus übergegriffen.

»Wie geht es Bruno?«, fragte Burgner einen jüngeren Feuerwehrmann, der gerade an ihm vorbeilief.

»Er hat großes Glück gehabt!«, entgegnete der Feuerwehrmann, ohne stehen zu bleiben, und zeigte hinüber zu einem der Löschfahrzeuge. »Er sitzt dort drüben. Bei Herrn Leihbach.«

Burgner nickte und lief dann auf Vogel zu, der auf einem Rucksack saß und den Kopf gesenkt hielt. Neben ihm stand Klaus Leihbach in seiner Feuerwehrkleidung und starrte in die Flammen. Er atmete schwer und der Kommissar bemerkte, dass er zitterte.

Verrückt, dachte Burgner. Die ganze Welt war verrückt geworden.

*

Als das Feuer nach einer weiteren halben Stunde endlich gelöscht war und sich die hektische Aufregung am Brandort ein wenig gelegt hatte, war Burgner bereits im Groben über den Hergang der Sache informiert:

Bruno Vogel war gegen Mitternacht zu Bett gegangen und tief und fest eingeschlafen. Kurz nach halb zwei hatte sein Hund wie verrückt zu bellen begonnen und Vogel war wütend aus dem Bett gesprungen, um, wie er es gegenüber Burgner ausdrückte, dem Köter den Hals umzudrehen. Als er dann aber in sein Wohnzimmer kam, hatte Vogel gesehen, dass von der Veranda her Flammen in sein Haus eindrangen. Wie gelähmt vor Schreck hatte er einige Augenblicke lang einfach so dagestanden und in die Flammen gestarrt. Dann war er endlich zur Besinnung gekommen und schreiend ins Freie gerannt. Im Flur hatte er sich wie aus einer Eingebung heraus sein schnurloses Telefon gegriffen und dann die Feuerwehr angerufen. Die war ziemlich schnell erschienen und hatte auch sofort zu löschen begonnen. Vogel selbst war so gut wie ohne Blessuren davongekommen. Bei der Flucht aus dem Haus hatte er sich eine Prellung am Knie zugezogen, aber das war im Grunde alles. Seinen Hund hingegen hatte es ärger erwischt: Das Tier hatte sich während des Brandes im Keller des Hauses aufgehalten und war offenbar durch den Rauch ganz schön mitgenommen. Zwei beherzte Feuerwehrmänner hatten den Hund schließlich befreit und an die Luft gebracht. Jetzt lag er Bruno Vogel röchelnd zu Füßen, der ihm zitternd das Fell streichelte. Offenbar wurde Vogel erst jetzt so richtig bewusst, was eigentlich passiert war und dass er hätte tot sein können …

»Das war diese Schlange«, keuchte er schließlich und hob drohend seine zitternde Hand, »diese verrückte Halsabschneiderin.«

Burgner legte Vogel eine Decke um den Rücken, die ihm einer der Feuerwehrleute gerade in die Hand gedrückt hatte. »Wer?«

Vogel sah den Kommissar mit großen Augen an. »Na diese Immobilienschnepfe. Diese unverschämte Tussi.«

Burgner sah zu Wolters hinüber, der an die Seitenwand des Löschfahrzeugs gelehnt stand, aber der wich seinem Blick aus und sagte nichts.

Schließlich traf ein Streifenwagen der Bernauer Polizei ein, aus dem zwei uniformierte Kollegen stiegen und mit der Arbeit begannen. Über Dannow hingen noch immer dichte Rauchschwaden.

15. Kapitel

Als Kriminalkommissar Jan Burgner am kommenden Morgen gegen halb acht im Präsidium eintraf, war Kühn bereits anwesend und begrüßte ihn mit einem breiten Grinsen: »Du hattest tatsächlich recht«, sagte er.

»Recht? Womit?«

»Mit deiner Vermutung. Frau Reißlein hatte de facto Besuch von einem Makler. Mehrfach.«

Der Kommissar machte ein bedeppertes Gesicht. »Frau Reißlein?«

Kühn grinste. »Ja. Frau Reißlein. Die alte Dame, deren Haus in der Waldstraße in Flammen aufgegangen ist. Wir ermitteln in diesem Fall, du erinnerst dich?«

Burgner warf seinem Kollegen einen spöttischen Blick zu.

»Ich habe es gerade von ihr selbst erfahren.« Kühn wies zum Telefon. »Die alte Frau ist bei einer Bekannten untergekommen und hat sich eben bei mir gemeldet, um nach Neuigkeiten zu fragen.«

Burgner zuckte die Schultern und setzte sich.

»In diesem Zusammenhang kamen wir auf die Frage nach Kaufinteressenten für ihr Haus zu sprechen. Frau Reißlein hat bestätigt, dass der Immobilienmakler sie mächtig unter Druck gesetzt und ihr gedroht hat. Sie hat diesem Druck jedoch standgehalten.«

»Das gelingt bestimmt nicht jedem.«

Kühn schüttelte den Kopf. »Diese Burschen sind mit allen Wassern gewaschen. Und in diesem Falle schien der Erwerb des Hauses ganz besonders wichtig zu sein, denn der Chef der Immobilienfirma höchstpersönlich ist bei Frau Reißlein aufgekreuzt. Von zwei finsteren Typen begleitet zwar, aber immerhin.«

»Zur Abschreckung sicher«, nickte Burgner. »Wie heißt der Mann?«

»Ludwig Dürre. Vorstandsvorsitzender der DÜRRE Immobilien und Bauland AG.«

Burgner hielt die Luft an. Dann pfiff er anerkennend durch die Zähne und nickte. »Sieh mal einer an! Der große Boss höchstpersönlich. Nicht schlecht.«

»Das will ich meinen.«

Jan Burgner griff nach seiner Kaffeetasse, die Kühn ihm soeben aufgefüllt hatte, und nahm einen großen Schluck. »DÜRRE Immobilien«, sagte er bedeutungsvoll, »ist übrigens exakt dieselbe Firma, die bei uns in Dannow am Werk ist und die Leute unaufhörlich beschwatzt, ihre Grundstücke zu verkaufen.«

Kühn hob die Schultern. »Es ist ein großes Unternehmen …«

»Ja. Aber das Spannendste kommt erst noch: Es hat in der letzten Nacht in unserem Dorf auch einen Brand gegeben.«

»Was?« Kühn war entsetzt.

Burgner nickte. »Einen Brand, bei dem man wohl davon ausgehen kann, dass er nicht von allein entstanden ist. Dem Bewohner des Hauses ist nichts passiert. Er ist mit einem Schrecken davongekommen und sein Haus ist auch nicht vollkommen zerstört worden. Man wird es wieder instand setzen können. Er hatte großes Glück, dass er sich rechtzeitig in Sicherheit bringen konnte.«

Tobias Kühn fuhr sich nachdenklich übers Kinn. »Das gibt der Sache natürlich eine völlig neue Dimension. Wenngleich …«

»Ja?«

»… wenngleich es mir schwerfällt zu glauben, dass solch eine bekannte Immobilienfirma in derartig niederträchtige und – mit Verlaub – dummdreiste Straftaten verwickelt sein könnte.«

»Dummdreiste Straftaten? Das klingt, als wäre es nicht mehr als ein Schabernack …«

»Nein, so meine ich es gar nicht. Ich meine vielmehr, dass man in derartigen Kreisen eher an Wirtschaftskriminalität denkt. Steuerbetrug, Anlageschwindel und so weiter. Aber an eine Brandstiftung?«

»Bei Frau Reißlein war es keine einfache Brandstiftung, sondern ein Anschlag unter Zuhilfenahme eines Sprengsatzes. Man könnte es auch eine Brandbombe nennen …«

Kühn nickte. »Ja, ich weiß ja. Und es liegt ja auch wirklich die Vermutung nahe, dass wir es hier nicht mit einem verrückten Pyromanen zu tun haben, sondern dass dein Gedanke mit dem *Warmen Abriss* gar nicht so verkehrt ist.«

Burgner dachte einen Moment lang über das nach, was Kühn gesagt hatte. »Was ist eigentlich aus der Geschichte mit Dabbeljuhs Zellenkumpan geworden?«, fragte er schließlich und stellte zu seinem eigenen Erschrecken fest, dass auch er diese Sache völlig aus den Augen verloren hatte. Die vielen Ereignisse der letzten Stunden und Tage in Dannow und auch hier in Berlin hatten ihn so sehr in Anspruch genommen, dass ihm dieses wichtige Detail tatsächlich entglitten war.

»Du meinst den Mann, dem er angeblich von seiner Sprengtechnik erzählt haben will?«

»Genau den.«

»Na ja … also … ich hatte da schon eine Anfrage an die JVA vorbereitet, aber …«

»Ja?«

»Sie liegt noch auf meinem Schreibtisch …«

Burgner grinste. »Dann sollten wir nicht noch mehr Zeit verlieren und die Sache schnellstens ins Rollen bringen.«

Kühn nickte eifrig, schlug zum Zeichen seines Tatendrangs mit den Handflächen auf die Schreibtischplatte und erhob sich, nachdem er aus der Ablage ein Schriftstück entnommen hatte. Burgner vermutete, dass es sich dabei um besagte Anfrage an die JVA handelte. »Ich gehe schnell rüber und lege es aufs Fax«, verkündete er und verschwand durch die Tür.

Der Kommissar schmunzelte und wollte gerade nach seinem Notizblock greifen, als sein Handy sich meldete. Burgner zog es aus seiner Hemdtasche hervor und warf einen Blick aufs Display. Überrascht stellte er fest, dass es eine Dannower Nummer war.

»Ja?! Burgner.«

»Guten Morgen, Herr Burgner. Ich bin's, Walter Sikorsky.«

Sikorsky? Der Dannower Bürgermeister? Was wollte der denn jetzt von ihm?

»Es geht um den Brand gestern. Den Brand in Bruno Vogels Haus.«

»Aha«, entgegnete der Kommissar und versuchte, möglichst neutral zu klingen. »Was ist denn damit?«

Der Bürgermeister räusperte sich. »Es könnte sein, dass ich etwas zur Aufklärung des Falles beitragen könnte.«

»Und das wäre?«

»Nun ja«, Sikorsky zögerte, »ich habe da eine Beobachtung gemacht. Eine – wie ich finde – höchst delikate Beobachtung. Wissen Sie, vielleicht täusche ich mich auch. Und ich möchte auch niemanden zu Unrecht belasten … aber dennoch halte ich es für meine … ähm … Pflicht, Sie davon zu informieren.«

»Erzählen Sie einfach, was Sie gesehen haben.«

»Gut. Ja. Also … ich war gestern Nachmittag im Dorf unterwegs. Es gab eine Menge zu tun. Sie wissen ja, bald steht die Ernte vor der Tür und …«

»Herr Sikorsky, kommen Sie bitte zur Sache!« Burgner griff wieder nach seiner Tasse, musste aber feststellen, dass sie bereits leer war. »Im Übrigen sind für den Brand in Dannow die Kollegen vom Landeskriminalamt in Eberswalde zuständig«, fügte er der Ordnung halber hinzu.

»Ja, ich weiß. Bitte entschuldigen Sie.« Sikorsky klang ein wenig beleidigt. »Trotzdem würde ich lieber mit Ihnen sprechen.«

Burgner atmete tief durch. »Dann tun Sie es doch endlich, Herr Sikorsky! Erzählen Sie mir, was Sie zu sagen haben. Aber bitte möglichst kurz und knapp.«

Der Bürgermeister am anderen Ende brummte etwas Unverständliches in den Hörer. Dann schien er endlich in der Lage zu sein, in zwei Sätzen zu sagen, was passiert war. Und diese zwei Sätze hatten es in sich: »Ich habe gestern einen heftigen Streit zwischen Bruno Vogel und der Immobilienmaklerin Julia Jacob beobachtet. Und ich habe diese Frau in der Nacht in der Nähe des Tatortes gesehen.«

Bumm. Burgner hatte vor Erstaunen seine leere Kaffeetasse fallen gelassen, mit der er während des Telefonats herumgespielt hatte. Glücklicherweise hatte sie den Absturz unbeschadet überstanden. Der Kommissar machte einen langen Arm und fingerte sie zwischen dem Rollenkreuz seines Drehstuhls hervor.

»Sind Sie noch dran?«, fragte Sikorsky. »Ist alles in Ordnung bei Ihnen?« Möglicherweise hatte er Burgners angestrengtes Stöhnen mitgehört, als dieser nach der Tasse geangelt hatte.

»Ja, ja, alles bestens«, gab der Kommissar schließlich zurück. »Und ich habe auch verstanden, was Sie gesagt haben.«

Sikorsky gab einen Seufzer von sich. »Dann ist es gut.«

»Sind Sie sich denn wirklich ganz sicher, dass es Frau Jacob war, die Sie in der Nähe des Tatortes gesehen haben?«, hakte Burgner nach.

»Na hören Sie mal! Diese Dame fällt in unserem Dorf derart auf, dass jeder Dannower sie erkannt hätte.«

»Hmm«, brummte Burgner. Die Information von Sikorsky war in der Tat höchst interessant. »Um welche Uhrzeit war das denn genau?«

»Was meinen Sie? Den Streit oder als ich die Frau in der Nacht an Bruno Vogels Haus gesehen habe?«

»Beides.«

»Also, warten Sie … die Sache mit dem Streit - und ich kann Ihnen wirklich sagen, das war kein kleines Anfauchen, das war …«

»Herr Sikorsky!«

»Ja, ja, schon gut. Also der Streit war gegen halb vier am Nachmittag auf Vogels Grundstück. Und nachts habe ich die Immobilienmaklerin so gegen ein Uhr, vielleicht auch Viertel nach eins gesehen. Etwa eine halbe Stunde, bevor der Feueralarm ausgelöst worden ist.«

»Gut.« Burgner hatte sich während des Gesprächs ein paar Notizen gemacht. »Dann danke ich Ihnen für Ihre Mithilfe, Herr Sikorsky.«

»Ja, bitte, gern. Aber die Sache bleibt doch vertraulich? Ich meine - diese Frau arbeitet für eine wichtige Firma und ich als Bürgermeister …«

»Kein Problem«, entgegnete der Kommissar. »Aber eine letzte Frage habe ich doch noch: Was haben Sie eigentlich um diese Zeit noch draußen gemacht?«

In der Leitung knisterte es gefährlich und Burgner dachte schon, das Gespräch wäre zusammengebrochen, aber dann hörte er wieder Sikorskys Stimme: »… gerade aus Berlin zurück. Ich war gestern dort im Varieté.«

»Aha. Was kam denn?«

»Keine große Nummer. Werden Sie nicht kennen.«

»Es interessiert mich trotzdem.«

Sikorsky seufzte. »*Herr Dobermann* heißt das Stück - ein kabarettistisches Potpourri. Wie gesagt, nicht das Geld wert, das man für den Eintritt bezahlt.«

Der Kommissar bedankte sich bei Sikorsky und legte schließlich auf.

Julia Jacob, dachte er. Diese Frau am Tatort. Eine Mitarbeiterin von DÜRRE Immobilien … konnte das Zufall sein?

*

Eine halbe Stunde später war auch Kühn im Bilde und sofort von der Idee besessen, Julia Jacob unverzüglich zu verhaften und zu verhören. Am liebsten wäre er augenblicklich losgefahren, hätte ihn Burgner nicht gebremst und auf die trotz allem dünne Indizienlage und auf die Tatsache hingewiesen, dass der Brand, um den es ging, rein örtlich gar nicht in die Zuständigkeit der Berliner Polizei fiel. Dannow lag im Land Brandenburg und folglich hatte auch das Brandenburger LKA die Ermittlungen zu führen.

Schließlich hatte Kühn ein Einsehen und Burgner schlug vor, zunächst bei den dortigen Kollegen nachzufragen, ob bereits erste Ergebnisse in dieser Sache vorlagen. Außerdem mussten die Brandenburger Beamten über die Aussage Sikorskys informiert werden. Also griff Burgner zum Hörer und rief in Eberswalde an. Bei der dortigen Vermittlung nannte er den Grund seines Anrufes und bat darum, mit jemandem verbunden zu werden, der den Brandfall in Dannow bearbeitete.

Eine blecherne Wartemelodie erklang und dudelte in einer Endlosschleife vor sich hin. Schließlich meldete sich eine männliche Stimme und nannte den Namen Luber.

Burgner stellte sich seinerseits vor und wurde dann konkret: »Ich weiß jetzt nicht, ob man mich mit dem zuständigen Dezernenten verbunden hat – es geht um den Brand in Dannow. Vergangene Nacht.«

»Ja, ja – da sind Sie bei mir ganz richtig«, antwortete Luber. »Ich bearbeite diesen Vorgang.«

Burgner war erleichtert, auf Anhieb an der richtigen Adresse gelandet zu sein und erklärte dem Kollegen, worum es ging. Er berichtete auch von Sikorskys Aussage. Und von der Art und Weise, wie der Anschlag auf das andere Haus verübt worden war. Das Haus von Else Reißlein.

»Höchst interessant«, kam es schließlich aus dem Hörer. »Das fügt sich gut ins Bild, das wir bisher gewonnen haben. Auch in Dannow wurden Propangasflaschen benutzt. Ja, wir gehen tatsächlich davon aus, dass es sich bei dem Feuer um Brandstiftung handelt.«

»Also doch«, murmelte Burgner und nickte Kühn zu.

»Wenn Sie diese Dame bereits kennen, die nach Aussage des Bürgermeisters in der Nähe des Tatortes gewesen sein soll, können Sie sie gern offiziell befragen. Möglicherweise gibt es ja wirklich Verbindungen zu dem anderen Brandfall, den Sie bearbeiten.«

»Es ist zumindest ein und dieselbe Immobilienfirma, die hinter den Grundstücken her ist«, entgegnete Burgner.

»Na bitte! Also wie gesagt, es besteht kein Grund für Einwände. Noch dazu, weil es sich um eine Berlinerin handelt. Nehmen Sie die Frau nur fest und verhören Sie sie. Wenn sich allerdings herausstellen sollte, dass sie tatsächlich die Täterin ist, müssten Sie für eine Untersuchungshaft, die über das Ende des nächsten Tages hinaus andauert, den offiziellen Weg beschreiten. Dann wäre einer unserer Haftrichter zuständig.«

Burgner sagte zu, diese Formalitäten zu beachten. Dann erkundigte er sich, ob am Tatort eigentlich verwertbare Spuren von Fremdpersonen gefunden worden seien und vielleicht, möglicherweise – sogar Fingerabdrücke …

»Wir haben in der Tat Fingerabdrücke genommen«, sagte der Mann vom LKA. »Und wir haben auch schon feststellen können, dass sie nicht alle Herrn Vogel zuzurechnen sind. An einem Glas wurden überdies Spuren von Lippenstift gefunden und Herr Vogel schwört Stein und Bein, keinen Damenbesuch gehabt zu haben.«

»Hmm«, brummte Burgner. Er kannte Bruno Vogel nicht gut genug, um zu wissen, inwieweit dessen Aussagen zuverlässig waren. Wer weiß, wem er etwas verschweigen wollte …

»Jedenfalls haben wir die Spurensicherung vollständig abgeschlossen und können einen Vergleich der Fingerabdrücke vornehmen, wenn Sie uns eine Vergleichsperson oder deren daktyloskopische Daten liefern.«

Burgner bedankte sich schließlich und legte auf.

»Wer ist so blöd und benutzt ein Glas in dem Haus, in dem er eine Straftat begeht?«, fragte er nachdenklich in den Raum.

»Diese Immobilienmaklerin?«, mutmaßte Kühn. »Ist sie vielleicht … blond?«

Burgner überhörte die spitze und zudem schwachsinnige Bemerkung des Kollegen. Allerdings deutete in der Tat einiges darauf hin, dass die Maklerin hinter der Straftat stecken könnte. Merkwürdig, dachte er. Merkwürdig und … irgendwie nicht passend. Diese hübsche junge Frau – eine kaltblütige Brandstifterin?

Der Kommissar war gespannt, was die Befragung ergeben würde. Und der Vergleich der Fingerspuren.

*

Kurz vor neun brachen Kühn und Burgner nach Dannow auf. Auf dem Weg hinunter zum Wagen begegneten sie Maria Ingvarsson, der schwedischen Praktikantin, und Burgner fiel ein, dass er ihr für den heutigen Vormittag ja eigentlich einen Berlin-Ausflug versprochen hatte. Aber daraus würde wohl zunächst einmal nichts werden. Das, was sie jetzt zu tun hatten, war einfach wichtiger. Da mussten andere Dinge warten. Und zu diesen anderen

Dingen gehörte eben auch die Betreuung der Schwedin und die damit verbundene Tour durch Berlin. Aber Burgner merkte, dass ihm das gar nicht so ungelegen kam.

16. Kapitel

Es war ein Wunder, da war sich Julia sicher. Es musste einfach ein Wunder sein, denn solche Zufälle gab es nicht: Sie bekam von ihrem Chef den Auftrag, in irgendein Kuhdorf zu gehen und Grundstücke aufzukaufen, und genau in diesem Kuhdorf lebte ihr Vater! Ihr Vater, von dem sie seit ihrer Kindheit geglaubt hatte, er sei tot.

Der gestrige Abend war ihr nicht aus dem Kopf gegangen und sie war das Gespräch mit ihrem Vater in Gedanken immer und immer wieder durchgegangen. Die ganze Nacht über hatte sie kein Auge zugemacht. Entsprechend kaputt und ausgelaugt fühlte sie sich jetzt. Als sie gegen ein Uhr zum Gasthof zurückgekehrt war, hatte sie sich vom Tresen eine Flasche Wein geholt und innerhalb kürzester Zeit ausgetrunken. Anschließend hatte sie eine Ewigkeit lang am Fenster gesessen, in die Dunkelheit geschaut und geheult, um dann kurz nach Sonnenaufgang den Gasthof zu verlassen und zur Kirche zu laufen. Dort hatte sie sich auf die Bank gesetzt und gewartet. Worauf, hätte sie nicht sagen können. Schließlich war sie gegen acht zurückgekommen und hatte sich an den Frühstückstisch gesetzt. Ihr neues Sommerkleid, das sie am Abend zuvor für ihren Spaziergang angezogen hatte, war zerknautscht und hatte einen Rotweinfleck, was ihr ausgesprochen peinlich war. Der Wirt bedachte sie mit einem undefinierbaren Blick, sagte aber nichts. Schweigend servierte er ihr den Kaffee.

Während Julia kaute, fragte sie sich, wie es eigentlich weitergehen sollte. Konnte sie hier im Dorf ihrer Aufgabe nachgehen, als sei nichts geschehen? Sie kannte sich zwar nicht so gut aus, aber sie ahnte, dass in einem Dorf wie Dannow kaum lange geheim bleiben würde, wer sie wirklich war. Dass sie nicht nur die Immobilienmaklerin aus Berlin war, die jeder hasste, sondern auch Peter Wolters Tochter. Und letztlich stellte sich auch die Frage, wie ihrem Vater das Ganze bekommen würde.

Auf der anderen Seite wusste Julia ganz genau, dass der Chef nicht mit sich spaßen ließ. Er würde sie feuern, wenn sie nicht brachte, was er erwartete. Achtkantig feuern. Es war wie bei einem Rennpferd, das die Erwartungen des Besitzers nicht mehr erfüllte und nur noch verlor. So ein Pferd wollte keiner mehr. So ein Pferd war wertlos. Und genau so fühlte sie sich jetzt.

Nach einem halben Brötchen hatte sie genug. Sie nahm einen letzten

Schluck aus ihrer Kaffeetasse und erhob sich dann. Als sie den Frühstücksraum verließ, um zurück zu ihrem Zimmer zu gehen, betrat gerade der Bürgermeister den Gasthof und machte ein erschrockenes Gesicht. Offenbar sah sie schlimmer aus, als sie gedacht hatte.

»Frau Jacob ...«, stotterte er, »wie ...«

Julia winkte nur ab, nahm dann die Treppe nach oben und legte sich aufs Bett. Sie war todmüde. Und endlich würde sie auch schlafen können.

*

Irgendwann schreckte sie hoch. Da war wieder dieser Traum gewesen. Oder zumindest etwas, was sie an diesen Traum erinnert hatte: Flammen, Schreie, Hitze, Rauch. Und die flüchtenden Menschen, die ins Freie wollten und doch in eine Sackgasse liefen.

Julia setzte sich auf und sah zur Uhr. Gleich zehn. Sie hatte nur wenig mehr als eine Stunde geschlafen. Und sie fühlte sich wie gerädert. Bevor sie sich aber weitere Gedanken über den Fortgang des Tages oder über ihre weitere Aufgabe hier in Dannow machen konnte, klopfte es.

Julia nahm an, dass es das Mädchen war, das hier im Gasthof die Zimmer sauber machte und dem sie schon ein- oder zweimal kurz begegnet war. Flüchtig fuhr sie sich durchs Haar und rieb sich über die Augen. Dann stand sie auf und strich sich das Kleid glatt, so gut es ging. Es war noch immer dasselbe Sommerkleid und es war noch immer zerknittert und der Rotweinfleck war natürlich auch nicht verschwunden.

Julia schlurfte zur Tür, öffnete und ... erschrak. Vor ihr stand nicht das Zimmermädchen, sondern ein Mann, der ein ernstes Gesicht machte.

»Frau Jacob?«

»Ja?«

Der Mann räusperte sich und hielt ihr eine kleine Metallmarke, die an einer Kette hing, vor die Nase. »Kühn«, sagte er. »Kriminalpolizei. Ich möchte Sie bitten, mit mir zu kommen.«

Julia hatte keinen Schimmer, was der Mann von ihr wollte, und schüttelte nur verwirrt den Kopf.

»Haben Sie mich verstanden?«, fragte der Mann und seine Stimme klang fast ein bisschen fürsorglich.

»Aber ...«, Julia merkte, wie ihr die Hitze ins Gesicht schoss. Und sie bekam einen weiteren Schreck, als sie erkannte, dass neben dem Mann, der sich Kühn genannt hatte, noch jemand stand. Es war … Jan Burgner aus Dannow. Der Mann, den sie gestern Abend eigentlich hatte besuchen wollen. »Aber … aus welchem Grunde sollte ich denn mit Ihnen kommen?«

»Nun …«, der Beamte hob die Augenbrauen, »weil der dringende Verdacht besteht, dass Sie an einer Brandstiftung beteiligt sind. Und somit an versuchtem Mord.«

17. Kapitel

Als sich Kühn voller Tatendrang und mit der Zustimmung der Brandenburger Kollegen auf den Weg nach Dannow gemacht hatte, war Burgner mit gemischten Gefühlen mitgefahren. Sicher: Die Sachlage gestaltete sich nebulös und vieles sprach für eine intensive Befragung der Immobilienmaklerin Julia Jacob. Gleichzeitig hatte Burgner aber das starke Gefühl, dass diese junge Frau nicht die Täterin war. Sie mochte von der Sache profitieren und sie mochte in Geschäfte verwickelt sein, die nicht im Entferntesten etwas mit moralisch anständigen oder gar christlichen Verhaltensnormen zu tun hatten, aber sie war - zumindest aus Burgners Sicht - keine Brandstifterin. Keine Frau, die skrupellos das Leben anderer Menschen gefährdete.

Bis Dannow hatten sie keine Stunde gebraucht - Kühn war gefahren wie ein Besessener.

Seine spitzen Bemerkungen über das *Ende der Welt* und ein *Dorf, in dem sich Fuchs und Hase Gute Nacht sagten*, überhörte Burgner gelassen. Als sie aber schließlich den Gasthof betreten hatten, in dem Julia Jacob ein Zimmer bewohnte, hatte der Kommissar doch ein flaues Gefühl im Magen. Auch wenn die Dannower die Immobilienmaklerin aus Berlin nicht mochten und sie lieber heute als morgen loswerden wollten, kam er sich dennoch vor wie ein Verräter.

Vor der Tür des Zimmers, dessen Nummer ihnen vom Wirt genannt worden war, hatte Kühn den Kommissar angegrinst und dann seine Dienstmarke gezogen und die Hand an seinen Revolver gelegt. »Für alle Fälle«, wie er sagte. »Wer weiß, wie die Lady reagiert, wenn wir sie hopsnehmen ...«

Anschließend hatte er geklopft und sie hatten gespannt gewartet, was passieren würde. Nach ein paar Augenblicken wurde dann die Tür geöffnet und die junge Frau stand vor ihnen. Burgner, der sich bewusst im Hintergrund gehalten hatte, erschrak bei ihrem Anblick. Sie sah übermüdet, geschockt und ein wenig ... verwahrlost aus.

Dann hatte Kühn seinen Spruch abgelassen, über den sich Burgner noch immer ärgerte. Für Burgners Geschmack war der Kollege mit seiner Art und Weise, wie er die Verhaftung durchgeführt hatte, deutlich zu weit gegangen. Vor allem die Bemerkung, Julia Jacob stünde unter dem Verdacht, einen Mordversuch begangen zu haben, hielt er für unangemessen.

Die junge Frau hatte Kühn angesehen, als wäre er ein Gespenst. Dann war sie seiner Aufforderung widerspruchslos gefolgt und hatte sich mitnehmen lassen. Zwar hatte Burgner den Eindruck, dass ihre Überraschung über die Verhaftung und ihre Unwissenheit echt waren, aber sie hatten sich nun einmal dafür entschieden, sie zum Verhör mit nach Berlin ins Präsidium zu nehmen.

Als sie dort gegen halb zwölf eintrafen, ließ Kühn die junge Frau zunächst hinunter zur erkennungsdienstlichen Erfassung bringen, was Burgner wiederum sehr skeptisch verfolgte. Das, was zur vorläufigen Festnahme Julia Jacobs geführt hatte, war nicht viel mehr als eine einzige und noch dazu unbestätigte Zeugenaussage des Dannower Bürgermeisters. Gut, Burgner hatte sich vor ihrer Abfahrt vorhin noch bei Bruno Vogel erkundigt, ob die Sache mit dem Streit stimmte, und dieser hatte es bejaht, aber alles in allem war das Ganze dennoch eine gewagte Nummer.

»Diese Immobilienfirma ist äußerst suspekt, da kannst du sagen, was du willst!« Kühn stampfte durch das Büro und redete sich in Rage. Burgner sah dem Treiben des Kollegen eine Weile mit ebenso besorgtem wie teilnahmsvollem Blick zu und fragte sich, was Kühn dazu veranlasste, sich derart in diesen Fall hineinzusteigern.

Nachdem die Fingerabdrücke von Julia Jacob erfasst worden waren, hatte Kühn veranlasst, dass sie auf elektronischem Wege sofort an das Brandenburger LKA in Eberswalde übersandt wurden, damit sie dort abgeglichen werden konnten. Und die dortigen Kollegen arbeiteten schnell – Burgner und Kühn hatten das Ergebnis dieses Abgleichs bereits vorliegen, bevor die junge Frau wieder oben war. Und es war – zumindest aus Burgners Sicht – genauso niederschmetternd wie überraschend: Die Fingerabdrücke, die im Hause von Bruno Vogel gefunden worden waren, stammten eindeutig und ohne jeden Zweifel von Julia Jacob. Vogel selbst, den Kühn daraufhin sofort angerufen hatte, gab an, die Immobilienmaklerin nicht eingelassen und ihr schon gar nicht einen Drink angeboten zu haben. Damit schien klar, wer für den Brandanschlag auf das Haus des Dannowers infrage kam …

*

Kühn rieb sich die Hände, als die Immobilienmaklerin wenig später vorgeführt wurde. Er bedeutete ihr mit einer übertrieben gönnerhaften Geste, auf dem Holzstuhl Platz zu nehmen, der für solche Zwecke in ihrem Büro bereitstand und auf dem schon Dutzende Ganoven gesessen und ihnen das Blaue vom Himmel heruntergelogen und manchmal auch ein Geständnis abgelegt hatten.

Julia Jacob sah schlimm aus und Burgner jammerte es, als er sie da so sitzen sah. War sie wirklich eine Brandstifterin? Eine Kriminelle? Er konnte es immer noch nicht glauben, auch wenn die Indizien sich kaum anders deuten ließen. Fingerabdrücke am Tatort, die dort nicht hingehörten, waren auch vor Gericht ein schwerwiegendes Argument, das man nicht so leicht ignorieren konnte.

»Frau Jacob«, begann Kühn schließlich, nachdem er sich der jungen Frau gegenübergesetzt hatte, »Sie wissen, warum Sie hier sind?«

Einen Augenblick hörte man nur das Summen der Leuchtstoffröhren. Dann schob sich Julia eine Haarsträhne hinters Ohr und schüttelte den Kopf.

»Dann werde ich Ihrer Erinnerung ein wenig auf die Sprünge helfen.« Kühn atmete laut aus. »Wir werfen Ihnen die Beteiligung an einem Brandanschlag, wenn nicht gar die alleinige Ausführung desselben, auf das Haus von Bruno Vogel in Dannow, Feldstraße 3, vor.«

»Das ist absurd«, entgegnete sie kaum hörbar.

»Wie bitte? Ich habe Sie nicht verstanden.«

»Das ist absurd!«, wiederholte Julia. »Es ist vollkommen verrückt und ich hoffe, das hier ist ein schlechter Scherz.«

»O nein, keineswegs.«

»Dann sagen Sie mir bitte, wie Sie auf diese schwachsinnige Idee kommen, ich könnte …«

»Eine schwachsinnige Idee, liebe Frau Jacob, ist es, das Haus eines alten Mannes anzuzünden und damit Leben zu gefährden. Aus Profitsucht. Aus Geldgier. Aus …«

»Ich habe damit nichts zu tun!«, schrie Julia unvermittelt laut und bewirkte damit, dass Kühn erschrocken zurückwich und besänftigend die Hände hob. Es war das erste Mal seit heute Morgen, dass Burgner bei seinem Kollegen so etwas wie Barmherzigkeit bemerkte. Es war das erste Mal seit heute Morgen, dass er Kühn so erlebte, wie er ihn eigentlich kannte: Etwas vorlaut und frech zwar, aber in der Sache objektiv und gelassen.

»Dann stimmt es also nicht, dass Sie gestern Herrn Vogel besucht haben und mit ihm in heftigen Streit geraten sind?«, fragte er mit deutlich ruhigerer Stimme.

»Doch!«

»Aha - Sie geben es also zu!«

»Nein!«, schrie Julia erneut. »Ich gebe gar nichts zu!«

Kühn hob die Augenbrauen. »Aber Sie haben …«

»Das war doch am Nachmittag!«

Burgner, der sich bisher während der gesamten Festnahme und der jetzt laufenden Befragung im Hintergrund gehalten hatte, stand auf und holte aus dem Kleiderschrank ein Glas und aus dem Kühlschrank eine kleine Flasche Wasser, bei der er den Verschluss öffnete. Dann stellte er das Glas vor Julia auf den Tisch und goss es halb voll.

Dankbar nickte sie ihm vorsichtig lächelnd zu und nahm anschließend einen Schluck. Burgner sah sie an und bemerkte, wie sehr ihre Hände zitterten. Er sah ihr Gesicht und ihre Augen und er ahnte - nein, er wusste -, dass Julia Jacob nicht die Täterin war. Trotz aller Indizien.

18. Kapitel

Was gab ihrem Leben Sicherheit? Worauf hatte sie ihr Leben gebaut? Julia hatte immer geglaubt, mit beiden Beinen im Leben zu stehen. Sie hatte immer geglaubt, dass nichts ihre Welt ins Wanken bringen könnte. Jetzt musste sie erkennen, dass das nicht stimmte. Ihr Leben war nicht auf Fels gebaut, sondern auf feinkörnigen Sand, jederzeit in der Lage, alles umstürzen zu lassen. Ihr Leben war kein blühendes Feld, sondern es war staubig und abgebrannt. Wie ein dürres Land …

Nach ihrer Verhaftung hatte man sie in das Polizeipräsidium gebracht und eine Ewigkeit lang verhört. Dass sie mit dem Brand im Haus von Herrn Vogel in keinster Weise in Verbindung stand, glaubte ihr offenbar niemand. Stattdessen hatten sie ihr angebliche Beweise vorgelegt und behauptet, ihre Fingerabdrücke seien in Vogels Haus gefunden worden. Aber das konnte nicht sein! Sie war nie in diesem Haus gewesen. Und sie hatte mit diesem Brand nicht das Geringste zu tun. Aber alle Versuche, dies dem Beamten klarzumachen, der sie verhört hatte, waren fehlgeschlagen. Offenbar hielt er sie wirklich für eine ausgebuffte Betrügerin und Lügnerin. Lediglich der andere Polizist, bei dem es sich um Jan Burgner handelte, wie sie irritiert festgestellt hatte, war relativ nett zu ihr gewesen. Er hatte ihr Wasser zu trinken gegeben und er hatte sie freundlich behandelt. Aber letztlich hatte auch er ihr nicht helfen können und schließlich hatten die Beamten ihr Verhör abgebrochen und sie in die Untersuchungshaftanstalt Berlin-Lichtenberg gebracht. Julia hatte heftig protestiert, aber es hatte nichts genutzt. Und jetzt saß sie hier und war vollkommen am Ende.

Wütend? Nein, wütend war sie nicht mehr. Ihre Wut hatte sich gewandelt und war tiefer Traurigkeit, Einsamkeit und dem Gefühl von Unverstandensein gewichen. Alles war so vollkommen verrückt: ihr Auftrag in diesem Dorf, der Druck ihres Chefs, das Wiedersehen mit ihrem Vater. Ja, all das war vollkommen verrückt und Julia hatte den Eindruck, an einem Punkt in ihrem Leben angekommen zu sein, von dem sie nicht wusste, welcher Weg sie nach Hause führen würde.

Vor allem anderen beschäftigte sie natürlich die Sache mit ihrem Vater. Hinter dieser Geschichte stand alles zurück. Ja, ohne diese Geschichte und ohne diese wiedergefundene Hoffnung wäre sie jetzt vermutlich wahnsinnig geworden. So aber saß sie hier und tat das, was sie seit der letzten

Nacht ununterbrochen tat: Sie ging das Gespräch mit Peter Wolters in Gedanken wieder und wieder durch. Und sie dachte immer wieder an einen Satz, den ihr Vater gesagt hatte: *Ich habe für dich gebetet,* hatte er gesagt. Diese Aussage bewegte Julia tiefer, als sie es sich selbst eingestehen wollte. Und sie ertappte sich bei der Frage, ob er auch jetzt für sie beten würde. Jetzt, wo sie im Gefängnis war.

*

Gegen vierzehn Uhr erhielt Julia Besuch von ihrem Rechtsanwalt. Sie kannte den Mann aus einem früheren Immobiliengeschäft: Ihr Kollege Timm und sie hatten ihm ein gutes Haus vermittelt und er hatte ihnen seine Hilfe angeboten, wenn es einmal nötig wäre. Jetzt war es nötig und glücklicherweise hatte Julia die Nummer des Anwalts noch in ihrem Handy gespeichert. Bei ihrer Aufnahme ins Gefängnis hatte man ihr das Gerät zwar abgenommen, ihr aber zuvor noch erlaubt, den Rechtsvertreter anzurufen und um Hilfe zu bitten.

»Kein schöner Ort für ein Wiedersehen«, meinte der Anwalt zur Begrüßung und gab Julia die Hand. Man hatte ihn mit ihr im Besucherraum allein gelassen und eine halbe Stunde Zeit eingeräumt.

Abwesend nickte sie. Dann berichtete sie, was sie über die Vorwürfe wusste, mit denen man sie konfrontiert hatte, und sagte, dass nichts davon den Tatsachen entsprach und dass man sie hier völlig zu Unrecht festhielt.

Der Anwalt hatte ihr schweigend zugehört, sich hier und da eine Notiz gemacht und ab und zu erstaunt genickt. »Das klingt in der Tat sehr übertrieben, dass man Sie aus dieser Beweislage heraus des versuchten Mordes beschuldigt. Die entscheidende Frage ist wohl, ob es stimmt, was die Beamten behaupten: dass man Ihre Fingerabdrücke am Tatort gefunden hat.«

»Angeblich auf einem Weinglas.« Julia schüttelte den Kopf. »Das ist gar nicht möglich! Ich bin dem Mann nur in seinem Garten begegnet und er hat mich auch gar nicht eingelassen. Und getrunken haben wir bei dem kurzen Gespräch auf seiner Terrasse auch nichts. Wie sollten da meine Fingerabdrücke in sein Haus kommen?«

Der Anwalt machte ein ratloses Gesicht und Julia vermutete, dass er nicht so richtig wusste, wie er ihr helfen sollte.

»Ich werde mich dafür einsetzen, dass sie möglichst bald wieder auf freien Fuß kommen«, sagte er schließlich, klappte seine Notizmappe zu und erhob sich von dem Besucherstuhl, auf dem er gesessen hatte. »Da keine Verdunklungsgefahr bestehen dürfte und ich annehme, dass Sie nicht vorhaben zu fliehen, könnte ich versuchen zu erwirken, dass man Sie vorläufig aus der U-Haft entlässt.«

Julia sah ihn mit großen Augen an. Verdunklungsgefahr? Flucht? Vorläufig entlassen? »Sie glauben mir nicht, habe ich recht?«

Der Anwalt legte ihr seine Hand auf die Schulter und blickte sie mitleidig an. Dann klopfte er an die Tür, woraufhin eine Beamtin des Justizvollzugs erschien, öffnete und ihn aus dem Besucherraum ließ.

Eine schöne Hilfe, dieser Anwalt, dachte Julia, während sie wieder in ihre Zelle gebracht wurde. Sie hörte, wie der schwere Riegel wieder vor die Tür geschoben wurde und sich dann das Schlüsselrasseln ihrer Bewacherin langsam entfernte.

Sie war wieder allein. Und sie fragte sich, wie es weitergehen würde. Und vor allem wohin.

19. Kapitel

Am späten Nachmittag des 14. August saßen Kriminalkommissar Jan Burgner und sein Kollege Tobias Kühn in ihrem Büro im Präsidium des Landeskriminalamtes Berlin und stritten heftig darüber, wie die Sachlage ihres aktuellen Falles einzuschätzen war. Sie hatten es mit zwei Hausbränden zu tun, von denen einer mithilfe eines ausgeklügelt hergestellten Sprengsatzes ausgelöst worden war, den man an Benzinkanistern und Propangasflaschen befestigt hatte. Bei dem anderen Brand – dem in Burgners Heimatdorf Dannow – verhielt es sich ähnlich. Nach dem eben per Fax eingegangenen ersten Ermittlungsbericht des Brandenburger LKA war das Feuer in Vogels Haus durch zwei mit Benzin gefüllte Glasflaschen ausgelöst worden. Sogenannte Molotowcocktails, die vom Täter zusammen mit einer Propangasflasche durch das Fenster in die Garage geworfen worden waren. Die Frage, warum niemand das zersplitternde Glas bemerkt hatte, blieb unklar. Ebenso gab es keine Erklärung für die Tatsache, dass Vogels Hund im Keller eingesperrt gewesen war. Bruno Vogel selbst hatte bestritten, seinen vierbeinigen Mitbewohner unten eingeschlossen zu haben. Blieb eigentlich nur der Brandstifter. Oder eben die Brandstifterin. Aber auch diese Variante war sehr vage und letztlich nicht nachweisbar.

Dirks hatte sich sofort nach der Vernehmung der Immobilienmaklerin nach dem Stand der Dinge erkundigt. Der Chef wollte Erfolge sehen – angeblich hing ihm der Polizeipräsident im Nacken. Brandanschläge von derartiger Qualität würden die Bevölkerung nicht kaltlassen, hatte Dirks gesagt und den Ermittlern mit einem sarkastischen Unterton anheimgestellt, ihn gegebenenfalls um personelle Verstärkung zu bitten, sollten sie mit der Aufklärung dieses Falles überfordert sein.

Also saßen Burgner und Kühn nun zusammen und berieten mit teilweise sehr kontroversen Ansichten das weitere Vorgehen. Maria Ingvarsson hatten sie zu einem Kollegen geschickt, der heute einen Einbruchsversuch im Bundeskanzleramt bearbeitete und gegen eine Begleitung durch die schwedische Praktikantin nichts einzuwenden gehabt hatte.

Nach einigem Hin und Her über eventuell zu ergreifende Vorsichtsmaßnahmen für die Dannower Bürger kamen die Beamten schließlich auf die Vernehmung von Julia Jacob zu sprechen. Die Immobilienmaklerin hatte angegeben, zur Tatzeit im Gasthof in ihrem Zimmer gewesen zu sein. Allein.

Es gab also niemanden, der ihr Alibi bestätigen konnte. Zuvor – so hatte sie ausgesagt – habe sie eine private Besprechung in Dannow gehabt, wobei Burgner bemerkt hatte, dass sie bei dem Wort Besprechung einen kurzen Moment lang gezögert hatte.

Burgner machte aus seinem Gefühl keinen Hehl und sagte Kühn, dass er die junge Frau nicht für die Täterin hielt.

»Du bist verrückt!«, entgegnete der Kollege. »Man hat ihre Fingerabdrücke am Tatort gefunden! Und sie wurde am Tatort gesehen!«

»Das mag sein«, entgegnete Burgner, »aber es kann dafür auch andere Erklärungen geben.«

»Aha. Und welche sollten das sein?«

Burgner zuckte mit den Schultern. »Das weiß ich nicht. Aber ich weiß, dass wir Frau Jacob eine Tatbeteiligung nicht nachweisen können, wenn wir uns ausschließlich auf diese Punkte berufen. Wie gesagt: Vielleicht sagt Vogel auch die Unwahrheit und sie war tatsächlich bei ihm im Haus.«

»Unsinn!«, widersprach Kühn. »Wenn es so wäre, hätte sie es uns sicher gesagt, oder?«

»Wer weiß. Man kann nicht wissen, warum Menschen Dinge verschweigen. Und ich fände es in diesem Zusammenhang auch interessant herauszufinden, mit wem sie diese ominöse *private Besprechung* hatte, von der sie gesprochen hat.«

»Sie wollte es uns nicht sagen …«

»Eben. Da frage ich mich doch: Warum nicht?«

Kühn hob die Augenbrauen. »Sag, was du willst, für mich steckt sie hinter dem Brand. Und ich werde es nicht zulassen, dass sie ungeschoren davonkommt.«

Burgner schlug mit der flachen Hand auf die Tischplatte. Er war ein ruhiger und ausgeglichener Mensch, aber hier ging der Kollege Kühn ihm eindeutig zu weit. Das war eine klare Vorverurteilung und auf keinen Fall hinnehmbar. »Warum, zum Donnerwetter, bist du so verrückt danach, ihr was anzuhängen? Was hast du davon?«

Kühn machte große Augen. Offenbar hatte er einen derartigen Gefühlsausbruch seines Kollegen nicht erwartet.

»Hör mal, Tobias«, Burgner senkte die Stimme, »so kenne ich dich gar nicht. Was ist denn los mit dir? Warum liegt dir so viel an der Verurteilung dieser Frau?«

Kühn atmete tief und rieb sich dann über die Nasenwurzel. »Ich bin … wir haben …« Er schüttelte den Kopf und sah mit einem Mal sehr verzweifelt aus.

»Was denn?«

»Sie wollen uns die Wohnung wegnehmen, Philipp und mir.«

»Wer?«

Kühn nickte. »Es ist dieselbe Firma, der das Haus gehört, in dem wir wohnen. DÜRRE. Sie haben uns massiv unter Druck gesetzt. Nicht wirklich bedroht, aber das Leben schwer gemacht. Seit fast einem Jahr geht das schon so.«

»Sie wollen deinen Sohn und dich da raushaben?«

»Ja. *Eigenbedarf* ist das Stichwort.« Kühn schüttelte den Kopf. »Als es sich abzeichnete, dass auch hier … Weißt du, ich bin einfach befangen.«

Burgner erhob sich, ging um den Tisch herum und setzte sich dann auf Kühns Schreibtischkante. »Ich glaube, ich weiß, was du meinst. Und ich werde versuchen, dir zu helfen. Dir und Philipp.«

Kühn hob den Blick.

»Aber zunächst müssen wir diesen Fall hier zu einem Abschluss bringen. So oder so. Und wir müssen uns bemühen, das mit der nötigen Distanz zu tun. So wie immer.«

»Sicher. Du hast ja recht.«

Burgner schwieg einen Moment lang. Dann kam ihm ein Gedanke. »Als du Frau Jacob vorhin nach ihren Auftraggebern gefragt hast, da hat sie sinngemäß gesagt, ihr Chef sei ein harter Mann. Jemand, der Erfolge sehen wollte …«

»Ja. Genau das hat sie gesagt. Und ich halte es noch immer für ein gutes Tatmotiv.«

Der Kommissar stieß sich von Kühns Schreibtisch ab, ging zurück zu seinem eigenen Platz und setzte sich. »Was, wenn der Chef es selbst gewesen ist?«

»Du meinst … Dürre? Er selbst?«

Burgner nickte.

»Das ist ziemlich unwahrscheinlich. Diese Herren machen sich selten selbst die Hände schmutzig.«

»Da gebe ich dir völlig recht, aber denk mal an die alte Frau Reißlein: Bei ihr ist Dürre auch persönlich aufgekreuzt.«

Bevor Kühn etwas sagen konnte, meldete sich sein Handy mit dem nervigen *Ein-Stern-der-deinen-Namen-trägt*-Klingelton. »Jetzt nicht«, maulte der Kollege und drückte mit der roten Taste den Anrufer weg.

»Was hältst du davon, wenn wir uns mal in dieser Immobilienfirma umsehen? Wenn wir diesem Ludwig Dürre mal etwas auf den Zahn fühlen?«

Kühns Augen begannen zu leuchten. Sein alter Jagdsinn schien wiedergekehrt und er wieder ganz der Alte zu sein. Von seiner verbitterten Unbarmherzigkeit, die Burgner heute Morgen so schockiert hatte, war nichts mehr zu spüren.

»Dann wollen wir mal keine Zeit verlieren«, sagte der Kollege schließlich, sprang auf und war im nächsten Augenblick schon an der Tür. »Nehmen wir den Laden auseinander.«

Burgner lächelte zustimmend. »Und dann«, sagte er, »werden wir entscheiden, ob Julia Jacob wirklich noch in U-Haft bleiben muss oder nicht. Ich sehe eigentlich keinen Grund, sie noch länger festzuhalten.«

Kühn nickte. Und Burgner war froh, dass sich alles so gefügt hatte.

*

Die Firmenräume der *DÜRRE Immobilien und Bauland AG* befanden sich in einem eleganten Glaspalast in der Nähe des Potsdamer Platzes. Nachdem sie das Gebäude betreten hatten und mit dem Aufzug in die achte Etage gefahren waren, fanden sie problemlos die Tür zum Reich der Grundstückshändler.

Kühn zog sich seine Krawatte gerade. »Mal sehen, wie die hohen Herren uns empfangen«, sagte er. »Ich bin gespannt wie ein Regenschirm.«

Burgner grinste. Dann legte er den Finger an den vergoldeten Klingelknopf und drückte darauf.

Es dauerte keine zwei Sekunden, bis ein Summton erklang, und sich die Tür selbsttätig öffnete. Kühn pfiff anerkennend durch die Zähne und betrat dann, gefolgt von Burgner, leichtfüßig das beeindruckend geräumige und kostspielig wirkende Imperium der bedeutenden Immobilienfirma. Gegenüber der Eingangstür befand sich ein Tresen, von dem aus sie eine mit äußerster Sorgfalt zurechtgemachte Dame mittleren Alters anstrahlte und ihnen ein »Herzlich willkommen« entgegenhauchte.

Burgner nickte ihr zu und Kühn zog seinen Dienstausweis hervor und hielt ihn in die Höhe.

»Von der Polizei?«, erschrak die Empfangsdame. »Ist etwas passiert?«

»Das kann man wohl sagen.« Kühn steckte den Ausweis zurück in seine Hemdtasche. »Und jetzt würden wir gerne Ihren Chef sprechen. Ist er da?«

Die Dame flatterte zwei-, dreimal mit den Augen. »Welchen Chef genau meinen Sie denn bitte?«

»Den allerobersten«, gab Kühn zurück und wies an die Decke.

»Herr Dürre ist der Vorstandsvorsitzende und Inhaber unserer Firma und Herr von Wallerstein der Vorsitzende des Aufsichtsrats.«

»Herr von was?«

»Hubertus von Wallerstein. Wie ich bereits sagte: unser Aufsichtsratsvorsitzender.«

»Dann holen Sie mir beide. Aber schnell. Es ist wichtig.« Kühn schaute demonstrativ auf seine Armbanduhr, woraufhin die Empfangsdame im hinteren Bereich der Firmenetage verschwand.

»Übertreib es nicht«, empfahl Burgner seinem Kollegen, während sie warteten. »Du tust dir keinen Gefallen damit.«

»Wie meinst du das?«

»Du hegst einen starken Groll gegen diese Leute hier. Weil sie euch Schwierigkeiten machen, deinem Jungen und dir. Aber das hat nichts mit unserer Ermittlung zu tun, vergiss das bitte nicht. Für eure privaten Probleme werden wir anderweitig eine Lösung finden, verlass dich drauf.«

Bevor Tobias Kühn etwas entgegnen konnte, erschien die Frau vom Empfang wieder und hatte zwei braun gebrannte Anzugträger im Schlepptau. Als sie bei den Beamten anlangten, verkrümelte die Dame sich schnell hinter ihrem Tresen und überließ die vier Männer sich selbst.

»Frau Kofler hat gesagt, Sie wollen uns sprechen?« Der größere und ältere der beiden Männer hatte den Anfang gemacht.

Kühn nickte und zog erneut seinen Ausweis hervor. »Kühn. Das hier ist mein Kollege, Herr Burgner. Wir würden uns gerne ein paar Minuten mit Ihnen unterhalten.«

»Darf man fragen, in welcher Angelegenheit?« Das war der Ältere. Er trug ein elegantes Hemd mit Kentkragen und ein kariertes Sakko.

»Man darf, Herr …«

»Von Wallerstein.«

»Also, Herr von Wallerstein«, Kühn betonte das *von* für Burgners Geschmack etwas zu ironisch, »ein paar Minuten, bitte.«

»Sie haben mir noch immer nicht gesagt, in welcher Sache Sie uns sprechen wollen.« Der Adlige machte keine Anstalten die Beamten in ein Büro oder in einen Besprechungsraum zu bitten und wollte die Angelegenheit offenbar gleich hier auf dem Flur klären.

»Es geht um Ermittlungen im Zusammenhang mit zwei Brandanschlägen.«

»In Berlin-Niederschönhausen und in Dannow, im Landkreis Barnim«, setzte Burgner hinzu und beobachtete die Reaktion der beiden Immobilienbosse, die jedoch keine Miene verzogen.

»Sie kommen wegen einer Brandstiftung?« Dürre tat so, als könne er es gar nicht glauben.

Kühn schüttelte den Kopf. »Es war keine normale Brandstiftung. In beiden Fällen nicht. Es handelt sich um gezielte Anschläge mit dem Ziel, die bestehenden Häuser zu vernichten und die Grundstücke leer zu bekommen. Grundstücke, die Sie gern erwerben möchten, Herr Dürre.«

»Wie bitte?«

»Sie haben mich doch verstanden. Es sind Objekte, die im Fokus Ihrer Firma stehen. Grundstücke in exklusiven Lagen, für die sicher viel Geld geboten wird.«

Dürre war offenbar sprachlos angesichts solcher Dreistigkeit. Und so kam von Wallerstein ihm zu Hilfe und übernahm das Gespräch: »Wo, sagten Sie, war das?«

»Berlin-Niederschönhausen. Waldstraße.«

Von Wallerstein machte ein nachdenkliches Gesicht, gerade so, als überlege er angestrengt, ob er den Namen dieses Stadtteils überhaupt schon jemals in seinem Leben gehört hatte.

»Und in Dannow«, warf Burgner in die nachdenkliche Stille.

»Dannow«, jetzt hellte sich von Wallersteins Gesicht plötzlich auf. »Ja, Dannow, richtig, das ist mir allerdings ein Begriff. Da bauen wir diese große Freizeitanlage. Ganz tolle Sache, mit allem Drum und Dran.«

»Und dazu ist Ihnen jedes Mittel recht, was?«

»Ich wüsste nicht, was Sie meinen!« Von Wallerstein zog verärgert die Stirn in Falten. »Es fehlen uns in der Tat noch ein paar Grundstücke zu unserem Vorhaben. Aber wir sind uns vollkommen sicher, dass wir dieses Problem in Kürze lösen werden.«

»Auf eine völlig vernünftige und legale Weise«, schaltete sich Dürre ein, der augenscheinlich wieder aus seiner Starre erwacht war. »Wir sind doch keine Verbrecher! Wir gehen die Sache sportlich an.«

»Sportlich?«

Dürre nickte. »So ist es. Mister Mattingley, unser amerikanischer Investor, hat sehr viel Vertrauen in uns gesetzt. Er wäre sicherlich sehr enttäuscht, wenn das Bauvorhaben nicht zustande kommen würde.« Dürre straffte sich. »Aber dass dafür ein Verbrechen begangen wird, würde er weder erwarten noch würden wir das jemals tun!«

»Allein dass Sie so etwas überhaupt in Betracht ziehen, empfinde ich als höchst empörend«, setzte von Wallerstein hinzu. »Außerordentlich empörend!«

Burgner hob besänftigend die Hände. »Glauben Sie mir – wir haben schon Menschen eines Verbrechens überführt, die dem äußeren Anschein nach über jeden Verdacht erhaben waren.«

»Es ist wie mit den Tauben in der Stadt«, philosophierte Kühn. »Niemand weiß, wohin sie fliegen, wenn sie nicht auf den Straßen sind.«

Die beiden Immobilienbosse sahen sich verwirrt an. Dann holte von Wallerstein tief Luft und fauchte die Polizisten an: »Jetzt hören Sie mal zu, meine Herren! Wir sind keine Beamten! Wir haben hier zu arbeiten. Richtig zu arbeiten. Und wir haben keinen Nerv, unsere kostbare Zeit mit einer solchen Lappalie zu verschwenden, wie Ihrer lächerlichen Brandstiftungsgeschichte.«

»Ich kann Sie auch ins Präsidium vorladen lassen, wenn Ihnen das lieber ist.« Kühn platzte fast der Kragen. »Und ich verbitte mir den Ausdruck *lächerliche Brandstiftungsgeschichte.* Es ist ein hoher Sachschaden entstanden. Und es hätten leicht Menschen ums Leben kommen können.«

Dürre und von Wallerstein wechselten einen überheblichen Blick. Offenbar hatten sie nichts verstanden.

»Im Übrigen finde ich Ihr Auftreten hier skandalös«, bellte von Wallerstein erneut los und wies zur Tür. »Und jetzt bitte ich Sie, unsere Gastfreundschaft nicht länger zu strapazieren. Sie können gern wiederkommen, wenn Sie einen Haftbefehl oder einen Durchsuchungsbeschluss gegen uns in der Hand haben. Und bis dahin …«, er ging auf die Polizisten zu und breitete die Arme aus, »bis dahin haben Sie hier Hausverbot.«

Mit diesen Worten öffnete er die Tür zum Firmenbereich und drängte die beiden ungeladenen Gäste hindurch.

Burgner und Kühn waren so perplex, dass sie es widerspruchslos geschehen ließen. Überdies hatten sie tatsächlich nichts in der Hand, womit sie eine Befragung dieser Männer hätten durchsetzen können. Hinter ihnen fiel die Tür ins Schloss und die beiden Beamten standen im Flur wie zwei begossene Pudel.

»Diese Lackaffen!«, verstieg sich Kühn in wilde Schimpferei und drosch mit der Faust gegen die elegante Tür. »Fressen blanchierte Ameisenschenkel und denken, sie wären was Besseres …«

»Tobias!«

Kühn winkte ab. »Ja, ja – schon gut. Ich weiß.« Dann drehte er sich um und machte sich auf den Weg nach unten. Und Burgner ging ihm nachdenklich hinterher.

20. Kapitel

Die Inhaberin der kleinen Bäckerei am Ortseingang von Dannow schloss gerade ihre Ladentür ab, als Burgner daran vorbeifuhr. Es musste also ziemlich genau achtzehn Uhr sein. Der Kommissar winkte ihr zu und bog dann fünfzig Meter weiter in die Liebenwalder Straße ein, in der sich sein Haus befand.

Ein anstrengender Tag lag hinter ihm und Burgner war froh, endlich zu Hause zu sein. Nachdem Kühn und er die Immobilienfirma am Potsdamer Platz verlassen hatten, waren sie ins Präsidium zurückgefahren und hatten versucht, Luber in Eberswalde zu erreichen. Der Brandenburger Kollege hatte sich jedoch schon in den Feierabend verabschiedet und es dauerte eine Weile, bis sie sich durchgefragt und endlich seine private Handynummer bekommen hatten. Burgner war hartnäckig geblieben; ihm lag noch immer sehr daran, Julia Jacob aus der Untersuchungshaft zu bekommen. Die Idee, sie nach ihrem Verhör in die JVA Lichtenberg bringen zu lassen, war aus seiner Sicht ein großer Fehler. Ein Fehler, den es unbedingt zu korrigieren galt.

Hauptkommissar Luber war zunächst erstaunt gewesen, in der Freizeit von den Berliner Kollegen angerufen zu werden, hatte sich dann aber schnell einverstanden erklärt, seine Leute nach dem Stand der Ermittlungen zu befragen. Sollte es keine neuen und erschwerenden Hinweise für eine Tatbeteiligung der jungen Immobilienmaklerin geben, stünde aus seiner Sicht einer Freilassung nichts im Wege. Dies allerdings unter der Auflage, sich für Anfragen der Polizei zur Verfügung zu halten. Im Übrigen sei Frau Jacob ohnehin morgen Abend zu entlassen, da sie ohne Haftbefehl nicht länger als bis zum Ablauf des nächsten Tages festgehalten werden durfte.

Schließlich vereinbarten sie, dass Luber die Sache prüfen und sich dann mit dem Bereitschaftsdienst der Berliner Kripo in Verbindung setzen würde, wenn die Entscheidung tatsächlich zugunsten einer sofortigen Entlassung aus der Haft gefallen sei. Kühn und Burgner hatten zugestimmt und sich dann von Luber verabschiedet. Es war Zeit, dass auch sie an Feierabend dachten und sich ein wenig von den Aufregungen des Tages erholten. Morgen würde es weitergehen. Und wer wusste schon, was der morgige Tag mit sich bringen würde?

*

Als Burgner in seine Einfahrt rollte, sah er Peter Wolters in dessen Garten stehen und grüßend herüberwinken. Burgner stellte den Motor ab und stieg aus. »Grüß dich, Peter«, rief er über den Zaun. »Alles klar?«

Wolters legte die Gartenschere, die er in seiner Hand gehalten hatte, auf den Tisch vor seinem Haus und kam dann an den Zaun. »Du musst deinen Rasen mal sprengen«, sagte er zu Burgner. »Es hat schon eine Zeit lang nicht mehr geregnet.«

»Ach ja, der Rasen«, entgegnete der Kommissar und winkte ab. »Der kommt auch noch dran.«

Wolters lächelte. Dann deutete er auf die kleine Gartenbank neben seiner Haustür, auf der sie abends manchmal saßen und über Gott und die Welt sprachen. »Hast du einen Augenblick Zeit für mich? Kannst du mal kurz zu mir rüberkommen?«

Der Kommissar öffnete die Heckklappe seines Wagens und zog zwei Flaschen Bier und eine Packung Schinkenknacker aus seiner Einkaufstasche. Auf der Herfahrt hatte er noch kurz bei einem Supermarkt in Heinersdorf gehalten und sich mit dem Nötigsten für den Abend versorgt. »Klar«, sagte er und deutete auf die Bierflaschen. »Ich denke, wir haben uns jetzt eine kleine Stärkung zum Feierabend verdient, oder?«

Wolters schüttelte lachend den Kopf und sah Burgner dabei zu, wie dieser mit einem geübten Sprung über den niedrigen Zaun hechtete, der beide Grundstücke voneinander trennte. Dann setzten die Männer sich auf die Gartenbank in die Abendsonne und der Kommissar öffnete die Flaschen mit seinem Taschenmesser. Anschließend prosteten sie sich zu und nahmen einen Schluck. Eigentlich machte sich Burgner nichts aus Alkohol und er war auch kein Biertrinker, aber manchmal hatte er einfach Appetit darauf. Und er wusste, dass es Wolters ebenso ging.

»Ich muss dir etwas Wichtiges erzählen«, begann Burgners väterlicher Freund schließlich und stellte die Flasche neben sich auf den Boden.

»Ich dir auch. Aber fang du an.«

Peter Wolters nickte. Er drehte seine Bierflasche in der Hand, führte sie noch einmal zum Mund und nippte daran. Dann holte er tief Luft und machte ein verlegenes Gesicht. »Also gut. Ich ... bin ... Vater geworden.«

»Du bist was?«

Wolters zupfte sich am Ohr. »Vater geworden. *Wieder* Vater geworden, wäre eigentlich die korrekte Beschreibung.«

Burgner schüttelte ungläubig den Kopf. Sein Blick fiel auf die Bierflasche, die Wolters in Händen hielt. War er schon von diesem kleinen Schluck betrunken? Spielte ihm die Hitze einen Streich? Oder stimmte es, was Peter sagte?

»Wir haben uns fast dreißig Jahre nicht gesehen. Sie ist damals mit meiner Frau in den Westen gegangen und ich habe es nie geschafft, meine Tochter wiederzufinden. Und jetzt ...«

Es schien also tatsächlich zu stimmen. Und es war ... unglaublich!

»Dass ich das noch erleben darf, ist wirklich ein Geschenk Gottes!«

Burgner nickte, noch immer verwirrt. »Und wie ... ich meine, wo ...«

»Hier in Dannow. Sie stand plötzlich vor mir und ich wusste, dass sie es ist.«

Der Kommissar konnte es noch immer nicht fassen. Peter hatte eine Tochter! »Und wo ist sie jetzt? Kann ich sie denn mal kennenlernen? Was macht sie beruflich?«

Wolters' Gesicht versteinerte sich. »Sie ist ... im Immobiliengeschäft tätig«, sagte er leise. »Und du hast sie bereits kennengelernt. Es ist ...«

»Julia Jacob«, hauchte Burgner.

*

Burgner hatte einige Augenblicke gebraucht, bis er wieder in der Lage gewesen war, etwas zu sagen. Sicher, der zurückliegende Tag war hart gewesen, aber das, was er hier eben erfahren hatte, stellte alles andere in den Schatten. Wolters, der wohl bemerkt hatte, dass der Kommissar daran knabberte, die neue Situation einzuordnen, berichtete ihm detailliert, wie es sich genau zugetragen hatte, als Julia bei ihm aufgetaucht war. Und er erzählte Burgner auch, dass Julia seit heute Morgen wie vom Erdboden verschwunden sei. Ihr Zimmer im Dorfgasthof habe sie noch gemietet, aber mehr wisse man dort auch nicht. Der Wirt sei heute Mittag nach Berlin gefahren und von den anderen hätte niemand bemerkt, wann und wohin sie verschwunden sei.

Kein Wunder, dachte Burgner. Als sie sie dort abgeholt hatten, waren sie nur dem Wirt begegnet, der auf dem Hof im Begriff war, in sein Auto zu steigen. Dem Kommissar war das nicht ungelegen gekommen. »Wir haben sie verhaftet«, sagte er schließlich. »Aber nur vorläufig. Es gab Hinweise, dass Julia Jacob in den Brandanschlag auf Brunos Haus verwickelt sein könnte. Außerdem wurden ihre Fingerabdrücke in seinem Wohnzimmer gefunden.«

»Was?«

»Sie sitzt zurzeit in Untersuchungshaft in Berlin-Lichtenberg.«

Wolters war erschüttert. Offenbar hatte er nicht damit gerechnet, dass etwas Derartiges passiert sein konnte.

»Ich persönlich glaube nicht, dass Julia die Täterin ist«, fügte Burgner besänftigend hinzu. »Und ich gebe zu, dass wir schwere Geschütze aufgefahren haben. Aber die Freilassung deiner ...«, Burgner schluckte, »ihre Freilassung dürfte unmittelbar bevorstehen.«

Peter Wolters saß noch immer regungslos da und starrte vor sich hin. »Was kann ich für Julia tun? Wie kann ich ihr helfen?«

Burgner zuckte mit den Schultern. »Was getan werden konnte, habe ich getan. Jetzt können wir nur noch abwarten, wann sie rauskommt.«

Wolters blickte den Kommissar flehend und verstört zugleich an. »Aber eine Nacht im Gefängnis«, sagte er leise, »das ist ganz sicher keine gute Sache.«

»Nein. Ganz sicher nicht.«

»Aber vielleicht ...«, ein Ruck ging durch Peter Wolters, »vielleicht kann ich sie besuchen?«

»Nein, Peter, das geht leider nicht. In der U-Haft darf man nicht so ohne Weiteres Besuch empfangen. Das geht nur mit gerichtlicher oder staatsanwaltlicher Genehmigung.«

Wolters atmete tief durch. Auf der alten Pumpe, ein paar Meter entfernt von der Gartenbank, auf der sie saßen, landete ein Zeisig und versuchte, mit dem Schnabel etwas von den Wassertropfen zu ergattern, die am undichten Auslassstutzen hingen. »Ich wollte es dir eigentlich schon letzte Nacht sagen, das mit Julia. Letzte Nacht, als wir bei Brunos Haus waren wegen dem Brand. Aber ich war viel zu aufgeregt. Und es war auch für mich ja noch völlig neu. Außerdem ...«, Wolters senkte die Stimme, »außerdem war Bruno so sauer auf Julia. Eine verrückte Halsabschneiderin hat er sie genannt ...«

Burgner legte behutsam seine Hand auf Wolters Schulter.

»Glaub mir, Jan«, fuhr dieser fort und sah den Kommissar fast flehend an,

»Julia kann unmöglich die Täterin sein! Wir haben gestern Abend ein langes und sehr bewegendes Gespräch geführt.«

»Das kann ich mir vorstellen. Den tot geglaubten Vater wiedergefunden! Nach zig Jahren!«

»Als Julia ging, war sie ziemlich durcheinander. Aber nicht wegen ihrer Immobiliengeschichte, sondern wegen ihres Lebens! Und wegen der Ereignisse von gestern: dass das, was sie einmal so sicher zu wissen geglaubt hatte, zu zerbröckeln begann wie ein morscher Baumstamm. Jan – nach solch einem Gespräch zündet man kein Haus an!«

Burgner nickte. Ihm war klar, dass Wolters recht hatte. Wer sich in einer solchen Situation befand, der ging nicht hin und verübte einen niederträchtigen Brandanschlag. Das widersprach schon allein dem gesunden Menschenverstand. »Bei der Befragung hat Julia durchblicken lassen, dass ihr Chef ein ziemlich … durchtriebener und gefährlicher Mann sein soll.«

»Aha. Und was schließt ihr daraus?«

»Ich für meinen Teil kann mir wie gesagt absolut nicht vorstellen, dass deine Tochter hinter dem Brand steckt. Aber ihr Chef? Das wäre vielleicht möglich. Mein Kollege und ich haben diesen Menschen heute Nachmittag kennengelernt. Er ist – vorsichtig ausgedrückt – ein aalglatter Hund. Und wenn wir die Aussage der alten Dame dazunehmen, deren Haus in Pankow abgebrannt worden ist, dann würde ich nicht ausschließen, dass er in die Sache verwickelt ist. Er höchstpersönlich hat der Frau massiv gedroht. Das Dumme ist nur, dass wir ihm nichts nachweisen können. Wir werden das noch im Detail abklopfen, aber ich gehe fest davon aus, dass er für die Tatzeit ein wasserdichtes Alibi hat.«

»Klar. Das ist zu erwarten.«

Burgner seufzte. »Solche Typen haben ohnehin meist Handlanger, die die Drecksarbeit für sie erledigen.«

Wolters senkte den Blick. »Julia ist wie eine verlorene Tochter«, sagte er plötzlich. »Sie ist sehr gefangen von ihrem Job, von ihrem Leben und den Menschen, mit denen sie es zu tun hat. Es geht um Geld, um Macht und vor allem um Anerkennung …«

»Ja«, erwiderte Burgner, »aber sie ist zu dir zurückgekommen.«

Wolters griff nach seiner Bierflasche und drehte sie in seinen Händen. »Ich verstehe nicht, wie ihr sie überhaupt verhaften konntet. Du glaubst doch auch nicht, dass Julia für den Brand verantwortlich ist …«

Der Kommissar räusperte sich. »Es gibt wohl vieles, was dagegen spricht, dass Julia für den Brand verantwortlich gemacht werden kann. Aber es gibt eben auch diese Zeugenaussage über den Streit. Und - was noch schwerer wiegt - ihre Fingerabdrücke in Bruno Vogels Wohnzimmer. Allerdings ...«

»Ja?«

»Allerdings finde ich es noch immer merkwürdig, dass Brunos Hund im Keller eingesperrt gewesen war, als das Feuer ausbrach. Vogel selbst gibt ja an, ihn nicht dort eingeschlossen zu haben.«

»Hmm.« Wolters rieb sich übers Kinn. »Könnte das denn ein Fremder überhaupt machen - den Hund einfach so einsperren? Ich meine, würde der Hund da nicht anschlagen?«

Burgner murmelte eine Zustimmung.

»Und noch etwas: Wann sagst du, sei Julia am Tatort gesehen worden?«

»Du meinst in der Nacht?«

»Ja.«

»So gegen eins.«

Wolters nickte. »Gegen eins ist sie von mir weg - möglich, dass sie bei Brunos Haus vorbeigekommen ist ...«

Burgner nickte. »Ja, das wäre eine Erklärung.«

Jan nahm einen letzten Schluck aus seiner Bierflasche, machte ein aufmunterndes Gesicht und erhob sich dann zum Gehen.

»Ach, Jan?«

»Ja?«

»Was wolltest du mir eigentlich erzählen?«

»Wie bitte? Was meinst du?«

»Na ja, du sagtest, dass du mir auch etwas Wichtiges zu erzählen hättest.«

Burgner tippte sich an die Stirn. Klar, er wollte Peter erzählen, was es in der Brandsache für eine neue Entwicklung gab. Aber das war jetzt ja schon besprochen.

»Nun?«

»Du hast es quasi schon vorweggenommen. Ich wollte dir nur vom Stand der Ermittlungen berichten. Und ich wollte dich fragen, warum du gestern nicht in der GKR-Sitzung warst. Aber das weiß ich ja jetzt.«

»Ja«, Wolters lächelte und winkte ab. »Ich hatte es nicht vorhersehen können, so plötzlich wieder Papa zu werden.«

»Da hast du recht.«

»Was war denn in der Sitzung? Habt ihr was Wichtiges beschlossen?«

Burgner hob die Schultern. »Nichts Besonderes. Eigentlich nur das Übliche.«

Wolters seufzte. »Dann habe ich ja nicht viel versäumt, oder?«

»Nein«, gab Burgner zurück. »Nicht viel.«

*

Noch vor einundzwanzig Uhr legte Burgner sich ins Bett und schloss die Augen. Er hatte nach seinem Gespräch mit Peter Wolters die Einkaufstaschen ins Haus geschleppt und ausgepackt. Dann hatte er sich eine Scheibe Brot abgeschnitten, mit Käse belegt und lustlos in sich hineingestopft. Anschließend hatte er die Nachrichten angeschaut und war danach duschen gegangen. Zu mehr hatte er keine Lust verspürt, weder zum Fernsehen noch zum Lesen. Und das Rasensprengen war ihm erst recht egal. So lag er nun im Bett und ließ seine Gedanken wandern. Zuerst wanderten sie zu Maria Ingvarsson, seiner schwedischen Kollegin. Er hatte von seinem Chef den Auftrag erhalten, sich um sie zu kümmern und ihr etwas von den Aufgaben des LKA zu zeigen. Viel Zeit hatte er bislang nicht dafür gehabt und Dirks würde nicht erfreut darüber sein. Glücklicherweise hatte sich die junge Schwedin aber bislang damit zufriedengegeben, ein paar Kollegen auf Streife zu begleiten und an einer Observation teilzunehmen. Um mehr hatte sich Burgner einfach nicht kümmern können. Morgen würde er sich der Sache annehmen müssen. Ehe es Ärger gab.

Dann wanderten seine Gedanken zu Julia Jacob. Wolters Tochter, wer hätte das gedacht … Burgner glaubte nicht, dass Julia etwas mit dem Brand in Vogels Haus und mit dem Übergriff auf ihn zu tun hatte. Auch wenn Kühn anderer Ansicht gewesen war, hatte er sich von Anfang an nicht vorstellen können, dass sie zu so etwas fähig war. Sicher, für ihr berufliches Fortkommen, für ihre Karriere würde sie ganz sicher einiges tun. Aber so etwas? Nein, so weit würde sie nicht gehen, da war Burgner sich sicher.

Eigentlich war sie ein bedauernswertes Geschöpf. Sie schien auf der Suche nach Anerkennung und Erfüllung zu sein. Und sie schien zu denken, sich diese Dinge erkämpfen zu können. Ja, er konnte sich gut in sie hineinversetzen. So war er auch einmal gewesen. Sicher, er hatte nie einen solchen Job und derartige Möglichkeiten gehabt, Karriere zu machen, aber im Grunde war es ihm genauso gegangen. Er wollte sich beweisen. Sich verwirklichen. Er wollte beliebt sein. Geld haben. Und Frauen. Und war dabei immer mehr abgerutscht. Vor knapp zehn Jahren, mit Anfang dreißig, stand er kurz davor, aus dem Polizeidienst entlassen zu werden. Damals war er beim BKA in Wiesbaden gewesen, in einer Spezialeinheit für innere Sicherheit. Er war mächtig stolz auf sich gewesen und hatte sich für den Größten gehalten. Und dennoch hatte er letztlich mit seiner Art und Weise, wie er zu leben versuchte, alles kaputt geschlagen. Er hatte den Aufstieg nicht geschafft und die Freunde, die er hatte, wendeten sich von ihm ab, als sie merkten, dass ihm seine Situation zu schaffen machte und er in Lethargie verfiel. Häufig war er viel zu spät oder gar nicht zum Dienst erschienen. Dann starb seine Großmutter, was ihm zusätzlich zu schaffen machte. Kurz bevor ein Disziplinarverfahren gegen ihn eingeleitet wurde, hatte er das Gespräch mit seinem damaligen Chef gesucht und um seine Versetzung gebeten. Darauf waren seine Vorgesetzten nach einigem Zögern und nach seinem Versprechen, sein Leben zu ändern, schließlich eingegangen, und er war nach Berlin zum Landeskriminalamt gekommen. Zwei Dienstgrade unter dem, was er beim BKA erreicht hatte, aber immer noch besser, als entlassen zu werden. Burgner hatte das Haus seiner Großmutter hier in Dannow geerbt und so war er schließlich aufs Land gezogen.

Dann hatte er Peter Wolters kennengelernt und … alles hatte sich geändert. Peter hatte ihm den Weg gezeigt. Den Weg, den er seitdem ging. Und den Weg, den Peter Wolters Tochter erst noch gehen musste …

21. Kapitel

Am Morgen des 15. August wurde Julia Jacob gegen neun Uhr aus der Justizvollzugsanstalt Berlin-Lichtenberg entlassen.

Das Fax mit der Genehmigung zur Freilassung war vom Bereitschaftsdienst schon am späten Abend abgesandt worden, aber offenbar erst am Morgen in der JVA eingetroffen. Warum, wusste niemand.

Nachdem sich das schwere Stahlblechtor des Gefängnisses hinter ihr geschlossen hatte und Julia wieder in der Freiheit angekommen war, atmete sie erst einmal tief durch. Wie wichtig und wertvoll sie doch war, diese Freiheit. Und wie selten man daran dachte, wenn man in dieser Freiheit lebte. Man nahm sie einfach so hin. Man betrachtete sie als Selbstverständlichkeit. Aber war sie das? Nicht für Julia in diesem Augenblick, an diesem sonnigen Freitagmorgen. Und zum ersten Mal in ihrem Leben hatte sie eine Ahnung davon, was es bedeuten musste, über Monate oder gar Jahre hinweg eingesperrt zu sein. Es musste … grausam sein.

Julia überlegte, was sie tun sollte. Sie könnte nach Hause in ihre Schöneberger Wohnung fahren, sich duschen und umziehen. Nach Damian sehen, ihrem Kater. Aber der wurde während ihrer Abwesenheit immer von ihrer Nachbarin versorgt und genoss diese Zeiten, in denen er nach Strich und Faden verwöhnt wurde. Nein, zu ihrer Wohnung zog es sie gar nicht, sondern ganz woanders hin. Dorthin, wo es jemanden gab, der ihr zuhören würde. Dem sie ganz sicher ihren Kummer, ihre Wut und ihren Schmerz über die letzte Nacht erzählen könnte. Es zog sie im Grunde nur zu einem einzigen Menschen: zu ihrem wiedergefundenen Vater.

*

Erst nach elf erreichte sie Dannow. Ohne Auto war es gar nicht so einfach gewesen, hierherzukommen. Mit S-Bahn, Regionalzug und zuletzt einem Linienbus war sie hergekommen. Es war eine wahre Odyssee und Julia war verärgert darüber, dass die Polizisten, die sie abgeholt hatten, nicht auch für ihre Zurückbringung verantwortlich waren und sich darum kümmerten. Schließlich war sie unschuldig! Und einer der beiden, Jan Burgner, war sogar von hier. Ob sie ihn nachher mal aufsuchen und sich über die Behandlung beschweren sollte? Aber er war ja eigentlich recht nett zu ihr gewesen.

Kurz bevor Julia das Haus ihres Vaters erreichte, meldete sich ihr Handy. Sie zog es aus ihrer Tasche und blickte auf die Anzeige. Es war die Nummer von Dürre. Missmutig drückte sie auf die grüne Taste und nahm das Gespräch an.

»Langsam werden wir wirklich sehr ärgerlich, Frau Jacob!« Der Chef hatte nicht einmal abgewartet, bis sie sich gemeldet hatte, sondern sofort losgebrüllt. »Ich frage mich wirklich, wofür wir Sie bezahlen. Wir wollen endlich Erfolge sehen! Das habe ich Ihnen schon ein paar Mal gesagt. Und langsam reicht es uns. Ich weise Sie hiermit an, uns bis morgen zwölf Uhr die Verkaufserklärungen der betroffenen Eigentümer dieses Kuhkaffs vorzulegen. Anderenfalls ...«

Julia antwortete nicht und einen Moment lang herrschte völlige Stille.

»Wir haben uns verstanden«, schob Dürre irgendwann nach und beendete schließlich das Gespräch, ohne dass Julia auch nur ein Wort gesagt hatte.

War das eine Drohung? Was wollte Dürre denn, das sie tat? Sie hatte eine Nacht im Gefängnis zugebracht, weil man genau das von ihr geglaubt hatte, was ihr Chef von ihr zu tun verlangte: die Leute hier einzuschüchtern. Massiv. Aber - und da war Julia sich ganz sicher - an irgendwelchen kriminellen Dingen würde sie sich nicht beteiligen. Niemals. Und schon gar nicht nach den Erlebnissen der letzten vierundzwanzig Stunden.

Julia stand vor der Gartentür vom Grundstück ihres Vaters. Das Handy hatte sie noch immer in der Hand. Wütend stopfte sie es in ihre Handtasche, die sie bei sich trug. Dann legte sie ihren Finger an den Klingelknopf, aber noch bevor sie ihn drücken konnte, kam ihr Vater ihr schon entgegengelaufen, riss die Tür auf und nahm sie in seine Arme. Er hatte Tränen in den Augen. Und Julia wusste, dass sie zu Hause war.

*

Eine Stunde später standen Julia Jacob und Peter Wolters am Waldrand und sahen über die Felder auf Dannow. Nachdem Julia in das Haus ihres Vaters zurückgekehrt war, hatte sie ihm in groben Zügen erzählt, wie sie die letzten Stunden überstanden hatte und wie sie sich fühlte. Unterdessen hatte ihr Vater ein großartiges, deftiges Frühstück zubereitet. Zwar war es mittlerweile bereits Mittag, aber er hatte Julia angesehen, dass ihr wohl eher nach Brötchen mit Honig und einem gekochten Ei zumute war, als nach Rindereintopf. Und sie hatte beherzt zugegriffen und Wolters hatte über ihren unstillbaren Hunger gelacht. Nach dem Frühstück war Julia dann schnell in den Gasthof gelaufen, hatte geduscht und sich umgezogen. Und anschließend war sie mit ihrem Vater hier heraus spaziert. Hierher, an den Rand von Dannow. Hierher, wo sie vor ein paar Tagen gestanden hatte, als sie aus Berlin gekommen war und sich auf ihren ersten eigenen Auftrag gefreut hatte. Sie war so naiv gewesen zu glauben, diesen Auftrag relativ problemlos meistern zu können. Darin hatte sie sich grundlegend getäuscht. Und vermutlich in vielem anderen auch.

Die Felder vor ihnen waren von der Hitze der letzten Tage ausgetrocknet und ein Traktor, der darauf entlangtuckerte, zog dicke Staubwolken hinter sich her. Dürres Land, dachte Julia und bemerkte im selben Moment die Mehrdeutigkeit dieses Begriffs.

»Schön, nicht wahr?« Ihr Vater legte seinen Arm um sie und Julia schloss einen Moment lang die Augen. Ja, dachte sie. Es ist schön. Wunderschön.

»Der Mann im Traktor dort«, Julia öffnete ihre Augen wieder und sah, wie ihr Vater auf das Fahrzeug mit der Staubwolke zeigte, »ist Klaus Leihbach. Sein Haus wollt ihr auch haben. Er ist ziemlich sauer.«

Julia seufzte. »Wenn es nach mir gehen würde ...«

»Nach wem geht es denn, wenn nicht nach dir?«, fragte ihr Vater zurück und nahm seinen Arm von Julias Schulter.

»Ach«, entgegnete sie, »das ist alles gar nicht so einfach. Diese Immobilienfirma. DÜRRE. Ich arbeite da – und es ist mein Job ...«

Ihr Vater sagte nichts und Julia musste plötzlich an die letzte Nacht denken. An die Nacht im Gefängnis. »Es ist wirklich zu verrückt«, sagte sie schließlich.

»Was denn?«

»Na ja ... unser Gespräch von vorgestern Abend. Ich habe im Gefängnis davon geträumt.«

»Es hat dich eben sehr bewegt«, meinte Wolters. »Seinen Vater wiederzufinden ist ja auch etwas, was einem nicht jeden Tag passiert. Ich habe auch nicht sehr viel geschlafen ...«

Julia schüttelte den Kopf. »Nein, nein, das meine ich gar nicht.«

»Nicht? Was denn dann?«

»Ich habe, glaube ich ... vom ... Jüngsten Gericht geträumt, oder wie soll ich es nennen?«

Wolters sah sie verblüfft an, sagte aber nichts.

»Es war alles sehr undeutlich und ich erinnere mich auch nicht mehr an Einzelheiten. Aber eine Frage lässt mich seitdem nicht los: Wie würde ich bewertet werden? Was hätte ich aufzuweisen? Und welches Urteil würde Gott über mich fällen? Vorausgesetzt, es würde Gott wirklich geben. Wie würde ich vor ihm dastehen?«

Julias Vater lehnte sich an einen der Bäume und blickte seine Tochter lange an, ohne etwas zu entgegnen.

»Ich weiß auch nicht, wie ich auf solche blöden Gedanken komme«, sagte Julia schließlich und schüttelte den Kopf.

»Hast du denn eine Antwort gefunden?«

»Eine Antwort?« Julia sah ihren Vater fragend an. »Eine Antwort worauf?«

»Auf die Frage, wie du vor Gott dastehen würdest.«

»Ich ... hatte den Eindruck, dass ich ... ich ... ich weiß es nicht.« Julia schüttelte den Kopf und senkte den Blick.

»Kennst du Hiob?«, fragte Wolters sie. »Das ist ein bekannter Mann aus der Bibel. Der sagte einmal, dass man, wenn man vor Gott steht, auf tausend Fragen keine Antwort hat.«

Julia nickte. So ungefähr könnte sie es sich vorstellen. Aber das alles setzte ja eines voraus: dass Gott real war. Dass er wirklich existierte.

»Es wäre schön«, sagte sie nach einer Weile, »wenn du mir einen greifbaren Beweis für Gottes Existenz liefern könntest. Irgendetwas Konkretes ...«

Peter Wolters lachte. »Das haben schon ganz andere zu mir gesagt. Aber weißt du, beweisen muss ich gar nichts. Ich bin Gottes Zeuge, nicht sein Anwalt.«

»Aber ...«

»Jesus ist der beste Beweis, den es gibt.«

»Jesus?«

Wolters nickte. »Ohne Jesus würden wir gar nichts von Gott wissen. Und ohne Jesus hätten wir auch keine Chance, zu Gott zurückzufinden.«

»Zu Gott ... zurückzufinden?«

»Wir sind von ihm getrennt. Durch unsere Eigenwilligkeit. Weil wir Böses tun und Gutes lassen. Wir Menschen sind so. Alle. Ich auch. Seit Adam und Eva sind wir so. Wir sind Sünder. Und Sünde heißt getrennt sein. Wir sind von Gott getrennte Menschen.«

Julia wusste nicht, was sie darauf entgegnen sollte. Einen Moment lang dachte sie nach. Dann kam ihr ein Gedanke. »Ich bin schon einmal einem Menschen begegnet, der sich auch Christ nannte. Der Mann wollte ein Mehrfamilienhaus verkaufen. Leer. Vorher sollten alle Mieter raus. Der Kerl war mit allen Wassern gewaschen; so was hab ich selten erlebt. Der hat mir Tricks erzählt, wie er die Leute aus dem Haus ekeln will, dass mir die Ohren geglüht haben. Und dann meint er, er wäre hauptberuflich bei der Kirche angestellt und da für irgendeine Verwaltungsstelle zuständig, was weiß ich.«

»Julia«, Wolters kam einen Schritt auf seine Tochter zu, »nicht jeder, der sich Christ nennt, ist auch einer.« Wolters zeigte über das Feld. »Dort hinten am Ende des Dorfes wohnt einer, der Zimmermann heißt. Der Mann ist ein Finanzbeamter mit zwei linken Händen. Nie im Leben würde ich mir von dem den Dachstuhl ausbessern lassen; das kann der gar nicht. Klar: Er ist eben kein Zimmermann, sondern er heißt nur so.«

Julia lächelte.

»So ist es auch mit manchem Christen. Er nennt sich Christ – aber ist er auch einer? Wenn man ihn fragt, wird er vielleicht sagen: Natürlich! Schließlich bin ich getauft und konfirmiert und gehöre zu der und der Kirche … Aber: Hat dieser Mensch auch Christus in seinem Herzen?«

Julia machte große Augen.

»Jesus sagt, dass wir umkehren müssen. Zu ihm! *Kehrt um,* sagt er. *Kehrt um und vertraut der guten Nachricht.* Man kann sich noch so sehr bemühen, kann alle Hebel in Bewegung setzen, seine ganze Kraft aufopfern und versuchen, ein guter Mensch zu werden oder zu sein – dennoch wird man es nicht zu Gott schaffen. Das, was Gott uns gibt, gibt er uns vollkommen ohne Gegenleistung. Es ist ein Geschenk. Man muss es nur annehmen. Und dann können wir Gottes Liebe und Wärme spüren. Und genießen.«

Wolters endete und Julia musste schlucken. Gottes Liebe und Wärme genießen, hatte ihr Vater gesagt. Ohne etwas zu tun. Nur bereit sein, diese Liebe und Wärme anzunehmen. Julia dachte an die Bank neben der Kirche, auf der sie gesessen hatte, an dem Tag, an dem sie nach Dannow gekommen war. Auf dieser Bank hatte sie sich wohlgefühlt. In der Sonne. Sie hatte sich einfach von der Sonne bescheinen und wärmen lassen, hatte diesen Moment genossen. Ohne etwas dafür getan oder gegeben zu haben. Und irgendwie verstand Julia durch dieses Bild, was ihr Vater meinte.

22. Kapitel

Den Vormittag über war Burgner zusammen mit seiner schwedischen Kollegin Maria Ingvarsson in Berlin unterwegs gewesen. Er hatte ihr einige Orte gezeigt, an denen bekannte historische Verbrechen stattgefunden hatten. Schließlich waren sie auf ihrem Weg auch an allerlei Sehenswürdigkeiten vorbeigekommen und hatten zusammen die Kaiser-Wilhelm-Gedächtniskirche besucht. Burgner hatte es nicht besonders darauf angelegt, aber trotzdem waren sie auf das Thema Glauben und Christentum zu sprechen gekommen. Maria hatte ihm erzählt, dass in Schweden bis zum Jahr 1999 alle Menschen mit ihrer Geburt automatisch der schwedischen Kirche angehörten. Sie waren, wie sie es nannte *automatische Christen*. Als Burgner sie fragte, ob sie selbst an Gott glaubte, hatte die junge Kollegin mit den Schultern gezuckt. Ja, sie könne sich schon vorstellen, dass es da etwas gibt. Mehr eben, als man mit den Augen sehen und mit den normalen Sinnen wahrnehmen kann. Burgner hatte ihr zugehört und dann gesagt, er selbst würde nicht glauben, dass es da irgend*etwas* gibt, sondern irgend*wen*: Jesus.

Daraufhin hatte sie gelacht und war dann schnell zu einem anderen Thema übergegangen.

*

Am Ende ihrer Rundreise war der Kommissar mit Maria Ingvarsson zur Polizeilichen Beratungsstelle in die Otto-Braun-Straße gefahren, nur wenige Schritte vom Alexanderplatz entfernt. Es war ein altes, sehr marodes Haus und Burgner schämte sich dafür. In der Beratungsstelle ließ er die Beamten erklären, wie sie Präventionsarbeit für die Bevölkerung betrieben: Informationen zum Thema Wohnungseinbruch und derartige Dinge. Am meisten interessierte die junge Schwedin sich neben den dunklen Augen des Beamten für seine Ausführungen zum Thema Straftaten an Geldautomaten. Die Täter wurden immer dreister, bauten kleine Aufsätze vor den Karteneinzugsschacht und lasen damit die Daten auf dem Magnetstreifen aus. Über eine winzige Kamera, die sie oben am Automaten anklebten, kamen sie an die PIN, die der nichts ahnende Bankkunde eintippte. Über Funk gingen die Daten dann ins Ausland und dort räumten die Kumpane der Ganoven mit einer Dublette der Karte und der ausgespähten PIN das Konto des ahnungslosen Opfers ab. Unauffällig, einfach und schnell. Maria Ingvarsson war sichtlich beeindruckt. Offenbar hatte sie derlei in ihrer Heimat noch nicht zu Gesicht bekommen.

»Glauben Sie mir«, sagte Burgner schließlich zu seiner schwedischen Kollegin, als sie gegen Mittag ins Präsidium zurückkamen, »eines Tages wird man den Menschen Mikrochips unter die Kopfhaut oder in die Hand implantieren. Man wird sie mit einer kleinen Pistole hineinschießen, wo sie sich dann wie ein Spreizdübel entfalten, damit man sie nicht mehr herausbekommt.«

»Meinen Sie wirklich?«

»Warten Sie's ab. Man wird es den Leuten als echten Fortschritt verkaufen und sie werden es glauben: nie wieder eine ausgespähte PIN, keine Karte, kein Ausweis mehr. Ein einziger Chip unter der Haut und das war's ...«

Sie hatten Dirks Büro erreicht und im selben Moment öffnete sich die Tür und der Chef trat auf den Flur. »Habe ich doch richtig gehört«, sagte er mit einem Unterton, den Burgner schon kannte und der nichts Gutes verhieß. »Herr Burgner, es liegt eine Beschwerde über Sie vor.«

»Aha.«

»Ein sehr einflussreicher Geschäftsmann hat sich über Sie beschwert. Er gibt an, von Ihnen in übelster Weise behandelt worden zu sein. Von Ihnen und dem Kollegen Kühn.«

Maria Ingvarsson schien die Situation unangenehm zu sein und Burgner merkte, dass sie überlegte, wie sie verschwinden konnte. Er gab ihr durch eine Kopfbewegung zu verstehen, dass sie für heute Feierabend machen konnte und sie atmete sichtlich erleichtert auf und verschwand ins Treppenhaus.

»Es war mir klar, dass sich die sauberen Herren über unseren Besuch beklagen würden. Aber seien Sie versichert: Wir hatten gute Gründe, so und nicht anders vorzugehen. Und wir werden diesen Ludwig Dürre und seinen adligen Gefährten notfalls auch hierher ins Präsidium vorladen, Herr Dirks.«

Der Chef schnappte nach Luft.

»Ja, was glauben Sie denn? Es geht hier – wie Sie im Übrigen selbst verkündet haben – um einen brisanten Fall. Die Menschen haben Angst vor dem *Brandmonster,* wie die Zeitungen den Täter inzwischen nennen. Sie erwarten eine Aufklärung. Und das möglichst rasch.«

»Aber …«

»Nichts aber«, fiel Burgner seinem Vorgesetzten ins Wort. »Dürre und von Wallerstein gehören eindeutig in den Kreis der Verdächtigen. Beide betroffenen Häuser sind Objekte ihrer Begierde. Und es geht um viel Geld und – im Fall von Dannow – um einen großen Auftrag.«

Dirks brummte vor sich hin. »Sie wohnen ja dort, nicht wahr?«

Burgner bestätigte es. Dann machte er seinem Chef klar, dass sie überprüfen würden, wo sich die noblen Herren zur Tatzeit befunden haben.

»Aber Sie glauben doch nicht …«

»Was ich glaube, steht hier nicht zur Debatte. Und in dieser Sache nehme auch ich nicht an, dass Dürre oder sein Firmenbruder selbst Hand angelegt haben. Dennoch müssen wir abklären, wo sie zum Zeitpunkt der Brände waren.«

»Also gut«, sagte Dirks nach kurzem Zögern. »Dann tun Sie das. Aber Burgner …«

»Ja?«

»Möglichst diskret.«

Der Kommissar nickte. »Natürlich diskret, Chef. Wie immer.«

*

Als Burgner das Büro betrat, hing Kühn gerade am Telefon. Eigentlich wollte der Kommissar seinem Ärger sofort Luft machen und seinem Kollegen erzählen, wie Dirks sich eben wieder verhalten hatte, aber durch Kühns Telefonat wurde er am Schimpfen gehindert und stellte sich so einfach nur an das offene Fenster, atmete tief durch und sah hinaus. Mit halbem Ohr bekam er mit, dass Kühn anscheinend mit einer JVA telefonierte und dass es wohl um Dabbeljuh und seine Zellengenossen ging. Als der Kollege aufgelegt hatte, drehte Burgner sich um und schaute ihn fragend an.

»Der Typ, mit dem Dabbeljuh zuletzt eingesessen und dem er nach eigener Aussage von seiner Sprengtechnik erzählt hat, ist seit einem halben Jahr tot. Der kommt also auch nicht für die Tat infrage.«

»Dann können wir diese Richtung streichen«, seufzte Burgner. »Und all die anderen Kumpels, denen er davon erzählt hat, kriegen wir eh nicht raus.«

Kühn hob bedauernd die Schultern. »So ist es wohl.«

Burgner ging zu seinem Platz, schob seinen Stuhl zurecht und setzte sich. Dann erzählte er seinem Kollegen ausführlich von den Neuigkeiten um Julia Jacob. Und von der wunderbaren Geschichte des unverhofften Zusammenkommens mit ihrem Vater.

Tobias Kühn hatte schweigend zugehört, hier und da nachgefragt und war sichtlich fasziniert von dieser Sache.

»Nach alledem«, endete Burgner, »ist es schon möglich, dass Sikorsky sie tatsächlich in der Nähe des Tatortes gesehen hat, als sie von ihrem Vater kam …«

»Sikorsky?«

»Unser Bürgermeister. Der, der mich angerufen und mir vom Streit zwischen Julia und Bruno Vogel erzählt hat. Und eben davon, dass er sie am Tatort kurz vor dem Brand gesehen hätte. Als er mit dem Wagen aus Berlin zurückgekommen ist.«

»Hmm«, Kühn fuhr sich übers Kinn. »Oder er hat sich geirrt und es war doch jemand anderes.«

Burgner zuckte mit den Schultern. »Das glaube ich nicht. Aber vielleicht sollte ich ihn einfach anrufen und noch einmal dazu befragen«, überlegte er.

Kühn nahm grinsend den Telefonhörer ab und reichte ihn Burgner. »Bitte! Wir sollten keine Zeit verlieren.«

Burgner machte böse Miene zum guten Spiel und zog mit einem aufgesetzt grimmigen Gesicht den Telefonapparat zu sich herüber. Dann suchte er auf seinem Schreibtisch nach dem Zettel, auf dem er sich die Nummer des Bürgermeisterbüros von Dannow notiert hatte, und tippte die Ziffern ein. Ohne warten zu müssen, hatte er Sikorsky an der Strippe, fast so, als habe der Bürgermeister neben dem Telefon gestanden und nur auf Burgners Anruf gewartet.

Der Kommissar erklärte Sikorsky mit knappen Worten, dass es nötig war, seine Angaben noch einmal zu überprüfen, wobei Burgner deutlich betonte, dass es sich dabei um eine routinemäßige Nachfrage handeln würde.

Sikorsky schien nicht besonders erfreut darüber zu sein, aber schließlich sah er wohl ein, dass er keine andere Wahl hatte.

Der Kommissar kam zunächst auf die Beobachtung des Bürgermeisters in der Tatnacht zu sprechen, als dieser nach eigenen Angaben Julia Jacob gesehen hatte.

Sikorsky nannte erneut Zeit und Ort und Burgner verglich die Daten mit seinen Notizen. Sie stimmten überein. Es sprach alles dafür, dass es wirklich Julia war.

»Sie haben angegeben, in der fraglichen Nacht aus Berlin gekommen zu sein. Was genau haben Sie in Berlin gemacht?«

Der Bürgermeister räusperte sich. »Ihre Frage klingt, als würden Sie mich verdächtigen ...«

»Meine Frage ist eine notwendige Frage und steht in direktem Zusammenhang mit Ihrer Zeugenaussage. Nicht mehr und nicht weniger.«

»Also gut«, brummte Sikorsky. »Ich hatte es Ihnen ja schon einmal gesagt: Ich war im Varieté. Bei *Herr Dobermann*.«

»Richtig. Das sagten Sie. Gibt es dafür Zeugen oder waren Sie allein dort?«

»Nein.«

»Was nein?«

»Ich war nicht allein dort.«

»Mit wem?«

»Mit einem Freund aus alten Tagen. Kapitän Wolfgang Petersen. Ich kenne ihn noch aus meiner Zeit in Bremen. Als ich in Bremen lebte.«

Burgner notierte sich den Namen des Mannes sowie dessen Anschrift. »Wir werden Ihre Angaben überprüfen, Herr Sikorsky.«

»Tun Sie das«, gab der Bürgermeister zurück und schien offensichtlich beleidigt, dass Burgner ihn auch nur ansatzweise mit der Tat in Verbindung brachte.

Der Kommissar bedankte sich höflich, erklärte das Gespräch an dieser Stelle für beendet und legte auf.

»Hmm«, knurrte Kühn noch einmal, der alles über den Lautsprecher mitgehört hatte. »Schwer einzuschätzen, dieser Mann. Scheint ein bisschen ... aufgeregt zu sein.«

»Er ist seit ein paar Jahren unser Bürgermeister. Lebt – soweit ich weiß – seit kurz nach der Wende in Dannow.«

»Vielleicht sollten wir ihn mal überprüfen«, schlug Kühn vor. »Wer weiß – vielleicht finden wir ja etwas über ihn heraus, was uns weiterhilft.«

Burgner legte die Stirn in Falten. Sie sollten Sikorsky überprüfen? Den Bürgermeister von Dannow?

Kühn wartete nicht erst eine Antwort von Burgner ab, sondern schnappte sich dessen Notizzettel und verschwand.

*

Zehn Minuten später war Kühn im Büro zurück, lief um den Schreibtisch herum und ließ sich in seinen Bürostuhl fallen. »Übrigens hat sich Else Reißlein vorhin bei mir gemeldet.«

»So? Was wollte sie denn?«

»Ihr Sohn ist bei ihr aufgetaucht. Und du hattest sie ja gebeten …«

»… uns anzurufen, wenn er sich bei ihr melden sollte, ja.«

Kühn nickte. »Und jetzt ist er da.«

»Wo?«

»Hier!« Kühn wies in Richtung Tür. »Sitzt draußen auf der Besucherbank und wartet darauf, von uns befragt zu werden.«

Burgner verzog das Gesicht. »Das kann ich mir kaum vorstellen.«

»Was? Dass er da ist?«

»Nein. Dass er scharf auf unsere Fragen ist. Niemand hat es gern, von der Polizei ausgefragt zu werden.«

Tobias Kühn zuckte mit den Schultern. »Ich hatte seiner Mutter bei ihrem Anruf gesagt, dass er unbedingt und unverzüglich bei uns vorbeischauen soll. Und er ist gleich gekommen.«

Der Kommissar legte seinen Kugelschreiber beiseite, mit dem er herumgespielt hatte, und überlegte, was sie mit dem Mann da draußen eigentlich anfangen sollten. Sicher war es nicht schlecht, dass er wieder aufgetaucht war. Dass die Befragung von Ingo Reißlein sie allerdings entscheidend voranbringen würde, wagte Burgner zu bezweifeln. Aber wer weiß, vielleicht ergaben sich ja doch neue Anhaltspunkte für die weitere Ermittlungsarbeit.

»Die alte Frau Reißlein hat übrigens erzählt, ihr Sohn habe ihr empfohlen, ihr Grundstück samt der Ruine ihres Hauses nach alledem nun doch zu verkaufen.«

»Lass mich raten an wen: an Dürre?«

Kühn nickte. »Der Kandidat erhält hundert Punkte. Dürre hat mit Else Reißleins Sohn gesprochen und ihm und seiner Mutter einen außerordentlich hohen Betrag in Aussicht gestellt.«

Burgner pfiff leise durch die Zähne. »Und was sagt Frau Reißlein zu diesem Vorschlag?«

Der Kollege erhob sich, ging zum Waschbecken und füllte sich ein Wasserglas. »Sie denkt nicht im Traum daran, zu verkaufen. Sie meint, das Geld sei ihr egal. Sie würde keine Geschäfte machen mit Menschen, die über Leichen gehen.«

»Eine interessante Bemerkung«, fand Burgner. »Dann hören wir uns doch mal an, was ihr Sohn uns zu sagen hat.«

*

Ingo Reißleins Erscheinungsbild war so ganz anders, als Burgner es erwartet hatte. Was genau er erwartet hatte, konnte er nicht sagen, aber ganz bestimmt keinen rundlichen jungen Mann mit grauem Pferdeschwanz und Nickelbrille. Sie hatten ihn hereingerufen und mit einigen Worten erklärt, worum es ging. Dass sie den Brandfall bearbeiteten und sich für Details über das Auftauchen von Dürre und seinen Leute im Hause von Reißleins Mutter interessierten. Und - nebenher natürlich - auch für den Grund seines eigenen Versteckspiels.

»Ich musste einfach verschwinden«, versuchte der junge Mann ihnen zu erklären. »Wenn man sich mit bestimmten Dingen beschäftigt, lebt man gefährlich.«

Kühn hob die Augenbrauen. »Was sind das denn für Dinge, Herr Reißlein?«

Ingo Reißlein grinste. »Dinge, die vom Staat und von der Medienindustrie verheimlicht und vertuscht werden.«

»Aha.«

»Folgen von genetisch veränderten Lebensmitteln beispielsweise. Genmais, den die Schweine fressen und der sie unfruchtbar macht. Es gibt schon mehrere Bauern, deren Säue nicht mehr trächtig werden. Die Auswirkungen auf den Menschen sind völlig ungeklärt. Wer Schweinefleisch isst, lebt möglicherweise sehr gefährlich, weil er seine Fortpflanzungsfähigkeit verliert. Solche Dinge meine ich.«

»Und Chemtrails …«, ergänzte Kühn spöttisch.

»Und Chemtrails«, bestätigte Reißlein. »Zum Beispiel. Ein unglaublicher Eingriff in unsere Umwelt!«

»Aber ich bitte Sie!«, stieß Kühn hervor. »Das ist doch der größte Blödsinn, den es gibt: Verkehrsflugzeuge, die Chemikalien über Deutschland versprühen …«

»Wenn Sie das für Blödsinn halten, Herr Kommissar, dann sind Sie nicht nur oberflächlich, sondern auch naiv. Die Spuren am Himmel, die den Medien und den offiziellen Stellen zufolge nichts anderes als gewöhnliche Kondensstreifen sind, verhalten sich aber merkwürdigerweise ganz anders als gewöhnliche Kondensstreifen. Letztere verschwinden nämlich nach ein paar Minuten wieder, wohingegen diese ausgebrachten Aluminium-Barium-Verbindungen zum Teil stundenlang den Himmel vernebeln.«

»So ein Quatsch!«

»Sie können es gern Quatsch nennen, Herr Kommissar. Aber ich gebe Ihnen den Tipp, bei klarem Wetter einfach ab und zu mal nach oben zu sehen. Die gitterförmigen Spuren am Himmel werden Ihnen nicht verborgen bleiben.«

»Unsinn, Herr Reißlein! Kondensstreifen gab es schon immer! Zumindest, seit es Düsenflugzeuge gibt.«

»Das bezweifle ich auch nicht. Aber dies sind keine Kondensstreifen! Diese Art von Spuren am Himmel gibt es erst seit ein paar Jahren über Deutschland. Vergleichen Sie ruhig mal alte Fotos. Fotos, die vor dem Jahr 2000 unter freiem Himmel gemacht worden sind und auf denen Sie den Himmel sehen können. Sie werden diese gitterförmigen Muster am Himmel darauf nicht finden …«

»Genug jetzt!« Kühn wurde langsam ärgerlich. »Was haben Dürre und seine Leute von Ihrer Mutter gewollt? Und was für einen Eindruck machten sie – Ihrer Meinung nach –, als sie unverrichteter Dinge abziehen mussten?«

»Ihre Mutter hat das Kaufangebot ja wohl sehr deutlich zurückgewiesen«, setzte Burgner hinzu.

»Ja«, Ingo Reißlein lachte schallend, »das hat sie wirklich. Und die Immobilienleute waren total geschockt. So etwas hatten sie wohl weder erwartet noch jemals zuvor erlebt.«

»Wie genau haben Dürre und seine Leute darauf reagiert?«, fragte Kühn. »Sind sie einfach so wieder abgezogen oder haben sie sich in irgendeiner Form geäußert, wie die Sache nun weitergehen soll? Ich meine: Hatten Sie den Eindruck, dass für die Firma DÜRRE das Haus Ihrer Mutter nun abgehakt war? Dass sie einsahen, dass hier nichts zu machen war? Oder hatten Sie den Eindruck: Hier kommt noch was nach?«

Reißlein knirschte mit den Zähnen. Sein Gesichtsausdruck änderte sich spontan. Seine Augen wurden unruhig und Burgner fragte sich, was dahintersteckte.

»Also?«

»Nun ja – sie waren wie gesagt sehr überrascht. Aber dann … nein, dann sind sie weg und der Fall war für sie wohl erledigt.«

»Ihre Mutter wurde nicht bedroht oder so …?«

»Bedroht?«

»Ja. Bedroht. Mir liegen da Aussagen vor …«

Reißlein zuckte zusammen. »Es hat ihr wohl schon ziemlich zugesetzt, wie diese Leute mit ihr umgesprungen sind. Wie sie sie behandelt haben. Aber letztlich hat Mutter wohl deutlich machen können, dass sie bei ihr auf Granit beißen.«

»Und Sie selbst?«

»Wie – ich selbst?«

»Wie stehen Sie zu dieser Angelegenheit? Hätten Sie verkauft?«

Ingo Reißlein senkte den Blick und begann, an seinen Fingernägeln zu pulen. »Ja, ich hätte wohl verkauft«, sagte er nach einer Weile.

»Und warum?«

Er blickte auf. »Weil ich das Geld gut hätte gebrauchen können! Wie Sie ja wissen, lebe ich nicht ungefährlich. Und mit ein bisschen Geld hätte ich vielleicht außer Landes gehen und mir irgendwo anders eine Existenz aufbauen können.«

»Aber das Geld für das Haus hätte doch Ihrer Mutter gehört«, schaltete sich Burgner ein.

Reißlein nickte, sagte aber nichts.

»Aus diesem Grund haben Sie Ihrer Mutter jetzt auch zugeredet, ihr abgebranntes Haus und ihr Grundstück nun doch an Dürre zu verkaufen: Weil Sie das Geld dafür brauchen könnten, habe ich recht?« Kühn sah den jungen Mann forschend an.

»Ja«, sagte er leise. »Es würde einiges leichter machen …«

Einen Moment lang herrschte völlige Stille. Dann wagte Burgner einen heiklen Vorstoß: »Und deshalb haben Sie das Haus angezündet?«

Der Kommissar hatte mit einer heftigen und aggressiven Reaktion von Reißlein gerechnet, aber die kam nicht. Kam nicht einmal ansatzweise. Stattdessen schüttelte der Mann langsam den Kopf und schloss die Augen. »Glauben Sie wirklich, dass ich dazu fähig wäre? Das Haus meiner Mutter anzuzünden? Glauben Sie das wirklich?«

Burgner sah zu Kühn hinüber und der zuckte mit den Achseln.

Irgendwann öffnete Ingo Reißlein die Augen wieder und blickte Burgner flehend an. »Sie sind hinter mir her«, sagte er. »Sie wollen mich nicht nur mundtot machen, sondern völlig ausschalten.«

Der Kommissar verstand nicht sofort, was Reißlein meinte. »Wer sind *sie?*«, fragte er.

»Diejenigen, nach deren Meinung ich zu viel weiß. Denen ich zu nahe gekommen bin.«

Kühn schlug sich die Hand an die Stirn. »Herr Reißlein, jetzt ist es wirklich genug! Sie sind davon ja vollkommen besessen! Glauben Sie wirklich, dass Ihnen jemand wegen dieser lächerlichen Verschwörungstheorien ans Leder will?«

Jetzt sprang Reißlein auf. So ruhig, wie er eben noch gewesen war, so energiegeladen und wütend war er jetzt und es machte den Eindruck, als wollte er eine Antwort brüllen, aber im letzten Moment schien er es sich anders zu überlegen und beantwortete Kühns Frage mit einem fast geflüsterten Satz: »Ich glaube es nicht, ich weiß es.« Er nahm die Nickelbrille ab und rieb sich über die Nasenwurzel. »Diese Bedrohung ist real! Und ich bitte Sie in aller Form, dass Sie mich schützen.«

Burgner atmete tief durch. Er hatte keine Ahnung, was hier vor sich ging und was mit diesem jungen Mann passiert war. Aber er wusste, dass Reißlein offenbar in einer schwierigen Lage steckte. In einer Lage, aus der er sich selbst kaum würde befreien können.

23. Kapitel

Julia war nach Berlin gefahren. Zu ihrer Wohnung in der Schöneberger Elßholzstraße. Die Blicke im Dorf und im Gasthof hatte sie nicht länger ausgehalten. Für diese Menschen schien festzustehen, dass sie die Täterin war. Dass der Brand im Haus von Bruno Vogel auf ihr Konto ging. Julias Vater hatte ihr zwar angeboten, dass sie bei ihm wohnen könnte, aber sie hatte abgelehnt. Julia musste eine Pause einlegen. Durchatmen. Einfach weg von hier, wo man sie hasste.

Kurz vor achtzehn Uhr schloss sie ihre Wohnungstür auf und betrat den Flur. Sofort kam ihr Damian entgegen und streifte ihr schnurrend um die Beine. Frau Schwarz, die sich während Julias Abwesenheit um ihre Pflanzen und um ihren Kater kümmerte, hatte es offenbar wieder zu gut mit ihm gemeint und Damian in besonderem Maße verwöhnt: In der Küche standen seine Schüsseln mit Resten von Katzenmilch und Frikassee.

Nachdem Julia die Post durchgesehen und festgestellt hatte, dass nichts Aufregendes darunter war, lief sie zum Anrufbeantworter und hörte ihn ab. Ihre Autowerkstatt hatte sich gemeldet und sie an den Termin für die jährliche Inspektion erinnert. Außerdem war eine halbe Stunde zuvor eine Mitteilung von Dürre eingegangen, der um dringenden Rückruf bat. Im Gasthof habe er sie nicht erreichen können und auch nicht über ihr Handy. Der Chef schien sehr erbost zu sein, aber Julia merkte, dass es ihr nicht besonders viel ausmachte. Außer diesen Anrufen hatte der Anrufbeantworter noch zwei weitere aufgezeichnet, die Julia einigermaßen seltsam vorkamen: Beide Anrufe waren jeweils um halb drei Uhr nachts eingegangen. Gestern und vorgestern. Und beide Male war keine Nachricht hinterlassen worden. Man hörte lediglich ein schwaches Atemgeräusch. Mehr nicht.

Julia legte den Finger an die Löschtaste des Anrufbeantworters und wollte die Nachrichten gerade löschen, als ihr die Begebenheit von Montagnacht wieder einfiel. Als sie aus diesem furchtbaren Albtraum erwacht war. Sie war erwacht, weil das Telefon geklingelt hatte. Und es war ebenfalls halb drei Uhr nachts gewesen. Was mochte das bedeuten?

Julia zögerte noch einen Augenblick, dann drückte sie die Taste und wartete, bis das Gerät die erfolgte Löschung quittierte. Ich werde mir keine Angst einjagen lassen, dachte sie. Das werde ich nicht tun!

Da sie keinen sonderlichen Hunger verspürte, begnügte sich Julia für den Abend mit einer Packung Buttergemüse, die sie ihrem Tiefkühlfach entnahm und aufwärmte. Dazu aß sie eine Scheibe Schwarzbrot und trank ein Glas Eistee. In der Wohnung war es übermäßig warm; offenbar funktionierte die Klimaanlage nicht richtig. Julia ging in die Küche und versuchte, etwas an der Regelung einzustellen, aber es klappte nicht. Schließlich schlug sie wütend mit der flachen Hand gegen den kleinen Kasten und gab es auf. Anschließend – mittlerweile war es schon weit nach zwanzig Uhr – griff sie zum Telefon und rief in der Firma an. Auch, wenn sie keine sonderliche Lust dazu verspürte, wollte sie doch wissen, wie die Stimmung war. Und ob man sie vielleicht schon entlassen hatte.

Dürre war ziemlich aufgebracht. Mister Mattingley, der amerikanische Investor, der die Freizeitanlage in Dannow bauen wollte, würde am Sonntag nach Berlin kommen, um die Verträge zu unterzeichnen. Eine Millionensumme stand auf dem Spiel. Und Mattingley würde keine Katze im Sack kaufen. Er würde sicher sein wollen, dass das Objekt auch gebaut werden konnte. »Ich hatte es Ihnen ja schon vorhin gesagt«, sagte Dürre mit Nachdruck in der Stimme, »bis morgen Mittag haben Sie die Unterschriften. Anderenfalls wären Sie der größte unternehmerische Irrtum meiner beruflichen Laufbahn.« Ihm sei schleierhaft und völlig unbegreiflich, fuhr Dürre fort, wieso es ihr bei der Höhe des ihr zur Verfügung stehenden Budgets nicht gelungen sei, die notwendigen Anwesen in Dannow zu erwerben. Nun brannte im wahrsten Sinne des Wortes die Luft. Morgen Mittag sei die Stunde der Wahrheit. Wenn Julia bis dahin nichts erreicht hätte, würde er andere Wege beschreiten. Wege, auf denen Julia nichts mehr verloren hatte …

Julia hatte sich das aufgeregte Gemecker ihres Chefs angehört, ohne sich davon gefangen nehmen zu lassen. Irgendwie spürte sie eine große Ruhe in sich und staunte selbst darüber. Aber vielleicht war sie jetzt auch viel zu müde. Im Augenblick jedenfalls sah sie weder eine Veranlassung noch überhaupt eine Chance, Dürre zu helfen. Es war, wie es war.

Eine Weile saß Julia noch mit dem Telefon in der Hand auf dem Sofa und schleppte sich dann gegen zweiundzwanzig Uhr ins Bett. Sie war fix und fertig und wollte nur noch eins: schlafen. Und alles andere würde sich finden.

*

Durch irgendein Geräusch schreckte sie hoch. Was war das? Es hatte geklungen wie splitterndes Fensterglas. Wie wenn jemand einen Stein durch die Scheibe …

Julia sprang aus dem Bett. Ohne recht zu wissen warum, stürzte sie aus dem Schlafzimmer, schnappte sich ihr Handy und riss die Wohnungstür auf. Als sie den ersten Schritt in den Hausflur tat, hörte sie hinter sich eine unglaubliche Detonation. Ihre ganze Wohnung schien sich in einen einzigen Feuerball verwandelt zu haben. Panisch rannte sie die Treppen hinunter und fiel der Länge nach durch die Haustür ins Freie. Von oben hörte sie das Feuer pfeifen und toben. Irgendwo bellte ein Hund und jemand schrie. Dann verlor sie das Bewusstsein. Das Letzte, an das sie dachte, war der Traum. Der Traum von dem Inferno. Der Traum, der mit dem Telefonklingeln geendet hatte …

24. Kapitel

Als die Nachricht Jan Burgner erreichte, war er gerade in der Küche gewesen, um ein Glas Wasser zu trinken. Die Hitze des Sommers hatte nun auch nachts kaum noch ein Erbarmen.

Nach der anstrengenden Befragung von Ingo Reißlein und den Geschehnissen der letzten Tage war der Kommissar am Abend vor dem Fernseher eingeschlafen. Noch bevor die Zwanzig-Uhr-Nachrichten begonnen hatten. Irgendwann gegen zehn hatte er sich dann ins Bett gelegt und weitergeschlafen. Als er kurz vor drei erwachte, hatte er einen so trockenen Mund, dass er nicht umhin kam aufzustehen und etwas zu trinken. In diesem Augenblick hatte es an seiner Tür geklingelt. Mitten in der Nacht!

Vorsichtig schlich Burgner zum Küchenfenster und schaute hinaus. Vor dem Haus stand Peter Wolters und schien sehr aufgeregt zu sein.

»Was um alles in der Welt ist denn passiert?«, rief Burgner ihm zu, nachdem er das Fenster geöffnet und den Kopf hinausgestreckt hatte.

Wolters wies auf Burgners Wagen, der in der Einfahrt stand. »Du musst mir helfen, Jan. Wir müssen sofort nach Berlin. Zu Julia. Sie hat mich gerade angerufen. Ihre ganze Wohnung steht in Flammen ...«

*

Keine fünf Minuten später saßen die beiden Männer in Burgers Octavia und waren auf dem Weg nach Berlin. Der Kommissar wusste, dass er hier in Brandenburg als Berliner Polizist keine Sonderrechte besaß, dennoch hatte er nicht gezögert und seine kleine blaue Rundumleuchte aufs Dach gestellt und eingeschaltet. Wenn es Ärger geben sollte, würde er das eben durchstehen müssen. Jetzt galt es erst einmal, Wolters zu helfen. Und seiner Tochter.

Unterwegs erfuhr der Kommissar, was vorgefallen war. Dass Julia in der Nacht wach geworden und von einer merkwürdigen Panik erfasst worden war, nachdem sie den Eindruck gehabt hatte, jemand würde eine Scheibe ihrer Wohnung eingeschlagen haben. Irgendwie hatte sie das Treppenhaus erreicht und dann war ihre Wohnung explodiert. Einfach so.

Wolters saß auf dem Beifahrersitz und wies nach draußen. »Sind eigentlich alle verrückt geworden? Es scheint, als gebe es nur noch brennende Häuser und Wohnungen und nichts anderes mehr.«

»Ich bin auch ziemlich ratlos«, seufzte Burgner. An dem, was Peter Wolters sagte, schien etwas Wahres zu sein.

»Ich meine, du bist ja schon eine Weile bei der Polizei, aber so etwas ist doch mehr als merkwürdig, nicht wahr? Drei Brände so kurz hintereinander. Und offenbar hängen alle drei zusammen. Das kann es doch eigentlich nicht geben, oder?«

»Das ist in der Tat eine seltsame Häufung. Und ich glaube auch nicht, dass es nur an unserer selektiven Wahrnehmung liegt. Du weißt ja: wenn du dir ein bestimmtes Auto kaufen willst, siehst du plötzlich überall Autos dieses Typs ...«

Wolters nickte. Eine Weile sah er schweigend aus dem Fenster und schien die blauen Blitze zu beobachten, die die Rundumleuchte vom Dach aus auf die Fahrbahn und den Straßenrand warf. Burgner jagte mit über hundert Sachen über die nächtlichen Landstraßen.

»Weißt du schon Genaueres, wie es deiner Tochter jetzt geht?«, fragte Burgner irgendwann in das Schweigen hinein.

Peter Wolters lächelte. »Ihr ist nichts passiert. Sie ist bewahrt worden.«

Inzwischen hatten sie die Berliner Stadtgrenze überquert und Burgner fühlte sich wohler. Hier durfte er im Ausnahmefall ganz offiziell mit Blaulicht unterwegs sein. Er zog sein Mobiltelefon hervor und rief die Leitstelle an. Denen meldete er, wohin er fuhr, und fragte nach Informationen zum Brand. Viel konnte man ihm aber noch nicht sagen, schließlich waren die Kollegen noch nicht lange am Einsatzort und hatten wohl alle Hände voll damit zu tun, sich um vordringlichere Aufgaben zu kümmern. Einen aussagekräftigen Bericht hatten sie der Leitstelle jedenfalls noch nicht übermittelt. Was sie ihm aber bestätigen konnten, war die Entscheidung des diensthabenden LKA-Leiters: Burgner würde die Ermittlungen auch in diesem Fall führen. Offenbar hatte man auch im Präsidium einen Zusammenhang zwischen den Vorgängen gesehen.

*

Burgner und Wolters erreichten den Tatort in der Schöneberger Elßholzstraße ein paar Minuten nach vier. Die Straße war voll von Einsatzfahrzeugen der Berliner Feuerwehr. Zwei Funkwagen der Polizei riegelten die Zufahrten ab und Burgner war gespannt, was ihn erwarten würde. Von unterwegs hatte er Kühn angerufen, der zwar sauer war, dass man ihn geweckt hatte, aber trotzdem versprach, sich sofort auf den Weg zu machen.

Julia Jacob stand in eine Decke gehüllt an der Seitenwand eines Rettungswagens und schaute dem Treiben in der Straße mehr oder weniger gelassen zu. Im Arm hielt sie eine graue Katze, der sie das Fell kraulte.

»Julia!«, rief Wolters und lief auf sie zu.

Die junge Frau drehte den Kopf und schien sehr erleichtert, als sie ihren Vater kommen sah. Der umarmte sie, als er bei ihr angekommen war, und beide hielten sich eine Zeit lang fest.

Burgners Blick wanderte an der Hausfassade hoch zum vermutlichen Brandherd im zweiten Stock. Flammen kamen keine mehr aus den Fenstern, nur noch Rauch. Der Putz oberhalb der betroffenen Wohnung war schwarz. Aus dem Treppenhaus liefen Rinnsale von Löschwasser.

Feuer, dachte der Kommissar. Das dritte derartige Feuer in so kurzer Zeit. Das war kein Zufall. Da steckte ganz sicher System dahinter. Die Frage war: Wer saß am Ende des Hebels? Wer war die Spinne im Netz? Und was konnten sie tun, um diese Spinne so schnell wie möglich zu fangen?

»Hallo!«

Burgner hörte unvermittelt eine Stimme hinter sich und drehte sich um. Vor ihm stand ein Mann, den er bislang nur aus dem Fernsehen kannte: Lennart Lüneburg, der smarte Außenreporter der lokalen Abendnachrichten. Wie kam der hierher? Und vor allem, woher wussten die Medien so schnell von dem Brand?

Burgner brummte einen Gruß und sah den Fernsehmann fragend an, hinter dem zwei weitere Menschen herumtanzten, von denen einer mit einer Kamera und einer mit einem Knäuel Kabel beladen war.

»Wir drehen hier einen Bericht für die nächste Sendung und würden gern ein kurzes Interview mit Ihnen machen, wenn Sie nichts dagegen haben. Sie sind doch für die Ermittlungen zuständig, nicht wahr?«

Burgner nickte seufzend. Nach dem Gespräch mit Dirks von neulich hatte er große Vorbehalte gegenüber dem Kontakt mit den Medien. Dirks hatte ihn ziemlich zurechtgestutzt. Auf der anderen Seite war dies hier in der Tat sein Fall. Und vielleicht hatte es ja auch sein Gutes, wenn die Öffentlichkeit eingeschaltet wurde. Manchmal half das dem Fortgang der Ermittlungen auf die Sprünge.

»Also?«, fragte Lüneburg ungeduldig. »Sind Sie bereit?«

Schulterzuckend stimmte Burgner schließlich zu.

Der Reporter notierte sich Burgners Namen mit einem dicken Faserstift auf einem DIN-A4-Blatt, mit dem sich der Kabelträger anschließend neben die Kamera stellte und es in die Höhe hielt. Ein Scheinwerfer wurde angeschaltet und im nächsten Moment nahm Lüneburg Haltung an. »Auf mich auf drei - zwei - eins«, sagte er in die Linse und setzte sein Dauerlächeln auf. »Wieder brannte ein Haus und wieder war es kein Unfall - sondern Brandstiftung! Da stellt sich sofort die Frage: Leben wir mit einer ernsten Bedrohung, weil möglicherweise ein Serientäter umgeht?« Lüneburg drehte den Kopf und visierte Burgner an. »Neben mir steht Kriminalkommissar Jan Burgner vom Landeskriminalamt. Herr Burgner: Müssen sich die Berliner und Brandenburger weiter fürchten?«

Burgner räusperte sich und überlegte krampfhaft, wie er auf die Frage des Reporters am besten reagieren sollte. Würde er zustimmen, breitete sich möglicherweise Panik unter den Leuten aus. Würde er die Situation verharmlosen, machte er sich unglaubwürdig.

»Wir ermitteln in alle Richtungen«, sagte er schließlich. »Und zum jetzigen Zeitpunkt ist es auch noch zu früh, diesen Brand hier ohne weitere Indizien den beiden anderen Bränden der letzten Tage zuzuordnen.«

Der Kameramann schwenkte auf die Fassade des Hauses.

»Sie weisen also Stimmen zurück, die von einer Brandserie sprechen und vor weiteren Attacken des Täters warnen.«

Der Kommissar hob die Augenbrauen. »Es ist weder der richtige Zeitpunkt für Panikmache noch dürfen wir die Sache herunterspielen. Aber alles in allem kann ich den Berlinerinnen und Berlinern versichern, dass wir mit aller Kraft an der Aufklärung des Falles arbeiten.«

»Das klingt nach Beruhigungstaktik ...«

Burgner sah mit einem Schulterblick, wie im Hintergrund ein Feuerwehrmann durch das Bild stapfte. »Das sind die Fakten. Und ich halte nichts von vorschnellen Beurteilungen oder Einschätzungen. Wir werden auch diesen Brand hier gründlich untersuchen und die Ursache ermitteln. Und dann entscheiden wir, wie weiter zu verfahren ist.«

Lüneburg nickte mit gespielter Ehrfurcht. Dann legte er den Kopf schräg und starrte in die Kamera. »Es ist also alles offen für neue Brandanschläge in Berlin und Brandenburg. Und die Polizei tappt weiter im Dunkeln.« Der Reporter machte eine bedeutungsvolle Pause, um schließlich zu seiner Verabschiedung überzuleiten: »Das war Lennart Lüneburg aus der Schöneberger Elßholzstraße für ...« Er nannte die drei Buchstaben des Senders und lächelte ein letztes Mal anhaltend in die Kamera, bis der darauf aufgesteckte Scheinwerfer verlosch. Dann nahm er sein Mikro herunter und schnalzte mit der Zunge. »Na, wie war ich?«, fragte er seinen Kameramann. Der hob den Daumen und im nächsten Moment waren die Fernsehleute verschwunden und ließen den Kommissar mit einem faden Nachgeschmack zurück.

»Hoffentlich geht das gut«, murmelte er vor sich hin und wandte sich dann wieder Peter Wolters und dessen Tochter zu, die das Interview aus der Nähe mitverfolgt hatten.

»Du hast es nicht leicht, Jan.« Wolters legte dem Kommissar eine Hand auf die Schulter und machte ein teilnahmsvolles Gesicht, aber Burgner winkte nur ab.

Einen Augenblick lang standen sie nebeneinander und blickten die Hauswand empor. Die Rauchschwaden waren weniger geworden.

»Ich werde wohl Mama mal anrufen müssen«, sagte Julia schließlich an Wolters gewandt. »Wenn sie den Fernseher einschaltet, bekommt sie sonst vielleicht einen Schock.«

Peter Wolters nickte. »Hast du ihr eigentlich schon von unserem ... Wiedersehen erzählt?«, fragte er zögernd.

Julia schüttelte den Kopf. »Noch nicht«, sagte sie leise. »Ich muss das Ganze erst einmal selbst richtig begreifen. Und sehen, wie ich damit umgehen soll. Schließlich hat Mama mir jahrelang die Wahrheit verschwiegen.«

Burgner räusperte sich. Ihm war es ein wenig peinlich, das private Gespräch zwischen Julia und ihrem Vater mit anzuhören. Außerdem drängte die Zeit und er wollte mit Kühn weitermachen, der inzwischen eingetroffen war.

Julia lächelte ihn an und er lächelte zurück. »Ich müsste dann eigentlich los«, sagte er und hielt Wolters den Schlüssel seines Wagens hin. »Nimm du mein Auto, ich fahre mit einem Kollegen. Wir haben noch zu viel zu tun. Es ist höchste Zeit, dass wir in dieser Sache zu einem Ergebnis kommen.«

»Ich glaube, das ist eine gute Idee, dass dir Herr Burgner seinen Wagen gibt«, wandte sich Julia an ihren Vater. »Und wenn du nichts dagegen hast und dein Angebot noch gilt, würden Damian und ich gern für die nächsten Tage zu dir ziehen.«

Wolters schmunzelte und Burgner auch.

»Jan«, sagte der Kommissar schließlich zu Julia. »Ich heiße Jan.«

*

Nachdem Burgner sich wenige Minuten später von Peter Wolters und seiner Tochter verabschiedet hatte und diese nach Dannow aufgebrochen waren, ging er auf den Hauseingang zu. Im Flur bei den Briefkästen kam ihm Lippert von der Spurensicherung entgegen.

»Morgen, Jan! Wir können zwar noch nicht viel sagen, aber offenbar haben wir es hier mit einem technischen Defekt in der Klimaanlage der Wohnung zu tun.«

»Ein technischer Defekt? Also keine Brandstiftung?« Burgner glaubte nicht, was er da hörte.

Der Mann von der Spurensicherung schüttelte den Kopf. »Der Brand selbst ist nicht durch diesen Defekt ausgelöst worden. Nur die Folgen, die katastrophale Wirkung.«

»Du meinst ...«

Lippert nickte. »Jemand hat nach unseren ersten Erkenntnissen eine Brandflasche in die Küche geworfen und damit – wohl tatsächlich aus purem Zufall – im Zusammenspiel mit einer defekten Dichtung der Klimaanlage eine Explosion ausgelöst.«

»Das klingt mehr als abenteuerlich ...«

»Es scheint so gewesen zu sein. Und es wäre auch eine Erklärung dafür, weshalb sich der Brand und die Zerstörung im Großen und Ganzen nur auf die eine betroffene Wohnung konzentriert.«

Burgner verzog das Gesicht. Eine merkwürdige Sache, wie er fand. Konnte das wirklich Zufall sein? Nach allem, was passiert war? »Kommt so was häufiger vor?«

»Was genau meinst du?«

»Dass Klimaanlagen undicht werden und explodieren.«

Lippert verneinte es. »Das ist relativ selten. Ich selbst habe es schon einmal in Hamburg erlebt, als ich noch dort bei der Kripo war. Und vor rund einem Jahr ging ein Bericht über eine Explosion in einem Restaurant in Kalkutta durch die Presse. Ursache war ein Defekt in der Klimaanlage ...«

Burgner hob die Augenbrauen. Dann bedankte er sich bei Lippert und verließ das Haus. Was er wissen wollte, wusste er jetzt.

25. Kapitel

Der Anruf war um kurz nach halb fünf gekommen. Er hatte einen Schreck bekommen, als das Telefon geklingelt und er auf die Uhr geschaut hatte. Um diese Zeit rief normalerweise nie jemand an.

Mit zitternder Hand hatte er den Telefonhörer abgenommen und sich gemeldet. Und der Mann am anderen Ende der Leitung war sofort zur Sache gekommen. Er hatte gemeint, dass die Zeit jetzt reif sei. Dass sie jetzt nicht mehr länger warten könnten. Und dass gehandelt werden musste. Die nächsten vierundzwanzig Stunden mussten die Entscheidung bringen, daran gäbe es nichts herumzudiskutieren. Und der Mann hatte keine Zweifel offen gelassen, wie diese Entscheidung auszufallen hatte: zu seinen Gunsten. Schließlich hatte er das Sagen. Er hatte die Macht. Und er würde zum Ziel kommen. So oder so.

Nachdem alle Details besprochen waren und das Gespräch beendet war, schlich er sich zurück in sein Schlafzimmer. Er legte sich aufs Bett und schloss die Augen. Er versuchte ruhig zu werden, aber es gelang ihm nicht. Das, was vor ihm lag, war ein riskantes Unterfangen. Ein sehr riskantes Unterfangen. Es war eine Sache, die ihn nicht nur Kopf und Kragen, sondern unter Umständen seine Freiheit und vielleicht auch sein Leben kosten konnte.

Irgendwann stand er auf und stellte sich ans Fenster. Sah hinaus in die Morgendämmerung, die sich über die Dächer der Häuser legte. Am Himmel war keine Wolke zu sehen. Nur der Mond stand noch da. Voll und rund. Und irgendwie unbeeindruckt von allem hier unten. Den Mond interessierte es nicht, was hier vor sich ging. Hier an diesem Ort. In diesem Dorf. Wo ein Tag anbrach, wie ihn Dannow noch nicht erlebt hatte.

26. Kapitel

»Wir sollten noch einmal ganz zum Anfang der Sache gehen. Zum ersten Brandort. Zum Haus von Else Reißlein.« Burgner rührte in einem Plastikbecher mit Kaffee, den Kühn irgendwo aufgetrieben hatte. Nachdem der Kollege in der Elßholzstraße aufgetaucht war, hatte Burgner ihn über alles in Kenntnis gesetzt, was bis zum gegenwärtigen Zeitpunkt an Fakten zusammengetragen worden war. Irgendwann waren sie auch auf das Interview zu sprechen gekommen, das der Kommissar den Fernsehleuten gegeben hatte.

»Dieser Reporter, dieser Lüneburg …«, Burgner nahm den letzten Schluck aus seinem Becher, »er und die Presse scheinen zu glauben, dass es zwischen den drei Bränden einen Zusammenhang gibt. Siehst du das auch so?«

Kühn zog die Schultern hoch. »Zwischen dem Brand im Reißlein-Haus und dem in eurem Dorf schon. Da gibt es ja auch einige Parallelen. Ich denke an die verwendeten Propangasflaschen. Und daran, dass beide Grundstücke Objekte von Dürres Begierde sind.«

Burgner nickte.

»Dieser Brand hier ist – wenn du diesen Ausdruck gestattest – dilettantisch ausgeführt worden. Eine mit etwas Verdünnung gefüllte Flasche in eine Wohnung zu werfen, noch dazu durch ein geschlossenes Fenster, führt normalerweise nicht zu einem größeren Brand.«

»Na ja …«

»Außerdem ist hier nicht ein ganzes Haus betroffen, sondern nur eine einzelne Wohnung. Sonst hätte der Täter das Feuer im Keller oder auf dem Dachboden gelegt. Und das Haus steht auch nicht auf Dürres Wunschliste. Und weißt du auch, warum nicht?«

Burgner schüttelte den Kopf. »Keine Ahnung. Sag's mir!«

Kühn schmunzelte wissend. »Weil es ihm bereits gehört! Ich habe vorhin gleich eine Abfrage beim Liegenschaftskataster gemacht, als du mich angerufen hast …«

»Das macht die Sache noch verwirrender«, entgegnete Burgner, drückte den leeren Kaffeebecher zusammen und warf ihn in einen Papierkorb, der direkt neben ihnen an einer Laterne befestigt war. »Aber lass uns jetzt keine Zeit verlieren. Fahren wir in die Waldstraße. Irgendwie habe ich das Gefühl, dass wir dort vielleicht fündig werden.«

*

Wenig später saßen sie in Kühns BMW und waren auf dem Weg nach Niederschönhausen zum Ort des ersten Brandes. Zur Ruine des Hauses von Else Reißlein.

Unterwegs berichtete Kühn, was gestern am späten Nachmittag noch los gewesen war, nachdem Burgner sich in den Feierabend verabschiedet hatte. Kühn hatte sich nicht bremsen können und veranlasst, den Chefs der DÜRRE AG einen weiteren Besuch abzustatten. »Die Kollegen vom Abschnitt haben die Büroräume von Dürre noch mal aufgesucht, um die Herren nach einem Alibi für die Tatzeiten zu befragen.«

»Auweia ...«

»Ich habe auch unsere hübsche Schwedin mitgeschickt.«

»Und?«

»Dürre und von Wallerstein hatten wohl keine Chance gegen Marias Charme. Jedenfalls haben sich die Kollegen nicht abwimmeln lassen und schließlich erreicht, dass ein förmliches Protokoll aufgenommen wurde.«

»Mit welchem Ergebnis?«

Kühn seufzte. »Wie erwartet: Dürre war laut der Eintragung in seinem Terminkalender auf einer Geschäftsreise in Süddeutschland. Dafür gibt es Belege und wohl auch Personen, die das bestätigen können.«

»Und von Wallerstein?«

»Der war zwar in Berlin, hat sich aber in der Nacht, in der das Reißlein'sche Haus brannte, auf einer bis in die frühen Morgenstunden andauernden Familienfeier befunden. Und für die Tatzeit des Brandes in Dannow ...«

»... findet sich vermutlich auch jemand, der ihm ein Alibi gibt. Habe ich recht?«

Kühn nickte. »Frau Kofler, seine Empfangsdame. Die beiden Herren haben bis halb drei Uhr morgens die Planung für ein wichtiges neues Projekt durchgesprochen.«

»Und wer soll ihnen das glauben?«

»Die Dame hat es bestätigt.«

Burgner holte tief Luft. Im Grunde war ihm klar gewesen, dass man den beiden Geschäftsleuten nichts würde anhängen können.

»Aber es gibt noch eine weitere Neuigkeit.«

»Aha. Was denn für eine?«

Kühn nickte schelmisch. »Dein Bürgermeister. Er ist kein unbeschriebenes Blatt.«

»Sikorsky?«, Burgner war überrascht. »Was ist mit ihm?«

»Er wurde mal verurteilt. Wegen illegalen Glücksspiels.«

»Was?«

»Die Sache liegt schon eine Weile zurück. Und eigentlich ist es eine Bagatelle. Er kam mit einer Geldstrafe davon. Das Verfahren ist damals nur aus einem einzigen Grund so massiv verfolgt worden.«

»Und der wäre?«

»Weil Sikorsky seine Pokerrunden in Einrichtungen der Marine abgehalten hat.«

»Bei der Marine?«

»Ja. Er ist mal zur See gefahren.«

Burgner schüttelte nachdenklich den Kopf. Dass der Bürgermeister mal an der Küste gewohnt haben sollte, hatte er schon irgendwo gehört. Aber dass er bei der Marine war?

»In unserer Sache bringt es uns aber kaum weiter«, fuhr Kühn fort und bog in die Grabbeallee ein. »Wir werden uns wohl doch eher weiter auf die Immobilienfirma konzentrieren müssen. Hier scheinen alle Fäden zusammenzulaufen.«

Burgner nickte und sie fuhren eine Weile schweigend durch das nächtliche Berlin.

»Ein Freund hat mir erzählt, man könne jetzt auch online Blut spenden«, versuchte Kühn nach einer Weile einen Witz und zeigte auf einen Rettungswagen, der ihnen mit Blaulicht entgegenkam. »Es wird immer verrückter.«

Burgner schaute zur Seite und sah den Kollegen an. Kühn hatte seinen Humor trotz der späten Stunde und der zähen Ermittlungen nicht verloren.

»Neulich war ich beim Arzt«, fuhr der auch schon fort. »Bei der Untersuchung hat der Doktor Gummihandschuhe getragen und weißt du, was ich da zu ihm gesagt habe?«

»Keine Ahnung, was denn?«

»Ich habe gesagt, er würde die Handschuhe nur tragen, um keine Spuren zu hinterlassen …« Kühn begann laut und scheppernd zu lachen.

»Na, da hast du aber Glück gehabt«, entgegnete Burgner und tat völlig unbeeindruckt.

»Glück gehabt«, prustete Kühn, »wieso denn Glück gehabt?«

»Ganz einfach: Weil der Mann dich nicht gleich an einen Kollegen überwiesen hat.« Burgner tippte sich an die Stirn. »Einen, der auf derartige Erkrankungen spezialisiert ist.«

Mittlerweile hatten sie den Stadtteil Niederschönhausen erreicht und Kühn parkte seinen BMW direkt vor der Ruine des niedergebrannten Hauses. Die Trümmer hatte man notdürftig auf einen Haufen zusammengeschoben.

»Sieh dich doch mal um«, sagte Kühn schließlich, nachdem sie ausgestiegen waren, »alles feine neue Einfamilienhäuser drum herum. Dieses Haus hier – also als es noch stand – war das einzige alte Gebäude in der ganzen Straße. Ein Schandfleck. Ein Dorn im Auge. Ein Stein des Anstoßes, den man loswerden will, um das Wohnumfeld der Straße moderner, schöner und optisch ansprechender zu präsentieren. Der Totalverlust dieses Hauses zahlt sich für die Immobilienfirmen, die hier Häuser bauen und verkaufen, in barer Münze aus.«

»Diese Vermutung liegt nahe.«

»Es ist doch zum Mäusemelken!«, schimpfte Kühn schließlich. »Wir wissen mit ziemlicher Sicherheit, dass dieser Typ dahintersteckt, dieser Immobilienheini, aber wir können ihm nichts nachweisen!«

Burgner nickte. »Es gibt keinen einzigen stichhaltigen Beweis. Wir haben nichts in der Hand. Wie es aussieht, wird er völlig unbehelligt aus der Sache herausbleiben.«

Kühn schüttelte wütend den Kopf und trat gegen eine leere Coladose, die am Boden gelegen hatte und jetzt scheppernd durch den frühen Morgen flog. »Dieser Dürre ist ein Verbrecher!«

»Das sehe ich ja genau wie du. Aber wenn er behauptet, er habe nichts damit zu tun oder jemand wolle ihm übel mitspielen und diese Geschichte anhängen, um ihn fertigzumachen, dann müssen wir das erst mal so hinnehmen. Bis wir ihm das Gegenteil beweisen können.«

Vorsichtig machten die beiden Beamten sich auf den Weg und stiegen über die Trümmerteile hinweg zum hinteren Teil des Grundstücks. Ein altes Toilettenhäuschen, aus Holz und sogar mit dem klischeebehafteten Herzchen in der Tür, stand völlig unbeeindruckt von der Sachlage und offenbar auch völlig unbeschadet auf dem Hof. Burgner öffnete die Tür und warf einen Blick hinein. Er hatte keine Ahnung, was er suchte, und wenn es etwas Interessantes darin gegeben hatte, wäre es wohl längst von den Kollegen der Spurensicherung gefunden worden. Dennoch inspizierte er das stille Örtchen.

»Komm schon«, rief Kühn ihm nach ein paar Augenblicken zu, »in der Hütte findest du doch nichts mehr. Lass uns rübergehen in die Kneipe und unserem Freund, dem Wirt, einen Besuch abstatten. Wie hieß er noch?«

»Strutzke, wenn ich mich nicht irre. Hajo Strutzke.« Burgner schloss die Tür des Holzhäuschens und wandte sich um. Dann verließen Kühn und er das Grundstück der alten Frau Reißlein.

»Drei Brandanschläge innerhalb einer Woche!«, sagte Kühn schließlich, während sie die Kneipe ansteuerten. »Haben die Leute auch noch andere Hobbys? Ich meine: Gibt es eigentlich auch noch andere Verbrechen?«

»Was wäre dir denn lieber?«, gab Burgner zurück. »Raubmord? Entführung? Oder vielleicht Terroranschläge?«

Kühn winkte ab. »Ich meine ja nur, dass es ein bisschen viel auf einen Schlag ist. So was hatten wir in dieser Form, in dieser Häufung meines Wissens bisher noch nicht.«

An der nächsten Straßenecke wankte ein Betrunkener an ihnen vorbei und wäre um ein Haar gegen einen Hydranten gelaufen.

»Boah eh!«, rief der Betrunkene laut und torkelnd und wies mit dem ausgestreckten Arm zum Morgenhimmel. »Voll der Mond, eh! Voll der Vollmond!« Dann schwankte er, kippte zur Seite weg und stürzte, ohne sich abzufangen, auf das Straßenpflaster.

Burgner und Kühn waren im nächsten Augenblick bei dem Mann, versorgten ihn notdürftig und alarmierten dann die Zentrale. Zehn Minuten später war ein Rettungswagen vor Ort und übernahm die weitere Betreuung. Und Burgner erinnerte sich an den Scherz von Kühn. Mit Gummihandschuhen hinterließ man keine Spuren, dachte er. Aber wie kommen Spuren an einen Ort, an dem man nie gewesen ist? Wie kamen Julias Fingerabdrücke an den Tatort?

Diese Frage beschäftigte ihn noch immer. Und er wusste, dass er den Fall bald lösen musste. Dass er herausfinden musste, wie alles zusammenhing. Und ob Julia irgendwie in die Sache verwickelt war. Er musste den Täter finden und die Ermittlungen zu einem Abschluss bringen. So oder so. Und es stimmte schon: Bei der Immobilienfirma schienen alle Fäden zusammenzulaufen.

27. Kapitel

Es war nicht viel übrig geblieben. Im Grunde hatten die Flammen ihre gesamte Vergangenheit ausgelöscht. Zumindest, was Erinnerungsstücke, alte Tagebücher und sonstige Relikte aus vergangenen Tagen betraf.

Zwar hatte ihr Vater sie zunächst mit nach Dannow genommen, aber Julia hatte nicht viel schlafen können. So war sie schon bald am Morgen mit der Bahn hierher zurückgefahren und hatte sich bei Tageslicht einen Eindruck über das Ausmaß der Zerstörung ihrer Wohnung verschafft. Vielleicht hatte sie auch gehofft, den einen oder anderen Gegenstand wiederzufinden, der noch zu gebrauchen war, aber es gab nichts dergleichen. Vielleicht wären ein paar Pfannen oder Töpfe aus der Küche noch zu retten gewesen, aber zu ihrer eigenen Überraschung stellte Julia fest, dass es sie eigentlich nicht besonders berührte, dass sie alles verloren hatte. Ja, sie ertappte sich sogar bei dem Gedanken, dass die Sache vielleicht auch ihr Gutes hatte. Das Wort *Neuanfang* war ihr durch den Kopf gegangen und ein Satz ihres Vaters, den er ihr gesagt hatte, als sie von ihrer Arbeit und ihren Zukunftsplänen gesprochen hatte, und der ihr jetzt erstaunlicherweise wieder in den Sinn kam: *Sammelt keine Reichtümer hier auf der Erde an, wo Motten oder Rost sie zerfressen oder Diebe einbrechen und sie stehlen können. Sammelt eure Reichtümer im Himmel, wo sie weder von Motten noch von Rost zerfressen werden und vor Dieben sicher sind.* Ein Vers aus der Bibel, wie ihr Vater gesagt hatte. Julia hatte dieses Zitat im Kopf behalten. Und sie merkte, dass dieser Text auf irgendeine merkwürdige Weise beruhigend auf sie wirkte.

Nachdem sie sich davon überzeugt hatte, dass die Nachbarwohnungen wie durch ein Wunder kaum in Mitleidenschaft gezogen worden waren, verließ sie ihr altes Wohnhaus und war sich ziemlich sicher, nie wieder hierher zurückzukehren.

Da auch Julias Autoschlüssel ein Opfer der Flammen geworden waren und sie ihren Wagen ohne dazugehörigen Schlüssel nicht würde bewegen können, sah sie sich gezwungen, ein Duplikat von ihrem Autohändler zu besorgen. Der hatte sein Firmengelände in Spandau und so machte sich Julia wieder auf den Weg zur Bahn. Bis zum U-Bahnhof Yorckstraße waren es nur wenige Schritte und schon bald hatte sie ihn erreicht. Vor dem Eingangsbereich stand der ihr bekannte Zeitungsverkäufer wie ein Berliner

Original. Seit wer weiß wie vielen Jahren stand er dort. Wenn Julia zurückdachte, konnte sie sich an keinen Morgen erinnern, an dem sie hier in die U-Bahn gestiegen war, an dem der freundliche Mann mit der weißen Windjacke gefehlt hätte. Als 1989 die Mauer gefallen, Julia noch zur Schule gegangen und mit ihren Eltern hier in der Nähe gewohnt hatte, hatte der Zeitungsmann die BZ in der Hand mit der unglaublichen Schlagzeile *Die Mauer ist weg – Berlin ist wieder Berlin.*

Als im September 2001 die Terroranschläge in Amerika stattfanden: Der Zeitungsmann stand da und hielt die Schlagzeilen in die Höhe. All das waren Zäsuren in der Geschichte und sie hatten Julia bewegt. Aber das, was heute auf den Titelblättern der Gazetten stand, war viel schwerwiegender. Das, was heute auf den Titelblättern stand, erschütterte sie bis ins Herz, denn es betraf sie persönlich. *Feuer in Schöneberg* stand dort. Und: *Brandmonster-Anschläge immer dreister.*

Für einen kurzen Moment hatte sie den Gedanken, sich ein Exemplar zu kaufen, aber schließlich ließ sie es doch. Stattdessen ging sie erhobenen Hauptes in den U-Bahnhof und bestieg den Zug nach Spandau. Julia war sich sicher, dass sie den Quatsch aus den Zeitungen nicht brauchte. Dass sie nicht lesen musste, was sich irgendwelche Leute ausdachten, die sich wichtig machen wollten. Dass sie deren Panikmache nicht brauchte. Nein, Julia war sich auf wundersame Weise sicher, dass Jan den Fall lösen würde. Und dass alles zu einem guten Ende kommen würde.

28. Kapitel

Kühn hatte seine Idee tatsächlich durchgesetzt, einen Experten zu befragen, was an den Aussagen Reißleins dran sei. Wie viel Brisanz maß man in Fachkreisen dieser Chemtrail-Geschichte bei? Und gab es tatsächlich ernste Gefahren für fanatische Verfechter dieser Theorie, die Kühn selbst als Hirngespinst bezeichnete? Aber so ganz unwichtig war die Frage auch gar nicht, schließlich stand Reißleins Bitte im Raum, ihm Schutz zu gewähren. Wobei er keine konkreten Angaben hatte machen können, vor wem genau er geschützt werden wollte. Und allgemein gehaltene Aussagen wie *die, die hinter mir her sind,* nützten in einem polizeilichen Verfahren nicht viel. Also hatten die Beamten Ingo Reißleins Bitte erst einmal zurückgewiesen, ihm aber zugesagt, die Sache zu gegebener Zeit nochmals zu prüfen. *Zu gegebener Zeit* – das war eine oft und gern benutzte Formulierung, die jeglicher Greifbarkeit entbehrte. Sie konnte alles und nichts bedeuten. Jetzt oder nie. Je nach Lust und Laune. Burgner verwendete diese schwammige Phrase äußerst selten und auch dann nur ungern. Und er war froh, dass Kühn seine Zusage an Ingo Reißlein eingehalten hatte und der Sache nun nachging. Schließlich schien es dem jungen Mann zumindest so ernst zu sein, dass er ihnen seine – wie er es nannte – *geheime Handynummer* gegeben hatte.

Nach ihrem nächtlichen Einsatz im Zusammenhang mit Julias brennender Wohnung und der Versorgung einer hilflosen Person, sprich der Erstbehandlung und Betreuung des Betrunkenen, waren sie zunächst ins Präsidium gefahren und hatten in der Kantine gefrühstückt. Aber schon bald hatte sich das Institut von Professor Steier gemeldet und mitteilen lassen, dass der Professor jetzt Zeit für die Fragen der Berliner Polizei hätte und die Beamten – obwohl heute Samstag war – empfangen würde.

Professor Ulrich Steier war führender Mitarbeiter und wissenschaftlicher Leiter eines der größten Forschungsprojekte zum Thema Klimabeeinflussung durch den Menschen. Sein Büro befand sich unweit der Technischen Universität in der Hardenbergstraße. Schnell fanden Burgner und Kühn das Labor und den Professor. Steier war ein freundlich dreinblickender Mann, der dem Alter nach zu urteilen wohl kurz vor seiner Pensionierung stand. Er empfing die Beamten, führte sie in sein Büro und hörte sich geduldig an, um was es ging. Kühn hatte ihn zuvor schon mit ihrem Anliegen vertraut gemacht und so kamen sie relativ schnell zum Thema.

»Wenn wir von Klimabeeinflussungen durch Flugzeuge sprechen, dann meinen wir in der Forschung zuallererst mal Abgase, wie zum Beispiel Kondensstreifen.« Der Professor klappte eine kleine Mappe auf, die auf dem Tisch gelegen hatte, und wies auf ein Foto, auf dem man ein Flugzeug am Himmel sehen konnte, das eine weiße Spur hinter sich herzog. »Kondensstreifen bedecken zwar nur einen kleinen Teil des Himmels, vermindern aber durch Reflexionen an ihrer Oberseite tagsüber die Sonneneinstrahlung. Außerdem reduzieren sie durch eben diese Reflexion auch die natürliche Abkühlung der Erde. Auch können sie die Kondensation natürlich vorhandenen Wasserdampfes stimulieren. Es gibt daher ernst zu nehmende Vermutungen, dass das Klima durch die Kondensstreifen des Flugverkehrs beeinflusst wird.«

»Also gibt es durch Kondensstreifen tatsächlich eine Auswirkung auf das Klima?«

Der Professor hob die Schultern. »Die Stärke dieses Effekts und seine Rolle in Bezug auf die globale Verdunkelung beziehungsweise auf die globale Erwärmung ist bisher noch weitestgehend unerforscht. Allerdings gibt es eine Untersuchung zu diesem Problem. Und diese Untersuchung steht ausgerechnet im Zusammenhang mit den Terroranschlägen von New York am 11. September 2001.«

»Wie bitte?«

»Vom 11. bis 14. September 2001 hatten die Vereinigten Staaten ein dreitägiges Flugverbot über Amerika verhängt. Die Temperaturdifferenz zwischen Tag und Nacht während der Zeit dieses Flugverbots war um mehr als ein Grad größer als im Durchschnitt früherer Jahre.«

»Und was bedeutet das im Hinblick auf die Chemtrails-Theorie?«

Professor Steier schüttelte den Kopf. »Gar nichts. Es geht hierbei um die reinen Auswirkungen der Begleiterscheinungen normalen Flugverkehrs. Es geht um die Folgen der altbekannten Kondensstreifen und nicht um irgendwelche Chemikalien.«

Der Professor zog seine Schreibtischschublade auf und entnahm ihr eine Packung Hustenbonbons, von denen er sich eines in den Mund steckte, nachdem er den Polizisten ebenfalls ein Bonbon angeboten hatte. Beim Zurücklegen der Schachtel verhedderte sich Steier mit seinem eleganten Kittel am Schlüssel der Schublade, woraufhin er sich mit ungelenken Bewegungen bemühte, aus dieser misslichen Lage zu entkommen.

Das Erhabene liegt oft nah beim Lächerlichen, dachte Burgner.

»Aber eines ist bei alledem ganz offensichtlich. Egal ob Handystrahlung, Chemtrails oder Klimakatastrophe – die Menschen heutzutage sind völlig verunsichert und aufgeschreckt. Sie haben die Orientierung verloren und sind überfordert mit all dem, was auf sie einströmt und ihnen Angst macht. Und sie sehen keinen Ausweg.«

»Und was meinen *Sie*?«, fragte Kühn.

Der Professor zuckte mit den Schultern. »Ich habe auch kein Patentrezept. Und es gibt wohl auch keines.«

»Das stimmt nicht«, murmelte Burgner.

»Wie bitte?«

Der Kommissar räusperte sich. »Ich habe nur gesagt, dass es nicht stimmt.«

»Was stimmt nicht?«

»Dass es kein Patentrezept gibt.«

»Aha. Und was sollte das Ihrer Meinung nach sein?«

»Nicht *was*«, entgegnete Burgner und spürte, wie sein Herz zu klopfen begann. »Nicht *was*, sondern *wer*. So muss man fragen.«

Der Professor legte die Stirn in Falten. »Also gut: *Wer* sollte es Ihrer Meinung nach sein?«

Burgner hielt den fragenden Blick des Professors einen Moment lang aus. Er musste es sagen. Er hatte sich schließlich selbst in diese Situation hineinmanövriert. Der Kommissar atmete tief ein. Dann sagte er es einfach: »Jesus Christus.«

Steier schürzte die Lippen. Schließlich erhob er sich und nickte leicht. »Sie haben sicher nicht ganz unrecht. Der Glaube könnte manch einem vielleicht helfen …«

»Es ist nicht einfach nur ein unbestimmter Glaube, der hilft«, gab Burgner zurück und dachte an das Psychologieseminar, das Bestandteil seiner Polizeiausbildung gewesen war. Man hatte den angehenden Polizisten viele interessante Dinge erzählt und ihnen erklärt, wie Menschen ticken und solche Sachen. Nun ja, letztlich war das alles ja nicht gänzlich falsch; aber wenn jemand meinte, den christlichen Glauben als ein Hilfsmittel zur Lebens- und Stressbewältigung wie viele andere zu betrachten, lag er damit kolossal falsch! Denn all die anderen Hilfsmittel waren nichts als eine billige Kopie. Nur Gott allein ist es, der spontan, nachhaltig und wirkungsvoll

Hilfe geben kann, wenn es an die wirklichen Lebensfragen und Probleme geht.

Der Kommissar sah dem Professor in die Augen. »Jesus«, hörte er sich sagen, »Jesus hat versprochen, uns zu helfen, wenn wir uns mit Alltagssorgen herumplagen und unter der Last des Lebens leiden. Und wer sich auf dieses Angebot von ihm einlässt, wer Jesus das Kommando übernehmen lässt, der bekommt auch die versprochene Stärkung und den Trost, den er uns in Aussicht gestellt hat.«

Der Professor ließ seine Arme an den Seiten seines Kittels herunterhängen und sah mit einem Mal ziemlich traurig und unsicher aus. »Ich habe mich zuletzt als Konfirmand mit dem Christentum beschäftigt, dann wurden andere Dinge wichtiger«, sagte er und Burgner hatte den Eindruck, dass dieser Mann selbst einer von denen war, die er zuvor beschrieben hatte: einer, der aufgeschreckt und verunsichert war. Und Burgner hoffte für ihn, dass sich dies noch ändern würde.

29. Kapitel

»Mit dir muss man sich ja wirklich vorsehen, Jan!« Kühn grinste und wuschelte sich durch die Haare am Hinterkopf. »Wo man auch hinkommt: Du bringst die Leute mit deinen Worten in Verlegenheit.«

Burgner grinste zurück. »Red ruhig weiter.«

»Du lässt keine Gelegenheit aus zu missionieren, was? Irgendwie kommt man in deiner Nähe früher oder später immer auf das Thema Kirche zu sprechen.«

Burgner schüttelte heftig den Kopf. »Ganz sicher nicht.«

»Wie bitte?«

»Ganz sicher nicht auf das Thema Kirche. Denn es geht nicht um die Kirche, sondern um den Glauben an Gott und vor allem um Jesus. Das hat zunächst mal gar nichts mit der Kirche zu tun.«

»Aber du bist doch in der Kirche …«

»Ja. Aber ich erzähle den Leuten nicht von Jesus, um sie für die Kirche zu gewinnen, wie für einen Angelverein oder für eine Versicherung. Es geht darum, ihnen den Weg zum ewigen Leben zu zeigen.«

Kühn blieb stehen und sah Burgner entgeistert an. »Den Weg zum …«

»… ewigen Leben, ja. ›Denn Gott hat die Welt so sehr geliebt, dass er seinen einzigen Sohn hingab, damit jeder, der an ihn glaubt, nicht verloren geht, sondern das ewige Leben hat.‹ Steht in der Bibel. Bei Johannes. Kapitel drei Vers sechzehn.«

Kühn blies die Backen auf und ließ die Luft darin dann langsam und geräuschvoll durch seine Lippen ausströmen. Dann deutete er auf seinen Wagen, zog den Zündschlüssel hervor und entsperrte mit der Fernbedienung die Zentralverriegelung.

Burgner öffnete nachdenklich die Beifahrertür und nahm Platz. »Es stimmt schon, was du sagst«, sagte er schließlich, als sie nebeneinandersaßen.

Der Kollege sah zu ihm herüber.

»Dass das Thema immer wieder auf den Glauben kommt.«

Kühn grinste. »Sag ich ja – du bist der geborene Missionar!«

»Nein«, entgegnete Burgner, »es ergibt sich manchmal einfach so. Ohne dass ich viel tue.« Er griff nach dem Sicherheitsgurt und schnallte sich an. »Aber ich vermute mal, das geht allen so, die sich für ein Leben mit Jesus entschieden haben. Man möchte von diesem großartigen Geschenk einfach weitersagen, das man selbst bekommen hat.«

Tobias Kühn nickte vorsichtig. Dann startete er den Motor und gab Gas.

*

Eine gute halbe Stunde später waren sie im Präsidium. Nachdem Kühn sich in der Kantine mit einer Halbliterflasche Cola und einer Tüte Erdnusskerne versorgt hatte, machten sie sich auf den Weg zu ihrem Büro. Als sie es betraten, hing Maria Ingvarsson gerade am Telefon und winkte die beiden Beamten heran.

»Einen kleinen Moment«, sagte sie in den Hörer und hielt dann ihre Handfläche über die Sprechmuschel.

»Wer ist dran?«, fragte Kühn.

Die Schwedin zuckte mit ihren schmalen Schultern. »Ein Herr Dreyer möchte dich sprechen«, sagte sie an Kühn gewandt und reichte ihm den Telefonhörer.

»Dreyer? Wer soll das sein? Ich kenne keinen, der so heißt. Dreyer – hat man so was nicht beim Würfeln?« Kopfschüttelnd nahm Kühn den Hörer entgegen und meldete sich knapp. Eine Zeit lang lauschte er in das Gerät, brummte hin und wieder sonor, bedankte sich schließlich artig und legte auf.

»Doch ein alter Bekannter?«, grinste Burgner. »Vielleicht vom Würfeln?«

Kühn quittierte Burgners Bemerkung mit einem spöttischen Blick. Dann zeigte er auf das Telefon. »Das war der Mann, der mir neulich fast die Klamotten vollgek…«, Kühn sah zu Maria Ingvarsson und änderte dann seine Wortwahl, »… den wir betrunken aufgegriffen und in die Klinik gebracht haben.«

»Der Mann von der Waldstraße?«

»Genau der.«

»Und was wollte er? Sich bedanken?«

»Das auch.« Kühn schraubte seine Colaflasche auf und nahm einen Schluck. »Er hat irgendwie herausgefunden, dass wir in der Hausbrandsache ermitteln. Keine Ahnung, woher er überhaupt meinen Namen und meine Telefonnummer hat, aber er hatte eine interessante Information für uns.«

Burgner horchte auf. »Und die wäre?«

»Er war in der Tatnacht in der Nähe des Reißlein'schen Hauses und hat einen Mann beobachtet, der sich auffällig benommen hat.«

»Inwiefern?«

»Der Mann, den Dreyer beobachtet hat, soll sich an der Fassade des Hauses herumgedrückt haben. Dreyer hätte ihn auch angesprochen, aber der Kerl habe ihm mit einer unflätigen Bemerkung zu verstehen gegeben, dass er sich vom Acker machen solle.«

»Und?«

»Er kannte den Mann. Es war Ingo Reißlein!«

✷

Es war ihnen gelungen, Reißlein relativ schnell ins Präsidium zu bekommen. Seine geheime Handynummer kannten sie ja und so hatte Kühn ihn angerufen und gesagt, dass es Neuigkeiten im Zusammenhang mit seinem Ersuchen um Polizeischutz gäbe. Und dass er unverzüglich zu ihnen kommen sollte. *Wenn Ihnen Ihr Leben lieb ist,* hatte Kühn sich nicht verkneifen können hinzuzufügen und die Panikmache hatte ihre Wirkung nicht verfehlt. Nun saß Ingo Reißlein wie schon gestern auf dem Besucherstuhl in Kühns und Burgners Büro und strahlte übers ganze Gesicht. »Hey – ich hab Sie vorhin im Fernsehen gesehen!«, rief er Burgner zu, als dieser sich ihm gegenübersetzte. »In den Morgennachrichten!«

Der Kommissar rollte mit den Augen. Das Interview mit Lennart Lüneburg! Offenbar war es nun gesendet worden.

»Herr Reißlein«, begann Burgner vorsichtig und behutsam, »ich muss Ihnen eines vorweg sagen, bevor wir uns unterhalten. Es ist sehr wichtig und ich bitte Sie, genau zuzuhören: Sie sind heute nicht als Zeuge oder als anzeigender Bürger hier.«

Reißlein machte eine galante Bewegung. Vermutlich verstand er gar nicht, worauf Burgner hinauswollte.

»Sie sind heute als Beschuldigter hier. Als Beschuldigter in mindestens einem Brandfall.«

»Waaas?« Reißlein schnellte empor, aber Kühn, der neben ihm auf der Kante des Schreibtisches saß, drückte den Mann zurück auf den Stuhl.

»Sie stehen unter dringendem Tatverdacht, auf das Haus Ihrer Mutter in der Waldstraße in Berlin-Niederschönhausen einen Brandanschlag verübt zu haben, mit dem Ziel, das Haus zu zerstören und das Grundstück anschließend an die Immobilienfirma DÜRRE zu verkaufen beziehungsweise Ihre Mutter dazu zu bringen, ihr Grundstück zu verkaufen. Damit Sie selbst zu Geld kommen ...« Burgner sah Reißlein ernst an.

»Das ist doch vollkommen absurd!«, erwiderte der und schlug sich an die Stirn. »Ich und ein Brandanschlag! Auf das Haus meiner Mutter! Das ist das Bescheuertste, was ich je gehört habe.«

»Sie machen Ihre Lage nicht besser dadurch, dass Sie uns anlügen«, schob Kühn ein. »Wir haben einen Zeugen.«

Reißlein schien für den Bruchteil einer Sekunde zusammenzuzucken. »Einen ... Zeugen? Wofür?«

»Herr Reißlein«, Burgner blieb bei seinem ruhigen Tonfall, »seien Sie vernünftig und erzählen Sie uns die Wahrheit.«

Reißlein schwieg und starrte den Kommissar an.

»Sie wissen doch selbst, wie sehr Sie diese Sache belastet, Ingo. Legen Sie ein Geständnis ab und ich verspreche Ihnen, dass Sie sich hinterher besser fühlen werden.«

Der junge Mann holte tief Luft. Dann nahm er seine Nickelbrille von der Nase, klappte sie zusammen und legte sie vor sich auf den Schreibtisch. Er schloss die Augen und senkte den Kopf. »Es begann mit anonymen Anrufen«, sagte er leise. »Zuerst war niemand dran. Die Anrufe kamen immer nachts und ich schreckte jedes Mal auf. Ich hatte keine Ahnung, wer dran war und was derjenige von mir wollte, aber ich bekam es mit der Angst zu tun. Mit meiner emsigen Arbeit zu den Verschwörungstheorien und vor allem zu der Chemtrails-Geschichte hatte ich mich ziemlich weit aus dem Fenster gelehnt. Irgendwann habe ich dann einen Kumpel angerufen. Der arbeitet an exponierter Stelle und hat eine Fangschaltung eingerichtet. Das ist zwar illegal, aber es war effektiv und wir haben herausgefunden, wer hinter den Anrufen steckte.«

»Und wer war es?«

Reißlein hob den Kopf und sah Burgner in die Augen. »Dürre.«

Kühn pfiff durch die Zähne und Burgner nickte Reißlein aufmunternd zu, weiterzuerzählen.

»Ich habe ihn dann eines Nachts direkt angesprochen. Als das Telefon geklingelt und ich abgenommen hatte, habe ich einfach gesagt, *Guten*

Abend, Herr Dürre! Hören Sie auf mit dem Quatsch und sagen Sie mir, was Sie von mir wollen. Dann kam er schnell zur Sache und begann, mich konkret zu erpressen. Wie lange er das Spiel mit den nächtlichen Anrufen noch fortgesetzt hätte, wäre er nicht von mir ertappt worden, bleibt wohl sein Geheimnis.«

»Seit wann gab es denn diese Bedrohungen?«

»Seit den Verkaufsforderungen an meine Mutter. Seit Mutter diesem Dürre und seinen Leuten eine Abfuhr erteilt hat. Dürre muss es irgendwie spitz gekriegt haben, womit ich mich befasse. Er sagte, er habe Kontakte zu Leuten, die sehr dankbar für Informationen und Adressen von Menschen wären, die sich mit derartigen Dingen beschäftigen.«

»Klar«, nickte Burgner, »übers Internet kriegt man heutzutage ja schnell raus, womit sich jemand beschäftigt. Da reicht es ja schon, in den einschlägigen Foren etwas herumzustöbern. Wenn man dann noch ein wenig googelt, hat man meistens schnell den Namen desjenigen, der dahintersteckt.«

Reißlein nickte. »Ich habe etliche Beiträge verfasst, das stimmt.«

»Und was passierte dann?«, mischte sich Kühn ein.

»Dürre hat verlangt, dass ich meine Mutter zu einem Verkauf überreden soll. Aber das war unmöglich. Mutter war das angebotene Geld vollkommen egal, ganz gleich in welcher Höhe. Sie blieb bei ihrem Entschluss, an solche Leute unter keinen Umständen zu verkaufen.«

»Und wie hat Dürre darauf reagiert?«

»Er hat gesagt, dann könne er mir nicht mehr helfen. Er würde meine Daten an die entsprechenden Kreise weiterleiten. Die würden sich meiner dann annehmen …«

Kühn hob die Augenbrauen. »Und das haben Sie ihm geglaubt?«

Reißlein nickte. »Die Bedrohung ist schon real. Es gibt durchgeknallte Typen. Auf beiden Seiten. Militante Fundamentalisten. Die scheuen auch vor einem Mord nicht zurück. Für die gehört das zum Tagesgeschäft.«

Burgner lockerte seinen Krawattenknoten und öffnete den obersten Knopf seines Hemdes. »Wie haben Sie darauf reagiert?«

»Nun ja«, der junge Mann setzte seine Brille wieder auf. »Ich hatte Angst. Eine Riesenangst. Und ich habe Dürre angefleht, es nicht zu tun. Meine Identität nicht preiszugeben.«

»Und er?«

»Er hat gelacht. Gelacht und blöde Bemerkungen von sich gegeben. Letztlich hat er mir dann ein Angebot gemacht, das ich vollkommen verrückt fand: Er bot mir eine schöne Stange Geld an. Geld, mit dem ich hätte ein neues Leben beginnen können. Vielleicht in Amerika, vielleicht auch anderswo. Als Gegenleistung wollte er, dass ich Mutters Haus in Brand setze.«

Also doch! In diesem Moment wusste Burgner, dass sie auf der richtigen Fährte waren. Es war nicht direkt ein Bluff gewesen, aber allein mit der Aussage dieses ominösen Herrn Dreyer hätte man Reißlein kaum etwas nachweisen können.

»Die haben mir vollkommen das Hirn verdreht«, fuhr Reißlein etwas leiser fort. »Und ich Idiot habe auch noch zugestimmt. Habe ihnen geholfen, die Örtlichkeiten auszukundschaften. Ihnen von Mutters Gewohnheiten erzählt.«

»Sie haben tatsächlich die Dreistigkeit und Skrupellosigkeit besessen, das Haus Ihrer eigenen Mutter abzufackeln?« Kühn sprang auf und lief erzürnt um die Schreibtische herum. »Das finde ich so niederträchtig und schäbig … Sie machen mich krank, Mann!«

»Aber ich habe bei diesem irren Auftrag nicht mitgemacht! Ich habe das Haus nicht angezündet! Ich habe Dürres Leuten zwar geholfen und ihnen Informationen gegeben, das schon. Und in der Nacht, in der sie Mutters Haus in Brand gesteckt haben, war ich auch dort und habe zugesehen. Vielleicht, weil ich es mit eigenen Augen sehen wollte. Weil ich es nicht glauben konnte, dass sie es tatsächlich tun. Aber ich habe den Sprengsatz nicht gebaut, das könnte ich gar nicht. Und ich habe ihn auch nicht gezündet, das müssen Sie mir glauben!«

Burgner hob die Augenbrauen. »Wie sollen wir Ihnen nach alledem noch glauben? Und eines ist ohnehin ganz sicher: Auch Sie werden sich verantworten müssen. Und die Strafe wird nicht gering ausfallen, fürchte ich.«

Ingo Reißlein vergrub das Gesicht in den Händen. »Ich habe das doch alles nicht gewollt! Und ich habe doch auch nicht wissen können, dass Mutter zu Hause war! Sie hatte mir gesagt, sie würde in dieser Woche zu ihrer Schwester nach Heilbronn fahren. Ich verstehe nicht, weshalb sie nicht gefahren ist. Hätte ich gewusst, dass Mutter …«

»Aber Sie hätten das Licht doch sehen müssen«, entgegnete Kühn. »Ihre Mutter hat angegeben, die Explosion habe sich ereignet, kurz nachdem sie das Licht gelöscht und zu Bett gegangen sei. Wörtlich hat sie gesagt: *Als hätte jemand darauf gewartet, dass ich mich schlafen lege.*«

Reißlein schüttelte den Kopf. »Sie hat kaum Elektrogeräte, aber sie hat immer eine Zeitschaltuhr an der Stehlampe in ihrem Schlafzimmer, wenn sie nicht zu Hause ist. Wegen möglicher Einbrecher. Ich habe geglaubt …«

»Wer war es dann, wenn Sie es nicht waren, Herr Reißlein? Wer hat den Sprengkörper gezündet?«

Ingo Reißlein hob den Kopf und sagte dann mit fester Stimme: »Einer von Dürres Leuten. Vermutlich genauso ein armes Schwein wie ich, das sie unter Druck gesetzt haben. Der Mann heißt Walter Sikorsky.«

30. Kapitel

Im Autohaus hatte man ihr schnell und unkompliziert geholfen. Im Nu war Julia im Besitz eines neuen Schlüssels. Und zu guter Letzt hatte sie der Autohändler höchstpersönlich in die Elßholzstraße zu ihrem Wagen chauffiert um, wie er es sagte, den neuen Schlüssel auszuprobieren. Julia war sich sicher, dass der Mann in den Nachrichten erfahren hatte, was passiert war, und aus Mitleid handelte. Auch wenn er das nicht offen zugab.

Nachdem ihr Mini Cooper wieder einsatzbereit gewesen war, hatte Julia Berlin verlassen und sich auf den Weg zurück nach Dannow gemacht. Wie lange sie dort bleiben würde und wo ihr neues Zuhause sein könnte, darüber hatte sie sich noch keine tiefer gehenden Gedanken gemacht. Im Moment konzentrierte sie sich auf das, was im Augenblick wichtig war. Und das war mehr als genug.

Die Frage, wer hinter dem Anschlag auf ihre Wohnung stecken könnte, ging ihr nicht aus dem Kopf. Und diese Frage hatte ja im engeren Sinne auch damit zu tun, ob sie weiterhin in Gefahr war oder nicht. Aber letztlich konnte sie ohnehin nicht viel tun, um sich zu schützen. Wenn es sie treffen sollte, so würde es geschehen.

*

Gegen dreizehn Uhr war Julia in Dannow eingetroffen und hatte mit ihrem Vater zu Mittag gegessen. Anschließend hatte er vorgeschlagen, sich ein wenig die Füße zu vertreten und eine Runde durchs Dorf zu drehen. Vielleicht auch über die Felder zu laufen. Hinten am Waldrand, wo es ein bisschen Schatten gab und die Sonne nicht ganz so unbarmherzig brannte. Julia hatte dem Vorschlag ihres Vaters fröhlich zugestimmt, und so waren sie am frühen Nachmittag aufgebrochen und in Richtung Dorfzentrum gelaufen. Zuerst hatte Julia ein flaues Gefühl gehabt, wenn sie Nachbarn begegneten, schließlich hatte man sie auf dem Kieker gehabt und für den Brand im Haus von Bruno Vogel verantwortlich gemacht. Julias diesbezügliche Befürchtungen lösten sich aber schnell in Wohlgefallen auf. Offenbar war den Dannowern über die Medien bekannt geworden, was ihr selbst zugestoßen war, und jetzt hatten sie sogar Mitleid mit ihr. Anscheinend begann man im Dorf zu begreifen, dass sie nicht schuld war am Brand in Bruno Vogels Haus.

Als sie die Kirche erreichten, kam gerade ein hagerer Mann heraus, den Julias Vater ihr als Pfarrer Funke vorstellte. Die Männer sprachen kurz über den morgigen Gottesdienst und darüber, dass Wolters die Orgel spielen würde. Während sich Julias Vater mit dem Pfarrer unterhielt, kam Bruno Vogel mit dem Fahrrad an ihnen vorbeigefahren. Als er Julia erkannte, versteinerte sich sein Gesicht und er schaute demonstrativ in die andere Richtung. Er selbst schien noch nicht recht bereit für die Vorstellung zu sein, dass die junge Immobilienmaklerin aus Berlin nichts mit dem Brandanschlag auf sein Haus zu tun hatte. Es schien ihm unangenehm, Julia hier zu treffen.

Schließlich setzten sie ihren Rundgang fort, kamen an der alten Mühle vorbei, pflückten sich ein paar noch übrig gelassene Heidelbeeren am Feldrand und schwenkten schließlich auf den Rückweg ein.

Als sie kurz vor Jans Haus aus dem Wald traten, hörte Julia plötzlich wieder dieses unheimliche Geräusch. Dasselbe Geräusch, das sie an ihrem ersten Tag hier in Dannow so sehr erschreckt hatte. Ein Geräusch wie ein Knurren, aber nicht von einem Hund, sondern viel dröhnender. Wie ein Bass.

Julia blieb stehen und griff ihren Vater am Arm. Dann legte sie einen Finger an die Lippen und bedeutete ihm, leise zu sein und zu lauschen.

Peter Wolters spitzte die Ohren. Das Geräusch war noch immer zu hören. Es war wirklich ein dumpfes Knurren. Oder vielmehr – ein Grunzen.

»Das ist ein Wildschwein!«, flüsterte Julias Vater und begann zu lächeln. »Davon gibt es einige hier.«

Julia nickte ehrfurchtsvoll. »Sind die nicht … gefährlich?«

Wolters winkte ab. »I wo! Wenn man sie in Ruhe lässt und sie nicht gerade mit ihren Jungen unterwegs sind, dann sind sie ziemlich harmlos. Die haben viel mehr Angst vor uns als wir vor ihnen.«

Plötzlich sah Julia, wie sich zwischen zwei Büschen ein dicker Keiler hervorschob, irritiert stehen blieb und dann wie von der Tarantel gestochen davonrannte.

»Siehst du«, lachte Wolters, »was habe ich dir gesagt?«

Erleichtert blickte Julia dem davoneilenden Wildschwein nach. Das Tier hatte es wirklich eilig zu verschwinden. Aber das war auch besser so, fand Julia.

Gerade als sie ihren Blick wieder nach vorn wenden wollte, bemerkte sie, wie in einiger Entfernung jemand durch den Wald schlich. Eine dunkle Gestalt, die irgendetwas hinter sich herschleppte. Julia duckte sich und zog ihren verwunderten Vater mit herunter. »Da!«, flüsterte sie und zeigte in die entsprechende Richtung.

Wolters machte einen langen Hals, um zu sehen, was seine Tochter meinte. Dann begriff auch er, weshalb sie sich geduckt hatte, und machte große Augen.

»Wer ist das?«, fragte sie leise. Und irgendwie kam ihr die Gestalt bekannt vor, auch wenn diese aus der Entfernung noch nicht richtig erkennbar war. Aber offenbar war es ein Mann. Und offenbar kam er näher.

»Das ist«, sagte Wolters schließlich und Julia erkannte es im selben Augenblick, »unser Bürgermeister.«

Julia nickte. »Was macht er da?«

Wolters antwortete nicht, sondern sah weiter in die Richtung, aus der Sikorsky sich ihnen langsam näherte.

Der Bürgermeister trug ein schwarzes T-Shirt und dunkle Hosen. Und in diesem Aufzug und in seiner ganzen Art, sich zu bewegen, wirkte er nach Julias Empfinden wie ein Ganove. Wie jemand, der etwas Unrechtes im Schilde führte. Jemand, der eine illegale Tat plante.

»Das ist ein Seesack, den er hinter sich herzieht«, flüsterte Wolters, nachdem der Bürgermeister vielleicht nur noch fünfzig Meter von ihnen entfernt war.

»Ein Seesack? Was, denkst du, hat er da drin?«

Julias Vater zuckte mit den Achseln. »Keine Ahnung. Aber ich finde sein Verhalten höchst merkwürdig. Gerade so, als …«

In diesem Moment drehte Sikorsky ab und verschwand im Gebüsch. Julia reckte den Hals und sah, dass er sich mit staksigen Schritten durch das Unterholz bewegte. Genau auf Jan Burgners Grundstück zu.

»Der will zu Jans Haus!«, stieß Wolters ebenso leise wie aufgeregt aus. »Was hat der Kerl vor?«

Julia sah dem Bürgermeister hinterher. Ihm und dem dunkelblauen Seesack, den er hinter sich herschleppte. Und in diesem Moment wurde ihr klar, wie alles zusammenhing.

31. Kapitel

Kurz nach drei trafen Jan Burgner und sein Kollege Tobias Kühn in Dannow ein. Die Tatsache, dass der Kommissar seinen Octavia in der letzten Nacht Julias Vater für die Rückfahrt zur Verfügung gestellt hatte und jetzt gemeinsam mit Kühn in dessen BMW im Dorf ankam, erwies sich als großer Vorteil. Zum einen stand sein eigener Wagen von der Straße her nicht erkennbar auf Wolters Hof, und zum anderen erfolgte sein Eintreffen in Dannow so gut wie unbemerkt. Wenn es stimmte, was Julia ihm vorhin am Telefon völlig aufgeregt erzählt hatte, war seine unbemerkte Anwesenheit überaus vorteilhaft. Wenn es stimmte, was Julia gesagt hatte, konnte Sikorsky durch den fehlenden Wagen davon ausgehen, dass Burgner nicht zu Hause war. Dass die Luft rein war, sozusagen. Wenn es stimmte, was Julia sagte, dann ...

Burgner verscheuchte alle spekulativen Überlegungen und zeigte Kühn, wo er am Waldrand unauffällig parken konnte. Nachdem der Kollege den Motor abgestellt hatte, stiegen sie aus und liefen zu der Stelle, die Julia ihm am Telefon genannt hatte.

Burgner fand sie problemlos und er war überrascht, dass Vater und Tochter noch immer dort waren und auf sie warteten.

»Wir wollten nicht, dass er uns am Ende doch noch sieht«, sagte Wolters mit gedämpfter Stimme und zeigte zum Haus des Kommissars hinüber, das man durch die Bäume hindurch erkennen konnte.

»Hat sich denn noch was getan?«

Wolters nickte. »Sikorsky hat die Aktion insgesamt dreimal wiederholt: mit dem vollen Seesack im Schlepp hin, mit dem leeren Seesack über der Schulter zurück. Wie gesagt, dreimal haben wir ihn kommen und gehen sehen. Im Augenblick ist er gerade wieder weg.«

Burgner blies die Backen auf. Das waren ja Nachrichten!

»Wollen wir hingehen und uns dein Grundstück mal ansehen?«, schlug Kühn vor. »Ich meine, der Zeitpunkt wäre ja günstig jetzt, wenn der Mann gerade nicht dort ist.«

Der Kommissar wechselte einen Blick mit Julias Vater. »Was meinst du, Peter?«

Wolters wiegte seinen Kopf hin und her. Dann nickte er. »Keine schlechte

Idee. So finden wir vielleicht heraus, was genau er da hingeschleppt hat und was er damit will. Und vielleicht auch, was uns erwartet.«

Burgner spähte durch die Bäume und versuchte, das Risiko abzuschätzen. Einerseits wäre es sicher sehr nützlich, wenn sie in etwa wüssten, was auf sie zukommen würde – auf der anderen Seite brachten sie sich damit vielleicht auch in große Gefahr. Wer konnte sagen, was es war und wie es war? Zudem wäre es sehr von Vorteil, wenn sie Sikorsky auf frischer Tat ertappen würden. Das wäre ein Joker vor Gericht ...

»Ich gehe allein«, entschied Kühn, noch bevor Burgner zu einem Ergebnis seiner Überlegungen gekommen war. »Ihr bleibt hier!« Mit diesen Worten setzte sich der Kollege langsam in Bewegung und schob sich durch die Büsche und Sträucher.

»Halt! Warte!«, rief Burgner halblaut hinter ihm her. »Ich komme mit!«

»Nein!«, raunte Kühn ihm zu, nachdem er in seiner Bewegung innegehalten und sich umgedreht hatte. »Dich kennt er! Ich könnte mich vielleicht herausreden, sollte er mich erwischen.«

»Aber du kennst dich doch überhaupt nicht aus auf meinem Grundstück! Da gibt es viele Ecken ...«

»Ich werde ihn begleiten«, entschied Wolters und schob sich ebenfalls in die Sträucher. »Und ihr beiden bleibt hier und betet für uns ...«

»Aber ...« Burgner machte große Augen, aber er blieb, wo er war. So, wie Wolters es ihm befohlen hatte.

»Was hat das alles zu bedeuten?«, fragte Julia beunruhigt.

Burgner legte den Zeigefinger an seine Lippen. »Der Dannower Bürgermeister ist mit an Sicherheit grenzender Wahrscheinlichkeit für einen der Brände verantwortlich, vielleicht sogar für mehr«, erklärte er dann leise.

Julia machte große Augen. »Ihr wisst das schon?«

»Seit ein paar Stunden erst. Ingo Reißlein, der Sohn der Frau, auf deren Haus der erste Brandanschlag verübt worden ist, hat es uns erzählt. Er selbst war auch daran beteiligt.«

»Was?«

Der Kommissar nickte. »Wie es aussieht aber nur indirekt. Den Sprengsatz gebaut und gezündet hat ein ganz anderer.«

»Sikorsky. Der Bürgermeister ...«

»Ja.«

Julia schüttelte den Kopf, als könne sie nicht glauben, was sie da gehört hatte. »Und der Brand in meiner Wohnung?«

Burgner hob die Schultern. »Ob es Sikorsky war, werden wir überprüfen müssen. Reißlein kann nicht dahinterstecken. Zum in Rede stehenden Zeitpunkt hatte der ein sicheres Alibi: Er hatte sich bei der Bekannten seiner Mutter versteckt. Und auch für eine Beteiligung an der Sache hier in Dannow gibt es keinen einzigen schlüssigen Hinweis auf eine Mittäterschaft von Ingo Reißlein.«

Eine plötzliche Windböe fegte über das nahe Feld und wirbelte eine Menge Staub in das Wäldchen, sodass sie sich gegen den Wind drehen mussten.

»Wir haben jetzt ein relativ eindeutiges Bild«, fuhr Burgner fort, der auf dem Weg hierher noch mit Lippert von der Spurensicherung telefoniert hatte. »Der Brand in der Waldstraße und der Brand hier in Dannow weisen Ähnlichkeiten auf. Der Anschlag auf deine Wohnung ist allerdings von ganz anderer Art. Er scheint amateurmäßiger ausgeführt worden zu sein. Nicht uneffektiv, aber eben ganz anders.«

»Amateurmäßiger?« Julia machte ein spöttisches Gesicht. »Ich fand es alles andere als amateurmäßig. Meine ganze Wohnung ist in die Luft geflogen …«

»Ja, ja«, entgegnete Burgner und winkte lächelnd ab, »das stimmt schon. Aber die Explosion ereignete sich in erster Linie durch eine Verpuffung in der Klimaanlage deiner Wohnung. Ein technischer Defekt, wenn du so willst. Ausgelöst zwar durch den Einwurf einer Brandflasche und auch dadurch erst gefährlich geworden, aber wohl kaum in der Absicht und im Ziel des Täters.«

Julia sah den Kommissar ungläubig an. »Ein technischer Defekt, sagst du?«

»So haben es unsere Leute herausgefunden. Der Defekt an der Klimaanlage war der Grund für die heftige Detonation. Aber das Feuer an sich ist durch einen dilettantischen Molotowcocktail ausgelöst worden, den jemand durch dein Küchenfenster geworfen hat.«

Julia nickte schweigend.

»Wir wissen jetzt auch, wer der Drahtzieher der ganzen Sache ist.«

»Aha. Und wer … ist es?«

»Dein Chef.«

Julia atmete tief durch. Offenbar hatte sie Derartiges bereits schon selbst in Betracht gezogen.

Burgner schaute auf seine Uhr. Zehn Minuten war es inzwischen her, seit Kühn und Wolters aufgebrochen waren. »Wie viel Zeit lag denn jeweils zwischen Sikorskys Verschwinden und seinem Wiederauftauchen?«, fragte er Julia.

Die machte ein nachdenkliches Gesicht. »Ich weiß nicht recht. Vielleicht zwanzig Minuten, vielleicht auch eine halbe Stunde.«

Der Kommissar atmete tief durch. Hoffentlich ging alles gut! Hoffentlich kamen Kühn und Wolters wieder sicher zurück. Und Burgner schloss die Augen und sprach ein stilles Gebet.

*

»Es ist eine Bombe«, berichtete Kühn keuchend, nachdem er und Wolters aus den Sträuchern aufgetaucht waren. »Eine richtige große Bombe. Und sie hängt in dem Holzschuppen neben deinem Haus und scheint nur darauf zu warten, dass jemand den Auslöser drückt.«

Burgner hatte wenig Hoffnung, dass der Kollege zu scherzen geruhte. Zumal Wolters bestätigte, was Kühn gesagt hatte.

Eine Bombe!, dachte Burgner. War der Mann verrückt? Sikorsky wusste nicht nur, dass Burgner Polizist war und in dieser Brandfallserie die Ermittlungen leitete, er konnte sich auch an zehn Fingern abzählen, dass man hier in Dannow ein besonderes Auge auf derartige Vorgänge haben würde. Wie konnte der Bürgermeister ein derart hohes Risiko eingehen?

»Ich denke, jetzt müssen wir schnell handeln«, empfahl Kühn. »Wir sollten keine Zeit verlieren. Wenn du mich fragst, sollten wir schnellstens Luber vom Brandenburger LKA informieren. Schließlich ist das hier sein Jagdrevier.«

Bevor Burgner etwas entgegnen konnte, wies Julia aufgeregt in Richtung des schmalen Trampelpfades und schob sich rasch hinter einen dicken Baum. »Da kommt er wieder!«

Die Männer duckten sich schnell ins Gebüsch und spähten hinüber zu der Stelle, an der Sikorsky aufgetaucht war. Dieses Mal hatte er keinen Seesack dabei. Dieses Mal hatte er etwas um seinen Hals gehängt, das wie eine kleine Tasche aussah. Und irgendetwas daran blitzte in der Sonne.

»Was zum Henker hat er da?«, flüsterte Kühn und reckte den Hals.

Burgner schwieg. Er wusste, dass es jetzt ernst wurde. Und er ahnte, dass einiges auf dem Spiel stand.

*

Inzwischen war Sikorsky wenige Meter neben ihrem Versteck stehen geblieben. Wolters und Kühn hatten sich in die Büsche gedrängt, ebenso Burgner und Wolters Tochter. Der Kommissar spürte zu seinem eigenen Erstaunen, dass ihm die Nähe zu Julia Jacob alles andere als unangenehm war. Unter anderen Umständen hätte er sie vielleicht nett angelächelt und zum Essen eingeladen und er war sich sicher, dass er das auch noch tun würde, aber zunächst einmal mussten sie dieses Problem hier lösen. Zunächst einmal mussten sie verhindern, dass Sikorsky eine weitere Dummheit beging.

Das, was der Bürgermeister bei sich trug, war keine Tasche, sondern eine Funkfernbedienung zum Umhängen, wie Burgner bei Sikorskys Näherkommen festgestellt hatte. Eine Funkfernbedienung, wie man sie für Modellflugzeuge oder ferngesteuerte Spielzeugautos verwendete. Jetzt stand Sikorsky da, starrte zum Haus des Kommissars hinüber und zog die Antenne der Fernbedienung aus. An ihrem Ende flatterte ein schwarz-rotes Fähnchen im Wind. Der Bürgermeister legte den Finger an einen der Steuerhebel und Burgner wollte gerade geräuschvoll aufspringen, um Sikorsky zu erschrecken und zu überwältigen, als der Bürgermeister sich die Fernbedienung vom Hals riss und wütend ins Gras schleuderte. Sie landete unweit der Stelle, an der Kühn und Wolters hinter einem Strauch kauerten. Sikorsky hockte sich hin und ... wimmerte. Tatsächlich: Der Bürgermeister weinte leise vor sich hin.

Burgner war vollkommen überrascht davon. Und er hatte nicht damit gerechnet, dass Sikorsky sich derartig verhalten würde. Andererseits: War der Dannower Bürgermeister in der Tiefe seines Herzens wirklich so ein kaltblütiger Hund, wie sie es in den letzten Stunden geglaubt hatten? Dürre hätte sich in einer solchen Situation vielleicht die Hände gerieben – die Bombe startklar, den Zündknopf in der Hand. Dieser Mann hier aber war am Ende. Und auf eine gewisse Weise erregte Sikorsky bei dem Kommissar sogar Mitleid. Dieser Mann war zu einem Werkzeug des Bösen geworden. Er hatte sich dazu verführen lassen, bei Dingen mitzumachen, deren Ausmaße ihm möglicherweise am Anfang gar nicht bewusst gewesen waren.

Und Dürre? Was war er? Wenn man es genau betrachtete, war auch er wohl irgendwie ein Werkzeug. Werkzeug einer Macht des Dunklen, die ihn mit ihren Verlockungen und falschen Versprechungen in ihren Bann gezogen hatte.

»Was nun?«, flüsterte Julia dem Kommissar ins Ohr.

Burgner antwortete nicht. Stattdessen starrte er weiter auf Sikorsky und wartete ab, was geschah.

Einige Augenblicke später wälzte sich der Bürgermeister herum, griff ebenso hastig wie wütend nach der Fernbedienung und schnellte in die Höhe. Noch bevor Burgner etwas tun oder rufen oder irgendwie anders reagieren konnte, schlug Sikorsky auf den Steuerhebel, um die Bombe zu zünden.

32. Kapitel

Als der Bürgermeister auf den Steuerhebel geschlagen hatte, war Burgner die Luft weggeblieben. Und er war sich sicher, dass es den anderen im Gebüsch ebenso gegangen war. Der Kommissar hatte die Augen aufgerissen und mit angesehen, wie Sikorsky die Bombe zünden wollte. Aber ... es passierte nichts! Es gab keinen Knall. Keine Detonation. Nicht einmal ein leises Puffen. Gar nichts. Die Vögel zwitscherten und flogen lärmend über das Wäldchen hinweg, aber ansonsten herrschte Stille.

Sikorsky schien es selbst nicht recht zu begreifen. Er legte seinen Finger wieder an den Hebel und rüttelte daran herum, aber es geschah nichts. Wütend schüttelte er die Fernbedienung hin und her und schlug mit der Faust dagegen. Dann sprang Kühn aus dem Gebüsch heraus auf ihn zu und riss Sikorsky das Gerät aus der Hand. Der Bürgermeister geriet ins Wanken und war vom plötzlichen Auftauchen des Polizisten offensichtlich so überrascht, dass er das Gleichgewicht zu verlieren und hinzustürzen drohte.

Nachdem der Kommissar die Fernbedienung an sich genommen hatte, waren auch die anderen aus ihrem Versteck gekommen und hatten Sikorsky umringt. Der schien vollkommen verblüfft. Er verstand wohl absolut nicht, was hier vor sich ging und dass sein gefährliches Spiel so plötzlich zu Ende war.

»Na«, grinste Kühn ihn an, »war wohl nix mit Bombe, was?« Er hielt Sikorsky seine rechte Faust vor die Nase und öffnete dann die Hand. Und in diesem Moment verstanden auch Burgner und die anderen, warum die Explosion nicht stattgefunden hatte: Auf Kühns Handfläche lagen die Batterien aus der Fernbedienung.

*

Eine Stunde später traf Kriminalhauptkommissar Luber vom Brandenburger LKA in Dannow ein. Nach der vorläufigen Festnahme Sikorskys hatten Burgner und Kühn ihn ins Bürgermeisterbüro geführt und dort in seinen Amtssessel gedrückt. Seiner Bitte nach einem Schnaps waren sie nicht nachgekommen, aber Julia hatte eine Flasche Mineralwasser besorgt.

Sikorsky saß an seinem Schreibtisch, der – wie Burgner vermutete – nicht mehr lange sein Schreibtisch sein würde. Zunächst hatten sie ihn allein dort sitzen gelassen und sich in das Vorzimmer zurückgezogen. Durch die offen stehende Verbindungstür hatten sie den Bürgermeister dennoch im Blick.

Luber steckte seinen Kopf kurz hinein und entschied sich dann, vor der Vernehmung einen Blick auf das Corpus Delicti zu werfen. Einen Spezialtrupp zur Entschärfung des Sprengkörpers hatte er gleich mitgebracht.

Jan Burgner klopfte seinem Kollegen Kühn freundschaftlich auf die Schulter: »Dass du so geistesgegenwärtig warst, die Batterien aus der Fernbedienung zu nehmen, nachdem er sie auf den Boden geworfen hatte, war sehr, sehr gut!«

Kühn strahlte übers ganze Gesicht und auch Julia und Wolters sah man die Erleichterung über den glimpflichen Ausgang der Sache deutlich an.

»Ich werde mit Luber gehen«, entschied Kühn und blickte Wolters aufmunternd an, der ihm zunickte. Beide wussten, wo genau sich die Bombe befand und konnten den Brandenburger Beamten vielleicht eine Hilfe sein.

Burgner blieb mit Julia im Vorzimmer des Bürgermeisterbüros zurück. Außerdem postierte Luber zur Sicherheit einen uniformierten Beamten vor der Tür.

»Ich frage mich, was einen Menschen zu so etwas fähig macht«, sagte Julia, als sie allein im Zimmer waren, und schob sich neben Burgner. Sie schien seine Nähe zu suchen.

»Nun«, entgegnete Jan, »dafür gibt es mehrere Gründe. Das Streben nach Geld, Macht und vor allem Anerkennung zum Beispiel.« Burgner deutete auf den Bürgermeister im Nebenraum. »Oder Angst und Hoffnungslosigkeit.«

Julia nickte. »Ich verstehe trotzdem nicht, wie er so dumm sein konnte! Hier in Dannow so ein Ding durchzuziehen, wo doch spätestens seit dem Brand im Haus von Bruno Vogel das ganze Dorf alarmiert ist.«

Burgner zuckte mit den Achseln. »Das ist doch nicht auf Sikorskys Mist gewachsen. Wenn du mich fragst, stecken zu hundert Prozent Dürre und sein Kompagnon von Wallerstein dahinter. Denen muss ihr amerikanischer Investor ganz schön im Nacken sitzen.«

»Aber was erwarten sie denn? Dannow ist und bleibt ein Flop! Es war von vornherein zum Scheitern verurteilt, weil sie auf Sand gebaut haben. Dürre und von Wallerstein haben Zusagen gemacht, deren sichere Einhaltung sie noch gar nicht gewährleisten konnten.« Julia tippte sich an die

Stirn. »Ein Investitionsprojekt in Aussicht zu stellen, ohne überhaupt das komplette Land dafür zu besitzen! Was für ein Wahnsinn!«

Der Kommissar sah zu Sikorsky hinüber. Der saß regungslos da und starrte auf das Bild des Großen Kurfürsten. »Dürre und seine Leute haben wohl darauf spekuliert, dass, wenn wir hier alles verloren haben, es uns dann nicht mehr so viel ausmachen würde, woanders neu anzufangen. Es geht ja in der Tat meistens um persönliche Erinnerungen, die wir mit unseren Häusern oder den Orten verbinden, an denen wir leben. Wenn uns aber diese Dinge genommen werden – sind wir dann nicht offener für Neues?«

Julia nickte. Sie schien zu verstehen, was Burgner meinte.

»Dürre hätte die Gunst der Stunde genutzt, uns ein gutes Angebot gemacht und damit versucht, uns schnell zum Schweigen zu bringen. Es wäre eh zu spät – was geschehen wäre, wäre geschehen. In so einem Fall gilt es nach vorn zu sehen – und wer will da auf gutes Geld verzichten?«

»Und du?«

Jan nahm den dezenten Duft von Julias Parfüm wahr. »Ich würde es so machen wie Frau Reißlein.«

»Frau Reißlein?«

»Die Frau, deren Haus als Erstes abgebrannt ist. Anfang der Woche, als der ganze Wahnsinn hier seinen Anfang nahm. Du erinnerst dich?«

Julia Jacob nickte. »Und was hat diese Frau getan?«

Jan lächelte. »Sie hat nicht verkauft. Weil ihr Geld nichts bedeutet. Weil sie auf etwas viel Besseres gesetzt hat.«

»Und was ist das – besser als Geld?«

Burgner wartete einen Augenblick, ehe er antwortete. Julia sah ihn mit großen Augen an und er genoss diesen Moment. »Ich bin mir ganz sicher«, sagte er schließlich, »dass du diese Antwort längst kennst ...«

*

Es war genau siebzehn Uhr am Samstag, dem 16. August, als das Verhör von Sikorsky begann. Neben den Beamten hatte sich auch Bruno Vogel eingefunden, der von der Verhaftung des Bürgermeisters erfahren und darum gebeten hatte, als Geschädigter an der Befragung teilnehmen zu dürfen. Da Sikorsky keine Einwände dagegen erhob, durfte Vogel bleiben. Ebenso wie Julia Jacob. Ihr Vater hatte sich nach Hause verabschiedet. Das, was er heute gesehen und gehört hatte, schien ihm mehr als genug zu sein.

Sikorskys Vorgeschichte hatte Luber schnell aus dem Mann herausgeholt: Der Bürgermeister war aufgrund eines heiklen Hobbys hoch verschuldet. Er war spielsüchtig, seine Ehe am Ende, und finanziell stand ihm das Wasser bis zum Hals. Zudem waren skrupellose Inkassoeintreiber hinter ihm her und forderten seine Schulden ein. Und Spielschulden waren Ehrenschulden. Da wurde aus dem anfangs so heiteren Spiel schnell bitterer Ernst.

Als Luber den Bürgermeister mit der Anschuldigung konfrontierte, ihm werde die Verantwortung für drei ausgeführte Brandanschläge und ein weiterer Tatversuch – die Bombe in Burgners Holzschuppen – zur Last gelegt, protestierte dieser heftig. »Das Haus in Berlin: Ja. Das Haus von Bruno: Ja. Und die Sache heute«, er zuckte mit den Schultern, »das haben Sie ja selbst gesehen. Aber mehr? Mehr nicht! Mit mehr habe ich nichts zu tun!«

»Dann bleibt die Frage nach der Verantwortung für den Brand in der Wohnung von Frau Jacob also offen?« Burgner sah Sikorsky auffordernd an, aber der saß regungslos da und sagte nichts mehr.

Bruno Vogel, der die ganze Zeit geschwiegen hatte, erhob sich langsam und trat auf Julia zu. Er hielt ihr seine zitternde Hand hin und sagte sehr leise und langsam etwas, was wohl keiner der Anwesenden erwartet hätte: »Verzeihen Sie mir bitte. Ich habe einen riesigen Fehler gemacht. Ich hatte geglaubt, Sie wären schuld am Brand in meinem Haus, und da sind die Pferde mit mir durchgegangen und ich habe …«

»Feuer in meiner Wohnung gelegt?«

Vogel nickte. »Es gibt keine Entschuldigung dafür. Und ich bin bereit, die Strafe dafür auf mich zu nehmen. Ich wollte Rache, aber das war falsch. Vollkommen falsch …« Der Mann schien binnen weniger Augenblicke um Jahre gealtert zu sein.

Julia ergriff seine Hand und drückte sie. »Ist schon in Ordnung. Ich kann Ihren Zorn ja verstehen. So, wie ich Ihnen gegenübergetreten bin, mussten Sie mich einfach für die Täterin halten. Vielleicht wäre es mir genauso gegangen.« Sie sah zu Burgner hinüber und deutete dann mit dem Kopf zur Tür.

Der Kommissar nickte, woraufhin Julia den alten Dannower sanft zum Ausgang schob.

»Woher wussten Sie eigentlich, wo sich Frau Jacobs Berliner Wohnung befand?«, fragte ihn Kühn zum Schluss.

»Vom Wirt unseres Gasthofes«, entgegnete Vogel leise. »Sie hat sich dort ja angemeldet.«

Kühn nickte und Julia führte Bruno Vogel nach draußen. Und wenn Burgner sie richtig einschätzte, würde sie ihn nach Hause begleiten.

»Dann ist dieser Teil des Falles also auch geklärt«, stellte Luber fest und wandte sich wieder an Sikorsky. »Woher wussten Sie eigentlich von der Technik, die man braucht, um einen solchen Anschlag auszuführen? Einen Anschlag auf das Haus in der Waldstraße in Berlin, meine ich. Und auf das Haus von Herrn Vogel.«

Walter Sikorsky schob den Ärmel seines Poloshirts hoch, bis eine Tätowierung sichtbar wurde. Sie zeigte einen Anker und ein eisernes Kreuz. »Ich war mal bei der Marine«, sagte er. »Vor vielen Jahren. Da haben wir uns in freien Stunden die Zeit damit vertrieben, Sprengsätze zu konstruieren und auszuprobieren. Sprengsätze und Bomben. Aus alltäglichen und frei erhältlichen Zutaten.«

»Wer ist *wir?*«, fragte Luber, aber noch bevor Sikorsky antworten konnte, wusste Burgner, wie alles zusammenhing. Wusste, woher der Bürgermeister die Technik kannte. Dabbeljuhs Technik! Das Modell der *Schleswig-Holstein* fiel ihm ein. Auf dem Regal in Dabbeljuhs Flur. Die beiden Männer kannten sich von der Marine her! Warum war ihm das nicht schon eher aufgefallen? Spätestens, als Kühn herausgefunden hatte, dass Sikorsky mal bei der Marine war, hätte doch der Groschen fallen können. Aber er war nicht gefallen. Und vielleicht hatte das auch seinen Grund.

»Aber Frau Reißlein war doch zu Hause, als Sie Ihren Sprengsatz gezündet haben!«, hörte Burgner Kühns Stimme, die lauter wurde und ihn aus seinen Gedanken riss. »Eine alte Dame! Sie haben das Leben dieser Frau riskiert!«

Sikorskys Gesicht versteinerte. »Man hatte mir versichert, dass niemand zu Hause sein würde. Dass es sich um eine automatische Zeitschaltuhr handeln würde, die das Licht im Obergeschoss steuert. Das habe ich geglaubt. Warum hätte ich auch daran zweifeln sollen? Schließlich kam die Information von keinem Geringeren als vom Sohn der Hauseigentümerin. Von dem, der den Anschlag eigentlich ausführen sollte, es aber nicht fertigbrachte. Weil es eben das Haus seiner Mutter war. Der sagte, dass niemand zu Hause sei. Dem habe ich vertraut. Blind vertraut.«

»Und heute?«, fragte Burgner ruhig. »Hier in Dannow? Der geplante Anschlag auf mein Haus? Sie wussten doch, dass wir hier im Dorf sehr aufmerksam sein würden, nach allem, was passiert war. Wie konnten Sie das Risiko eingehen, hier noch einmal zuzuschlagen?«

Der Bürgermeister hob kraftlos die Schultern. Seine eben noch stolze und straffe Haltung schien verschwunden. »Die haben mir gedroht«, sagte er halblaut. »Dürre und seine Leute. Sie haben mich gezwungen ...«

Burgner ließ seinen Blick durch den Raum wandern. Kühn lehnte am Türrahmen und Luber saß auf einem der Besucherstühle vor Sikorskys Schreibtisch. Beide schauten Burgner erwartungsvoll an. Offensichtlich gingen sie davon aus, dass er die Befragung weiterführen würde.

Also stellte der Kommissar auch die nächste Frage: »Was ist mit dem anderen Brand im Dorf? Wie ging es damit zu?«

Sikorsky sah auf. »Der Brand im Haus von Bruno Vogel ist mir misslungen. Zum Glück ist er mir misslungen, sage ich jetzt. Ich hatte keine Zeit, mich mit der nötigen Ausrüstung auszustatten, und habe es mit dem probiert, was mir zur Verfügung stand. Propangasflaschen zum Beispiel. Ich war davon ausgegangen, dass ein Feuer in der Garage schon die nötige Zerstörungskraft entfalten würde ... und gleichzeitig Bruno genug Zeit zur Flucht lassen würde. Als Dürre dann aber von meinem Versagen hörte, ist er fast explodiert. Daraufhin hat er alle Hebel in Bewegung gesetzt, um ein eindrückliches Exempel zu statuieren: Er hat seine Verbindungen spielen lassen und die Bombe besorgt. Die Bombe in Ihrem Schuppen. Viel effektiver als meine Sprengsätze. Letzte Nacht kam dann sein Anruf, dass alles vorbereitet sei. Ich müsste mir die Bombe nur abholen und dann an der richtigen Stelle platzieren.« Sikorsky schluckte. »Er sagte, das würde Eindruck machen und die Leute zum Umdenken bringen. Es sei eine altbewährte Taktik, ich könne ihm ruhig glauben. Und dass die Menschen so seien, hat er gemeint. Aber er hat mit keiner Silbe gesagt, dass es eine solche Bombe war. Ein so ungeheuerlich gefährlicher Sprengkörper. Ich dachte, es wäre nur eine Warnung für Sie und dass nichts wirklich Schlimmes passieren könnte. Ich dachte ...« Der Bürgermeister schüttelte verzweifelt den Kopf. »Ich wollte doch nie, dass einem was passiert«, sagte er nachdrücklich, »ich wollte doch nie, dass einem was passiert ...«

»Lassen Sie es gut sein für heute«, entgegnete Burgner, stand auf und legte eine Hand auf die Schulter des Bürgermeisters. Einen Moment lang herrschte Stille. Auch Luber und Kühn sagten nichts.

Schließlich kam Burgner doch noch ein Gedanke: »Sagen Sie, ein Letztes noch, Herr Sikorsky. Wie sind eigentlich die Fingerabdrücke von Frau Jacob in das Wohnzimmer von Bruno Vogel gekommen? Sie war definitiv nicht in diesem Haus. Wie haben Sie das hingekriegt?«

Der Bürgermeister schüttelte den Kopf. »Das war gar nicht schwer. Ich wusste ja, dass Frau Jacob im Gasthof ein Zimmer hatte. Und ich wusste, wo die Zimmerschlüssel hängen. Also bin ich hin. Ich habe einen Moment abgepasst, in dem sie nicht im Gasthof war, und bin dann hoch in ihr Zimmer. Dort habe ich mich umgesehen und hatte Glück. Auf dem Tisch standen zwei benutzte Gläser. Eines habe ich in ein Taschentuch eingewickelt und mitgenommen. Später habe ich es dann bei Bruno auf den Couchtisch gestellt. Für sein Haus hatte ich noch einen Schlüssel. Noch aus der Zeit, als sich meine Exfrau um seine Pflanzen gekümmert hat, wenn Bruno im Urlaub war. Kurz bevor ich die Brandsätze in seine Garage warf, habe ich Vogels Hund in den Keller gesperrt und dann das mitgebrachte Glas auf den Couchtisch gestellt. Ich hatte keine Ahnung, ob man die Spuren nach einem Brand noch finden und auswerten kann, aber ich wollte für den Fall der Fälle die Fährte auf Frau Jacob lenken.«

»Und das ist Ihnen ja auch fast gelungen«, seufzte Burgner. Dann nickte er den beiden Uniformierten zu, die an der Tür zum Vorzimmer bereitstanden, um Sikorsky in die Untersuchungshaft zu bringen. Ohne Widerstand erhob sich der Bürgermeister von Dannow und ließ sich abführen.

»Ein geschickter Streich«, sinnierte Kühn, nachdem sie vom Fenster aus zugesehen hatten, wie Sikorsky in den Polizeiwagen gestiegen war und sich das Fahrzeug in Bewegung gesetzt hatte. »Ein Glas, das eine Person benutzt und angefasst hat, wird entwendet und am Tatort platziert, wo die Polizei das Glas findet und aufgrund der Fingerabdrücke diese Person natürlich für den Täter hält.«

Burgner nickte. So leicht konnte ein falscher Verdacht entstehen. Überhaupt: Diese Möglichkeit war im Grunde äußerst bedenklich. Wenn das Innenministerium zukünftig vielleicht doch einmal alle Fingerabdrücke speicherte, die es aus der Passkartei bekam, wie schnell konnte man da unter Tatverdacht geraten, ohne das Geringste mit der Sache zu tun zu haben!

Burgner und Kühn bedankten sich bei Luber für die gute Zusammenarbeit. Mittlerweile war auch die Bombe vom Entschärfungsdienst zur

Inspektion freigegeben worden. Es handelte sich in der Tat um einen äußerst gefährlichen Sprengkörper, der aus drei Teilen zusammengesetzt war und im Falle einer Detonation eine ungeheure Sprengkraft entfaltet hätte.

»Verpackt in drei Seesäcken«, murmelte Burgner. »Wie zum Kuckuck kommt so etwas ins Land, ohne dass es festgestellt wird? So gefährliches Zeug? Wie ist das möglich? Schläft der Zoll?«

Luber legte die Stirn in Falten. »Es gibt mehrere Möglichkeiten. In diesem Fall vermute ich, der Weg führte übers offene Meer. Irgendwo in Südeuropa oder auch über die Ostsee. Auf hoher See wird umgeladen und ein Fischerboot läuft dann ganz unauffällig in einen Hafen ein. Es ist alles eine Frage des Geldes. Am Hafen laden sie es in einen Lkw und über die offenen Grenzen kann man die Fracht dann ohne eine Pass- oder Zollkontrolle in jedes beliebige Land der Europäischen Union bringen ...«

Burgner schüttelte fassungslos den Kopf. Dann drehte er sich um und ging zum Haus zu Peter Wolters. Er war ihm ein dickes Dankeschön schuldig. Ihm und Julia. Und vor allem Gott.

Epilog

Am Sonntag saß Julia Jacob zum ersten Mal seit ihrer Konfirmation wieder in einem Gottesdienst. Im Westberlin der damaligen Zeit hatte es zum guten Ton gehört, dass man konfirmiert wurde, und so war es auch mit Julia gewesen und ihre Mutter hatte es organisiert. Mit Gott oder dem christlichen Glauben hatte Julia nichts am Hut gehabt, und als mit Anfang zwanzig ihr erstes selbst verdientes Geld auf ihrem Konto eingegangen war und ihr auf dem Gehaltsnachweis die Kirchensteuerabzüge auffielen, hatte sie nicht lange gezögert und vor dem Amtsgericht ihren Austritt erklärt.

Jetzt aber war alles anders. Jetzt hatte Julia zum ersten Mal in ihrem Leben eine Ahnung davon, was es mit Gott auf sich hatte.

Am Morgen hatte sie ihrem Vater während des Frühstücks von einem Traum erzählt, den sie in der letzten Nacht gehabt hatte: »Ich stand vor Gott und Gott zeigte mir meine Schuld … all das, was ich getan und was ich unterlassen hatte, und er sagte zu mir: *Bei dieser Schuld soll ich dich in den Himmel lassen? Du wirst einsehen, dass das unmöglich ist …* Und dann trat Jesus zwischen Gott und mich und sagte: *Hier – diese Schuld habe ich bezahlt. Alles bezahlt, mit meinem Leben …*« Julia hatte ihre Kaffeetasse herumgeschwenkt, dass der Inhalt auszuschwappen drohte. »Ich habe keine Ahnung, wie ich darauf gekommen bin«, sagte sie, »aber das war wirklich der Hammer!«

Ihr Vater hatte daraufhin gelächelt, aber nichts gesagt. Um halb zehn waren sie dann zur Kirche losgegangen und dort mit Jan Burgner zusammengetroffen, der bereits in einer der Bankreihen saß.

Fröhlich hatten sie sich begrüßt und während des Gottesdienstes nebeneinandergesessen. Und Julia hatte überlegt, wie sie Jan zeigen konnte, dass sie gerne mit ihm zusammen war.

Nach dem Gottesdienst liefen sie gemeinsam nach Hause. Peter Wolters, der die Orgel gespielt hatte, begleitete sie und war noch immer nicht ganz von den Geschehnissen der letzten Tage weggekommen. »Wie kann ein Mensch wie Dürre so etwas tun?«, fragte er nachdenklich. »Solch einen Auftrag erteilen – eine Bombe in deinem Haus zu zünden! Hat er denn gar kein Gewissen?«

»Wahrscheinlich hat er es totgeschlagen«, antwortete Burgner.

Julia zog die schmalen Augenbrauen hoch. »Eigentlich sollte ich gegen

Dürre und von Wallerstein aussagen. Ich weiß eine Menge über sie. Die haben so viel Dreck am Stecken, dass es für mehrere Jahre reichen dürfte. Steuerhinterziehung, Betrug, Bedrohung …«

Wolters wies mit seiner Notenmappe auf seine Tochter. »Du musst wissen, was du zu tun hast.«

Julia presste ihre Lippen aufeinander. Wenn sie gegen ihre Chefs aussagen würde, wäre ihre Karriere beendet. Dann würde sie nie wieder im Immobiliengeschäft tätig sein können. Dann wäre ihr Leben nicht mehr dasselbe wie zuvor … Aber: Das war es ja ohnehin nicht mehr.

»Es sind fast so etwas wie *legale Verbrechen*«, erklärte Burgner. »Man bringt ein Bauernopfer, lässt einen kleinen Kriminellen die Häuser abbrennen und liefert ihn dann ans Messer. Den Verantwortlichen kann nichts nachgewiesen werden und sie kommen völlig ungeschoren davon. Die Häuser sind weg; die Leute, die da gewohnt haben, ist man los und kann nun ungehindert bauen. Der klassische *Warme Abriss*. Später fragt kein Mensch mehr, wie man zu dem Grund und Boden gekommen ist und mit wie viel Blut das Land möglicherweise getränkt ist.«

Julia holte tief Luft und Jan beobachtete sie, als könne er ihre Gedanken erraten. Dann hob sie den Blick, trat mit einem schnellen Schritt vor die beiden Männer hin und drehte sich um. »Übrigens«, sagte sie im Rückwärtsgehen lächelnd. »Ich möchte in diesem Zusammenhang noch eine wichtige Aussage machen …«

*

Nach dem Mittagessen trafen sich Jan und Julia an der schattigen Stelle am Waldrand, von wo aus man das ganze Dorf überblicken konnte.

Ohne dass einer von ihnen etwas sagen musste, nahmen sie sich in den Arm und schauten in die Weite.

»Ich bin Gott so unendlich dankbar«, sagte Jan nach einer Weile. »Für die Bewahrung. Für die Menschen, die uns geholfen haben. Und für dich.«

Julia legte ihren Kopf auf seine Schulter. Sie wusste, was er meinte.

»Ich wünschte mir nichts mehr, als dass die Menschen es eilig haben herauszufinden, ob die Geschichte mit Jesus als dem Retter stimmt«, fuhr er fort. »Gott will, dass alle Menschen gerettet werden. Und deshalb bete ich dafür, dass die Menschen nicht mehr alles glauben. Dass sie zweifeln und sich dann selbst auf die Suche machen, um herauszufinden, ob etwas dran ist an der Sache mit Gott und mit Jesus. Und ich kenne keinen, der es je bereut hätte, nach der Wahrheit gesucht zu haben. Alles wird anders mit Jesus. Alles wird besser.«

Julia schloss für einen Moment lang die Augen. Was hier passiert war, hätte sie nie für möglich gehalten. Aber wie hatte ihr Vater gesagt: Bei Gott ist kein Ding unmöglich. Und im Stillen ertappte sie sich bei dem Gedanken, ob es vielleicht auch einen Neuanfang für ihre Eltern geben könnte. Nach so vielen Jahren der Trennung, nach all dem, was passiert war, nach all den Unwahrheiten schien es auf den ersten Blick völlig illusorisch. Auch auf den zweiten. Aber wer wusste schon, was ... Gott vorhatte? Wer kannte seine Gedanken? Seinen Plan?

Julia öffnete die Augen und lächelte Jan zu. Dann befreite sie sich aus seiner Umarmung, rannte ausgelassen ein paar Meter auf das Feld zu und lehnte sich vorsichtig an den hölzernen Weidezaun. Von dort ließ sie ihren Blick über die Silhouette des Dorfes schweifen. So wie an dem Morgen, als sie zum ersten Mal nach Dannow gekommen war. Ihr Eindruck hatte sie nicht getäuscht: Es war hübsch hier. Hübsch und – mittlerweile auch wieder friedlich.

Von irgendwo hörte man wieder das brummende Geräusch eines Traktors, das bald lauter, bald leiser darauf schließen ließ, dass ein Bauer sein Feld bearbeitete und offenbar hin- und herfuhr ... Ob es Klaus Leihbach war, der da mit seinem alten Trecker über die Ländereien tuckerte?

Julia atmete tief durch und war froh, dass die Idylle dieses Dorfes bleiben würde. Dass es keine hochmoderne Freizeitanlage für die vermeintlich Reichen und Schönen geben würde. Zumindest vorerst nicht, denn wer wusste schon, was die Zeit noch bringen würde? Nichts blieb auf ewig. Oder doch: etwas schon. Oder Jemand. Und Julia war froh und dankbar, dass sie diesen Jemand gefunden hatte.

Anmerkung des Autors

Die Geschichte könnte so passiert sein. Dennoch ist sie reine Fiktion. Alle Namen von handelnden Personen oder Firmen einschließlich der verwendeten Bezeichnungen sind frei erfunden.

Die beschriebenen Orte existieren teilweise in der Realität; ohne aber, dass sich derartige Dinge dort ereignet haben. Sollte das dennoch der Fall sein, so ist dies rein zufällig geschehen und steht in keinem Zusammenhang mit diesem Roman.

Mathias Christiansen

Tod an der Grenze

Paperback, 13,5 x 20,5 cm, 180 S.
Nr. 394.895,
ISBN 978-3-7751-4895-5

Ein Skelett im Gleisbett, teuflische Machenschaften und ein göttliches Geheimnis. Brodersen, der grummelige Berliner Hauptkommissar, recherchiert wieder. »Echt wirkende, liebevoll ausgestattete Figuren …«

ZDF.de über die »Werner Brodersen«-Reihe

Randy Singer

Die Vision

Paperback, 13,5 x 20,5 cm, 432 S.
Nr. 394.957,
ISBN 978-3-7751-4957-0

Warum weiß Reporterin O'Rourke so viel über die jüngsten Kindsentführungen? Woher kennt sie den Bibelvers, den der »Der Rächer« am Tatort hinterlässt? Hat sie übernatürliche Visionen? Ein rasanter Thriller über Recht und Gerechtigkeit.

Bitte fragen Sie in Ihrer Buchhandlung nach diesen Büchern!
Oder schreiben Sie an: SCM Hänssler, D-71087 Holzgerlingen;
E-Mail: info@scm-haenssler.de